W. König · Die Schleppjagd

Nova Hippologica

Herausgegeben von
Dr. Dr. Johannes E. Flade,
Dr. Reiner Klimke,
Wolf Kröber

1999
Olms Presse
Hildesheim · Zürich · New York

Wilhelm König

Die Schleppjagd

Von der feudalen Parforce-Jagd
der Franzosen
zur sportlichen Jagd
der Deutschen

1999
Olms Presse
Hildesheim · Zürich · New York

Das Werk ist urheberrechtlich geschützt.
Jede Verwertung außerhalb der engen Grenzen des Urheberrechtsgesetzes
ist ohne Zustimmung des Verlages unzulässig und strafbar.
Das gilt insbesondere für Vervielfältigungen, Übersetzungen,
Mikroverfilmungen und die Einspeicherung und Verarbeitung
in elektronischen Systemen.

Abbildung auf der Vorderseite:
Wilhelm König mit Cappenberger Meute
(Archiv: W. König)

Die Deutsche Bibliothek - CIP-Einheitsaufnahme

König, Wilhelm:
Die Schleppjagd:
Von der feudalen Parforce-Jagd der Franzosen
zur sportlichen Jagd der Deutschen / Wilhelm König. -
Hildesheim; Zürich; New York: Olms-Presse, 1999
(Nova hippologica)
ISBN 3-487-08407-4

∞ ISO 9706
© 1999 Georg Olms Verlag AG, Hildesheim
Alle Rechte vorbehalten
Printed in Hungary
Gedruckt auf säurefreiem und alterungsbeständigem Papier
Umschlagentwurf: Prof. Paul König, Hildesheim
ISBN 3-487-08407-4
ISSN 0948-5708

Inhalt

Ein paar Gedanken vorweg VII
Statt einer Widmung XI

1 Zur Geschichte der deutschen Meuten nach 1815 1
2 Die Schleppjagd 20
3 Vertragus und Segurius, Ma-chu-gon und Lajka 35
4 Jagdgebräuche am Kgl. preuß. Militär-Reitinstitut 47
5 Anmerkungen zur Parforce- und zur Kastenjagd 52
6 Die Meutehaltung im Kriege (1942) 57
7 Meuten in Deutschland, 19. Jhdt. bis 1945 65
8 Meuten in Deutschland nach 1945 91
9 CM - Die ersten Jahre 101
10 Die Inseljagden 108
11 Schleppjagd in den Borkenbergen 112
12 Jandrey: Die erste Jagd in Friedrichsruhe 116
13 Dittrich: Frankenmeute 119
14 Lipperlandmeute – Wie es begann 124
15 Beagle-Meute Münsterland 128
16 Mit britischen Augen gesehen 137
17 Jagden in Ostpreußen 142
18 Zu den kleinen und großen Hunden reiten 146
19 Meutehunde 153
20 Die Meute macht Pause 162
21 Probleme mit dem Stammbaum 165

22	Tiere finden zurück	170
23	Petra Uttlinger: Tod eines Meutehundes	176
24	Jagdpferde	179
25	Meine Jagdpferde	185
26	Regeln der Schleppjagd	195
27	Jagdreiter-Erfahrungen	199
28	Master, Huntsman, Pikör, Halali und Curée	204
29	Planung von Schleppjagden	209
30	Mein erster roter Rock	215
31	Ausklang	217
32	Anmerkungen, Besinnliches, Bosheiten	222
33	Jagdhunde in Sagen, Geschichten, Sprichwörtern	230
	Ein Dankeschön	232
	In eigener Sache	234
	Literaturnachweis	236
	Abkürzungen	241
	Abbildungsverzeichnis	242

Ein paar Gedanken vorweg

„Der Furchtsame erschrickt vor der Gefahr,
der Feige in ihr,
der Mutige nach ihr."

JEAN PAUL

Diese Worte hat der vor 235 Jahren geborene deutsche Dichter zwar nicht für die Jagdreiter gesagt, nichtsdestoweniger aber kann man sie ihnen ins Stammbuch schreiben.

Ja - sie ist gewiß nicht ganz ohne, die Jagdreiterei. Vorausgesetzt, man betreibt sie richtig. Da geht es schon häufig so recht hart auf hart zur Sache, wenn das Gelände schwierig, die Hindernisse anspruchsvoll, die Witterung unfreundlich und die Hunde schnell sind. Das hat nichts mit einer gemütlichen, geselligen Veranstaltung zu tun, das ist Sport, Leistungssport. Indes, wie heißt es bei WILHELM MÜSELER:

„Jede Jagd ist eine Feierstunde im Leben des Reiters!"

Doch zu einer Feierstunde kann die Jagd nur werden, wenn sie hinter der Meute geritten wird, und zwar hinter einem gut, will sagen spurtreu, geschlossen und laut jagenden „pack".

Alles andere verdient die Bezeichnung „Jagd" nicht, das sind bestenfalls jagdliche Ausritte. Gar völliger Unsinn ist das solche Veranstaltungen meist abschließende „Fuchsschwanzgreifen". Wann denn hat jemals ein Nimrod Reinekes Lunte mit der Hand gegriffen?

So etwas widerspricht auch gänzlich dem Wesen der Jagd zu Pferde, die prinzipiell keinen Gewinner kennt. Und obendrein ist das Fuchsschwanzgreifen nicht ungefährlich. Manches verletzte Reiterbein sowie manche Schulterprellung und Fesselgelenkstorsion beim Pferd sind schmerzvolle Ergebnisse.

Jedem hingegen, der die Jagdreiterei stilvoll und ernsthaft ausübt, ist sie unvergeßliches, mit keiner anderen Sportart vergleichbares Erlebnis: Pferde, Hunde und Menschen ohne störende Technik bei gemeinsamem, frohgemutem Tun in der Natur - das muß man im wahrsten Sinne des Wortes *erleben*, muß es in sich aufnehmen, das ist ein Geschenk.

Dabei darf der Jagdreiter nie vergessen, daß er dieses Geschenk in sehr hohem Maße den Hunden und einigen wenigen, ganz besonders passionierten und engagierten Männern und Frauen verdankt: den fast ausschließlich ehrenamtlichen Mastern, Pikören und Kennelhuntsmen der Meuten samt deren Eignern. Viel Zeit, Arbeit, Mühe und auch Geld werden aufgewendet für Haltung, Zucht, Aufzucht, Ausbildung und Einsatz der Hunde.

Unter denen, die in Deutschland bald nach dem zweiten Weltkrieg mit großer persönlicher Tatkraft die Jagdreiterei wiederbelebten, hat sich der Rittmeister a.D. Christian von Loesch besondere Verdienste erworben. Er gehörte zu den Männern der ersten Stunde. Als zweite deutsche Nachkriegs-Schleppjagdmeute baute er in der Lüneburger Heide in Dorfmark die Niedersachsen-Meute auf. Ganz besonders ist hervorzuheben, daß es sich nicht um eine Wiedergründung einer schon vor dem Krieg bereits existierenden Meute handelte, sondern in der Tat um die erste wirkliche Neugründung aus dem Nichts heraus. Dabei war es gewiß auch sein Anliegen, die jagdreiterlichen Traditionen der Kavallerieschule der Deutschen Wehrmacht und ihre sinnvollen Regeln, denen er sich verpflichtet wußte, zu tradieren. Während vieler Jahre führte er die Hunde als Master, war ihr Zuchtleiter und betreute sie lange Zeit als Kennelhuntsman. Ungezählte Menschen hat er an die Jagdreiterei heran- und in ihre „Geheimnisse" eingeführt sowie viele zu Pikören ausgebildet. Zudem ist er als Buchautor in Erscheinung getreten.

Wahrlich, Christian von Loesch hat die deutsche, ja die europäische Nachkriegs-Jagdreiterei richtungsweisend mitgestaltet und mitgeprägt. Diese Leistung sollte nicht in Vergessenheit geraten.

Vielleicht wird man eines Tages in Deutschland als angemessene Ehrung alljährlich eine nach ihm benannte, in ihren Anforderungen ihm gemäße Erinnerungsjagd reiten.

Warum wohl, wird sich mancher fragen, legt WILHELM KÖNIG acht Jahre nach seinem Buch „Jagdreiten - zu den Hunden" eine zweite Monographie über die Jagdreiterei vor? Eine der vornehmsten Aufgaben, die sich der Autor mit den historischen Betrachtungen seines neuen Buches gestellt hat, ist es, den deutschen Schleppjagd-Meuten ein Denkmal zu setzen. Selbst alter Jagdreiter, viele Jahre zunächst Pikör, dann Master zweier Foxhound-Meuten, schließlich Master der eigenen Beagle-Meute, weiß er, wovon er spricht. Bei jahrelanger Quellensuche und eingehendem Quellenstudium hat er keine Mühe gescheut, um einen Überblick über die Entwicklung von der Parforce- zur Schleppjagd in Deutschland geben zu können.

Hat ihn indessen noch etwas weiteres motiviert als der Wunsch, die Historie festzuhalten? Nun - er griff nicht zuletzt erneut zur Feder, weil das Wesen des Jagens zu Pferde noch zu wenig bekannt, ja erkannt ist. Diesem Sport eignen Besonderheiten, die der Betrachtung bedürfen.

Gewiß, das Jagdreiten ist Leistungssport. Nicht aber ist es ein Wettkampfsport, es geht nicht um Sieg und Platz. Die Bedingungen unterscheiden sich ganz wesentlich von denen der Turnierreiterei. Dort muß sich der Reiter ausschließlich auf sich selbst, auf sein Reiten, auf sein Pferd konzentrieren. Er weiß genau, was auf ihn zukommt - egal ob es sich um Dressur-, Spring- oder Geländeprüfungen handelt. Der Jagdreiter hingegen reitet in einer Gruppe gemeinsam mit anderen und kennt in der Regel die zu reitende Strecke sowie die ihn erwartenden Hindernisse nicht. Da gilt es womöglich, mit nicht vorhersehbaren, überraschenden Situationen fertig zu werden; Mut und Geschicklichkeit, Entschlußkraft und blitzschnelles Reagieren sind vonnöten.

Das hatte offenbar bereits der griechische Heerführer, Hippologe und Schriftsteller XENOPHON (um 430 bis um 354 v. Chr.) vor Augen, wenn er in seinem Werk „Über die Reitkunst"- der ersten auf uns gekommenen, in ihren Grundprinzipien heute noch gültigen Reitlehre der Welt – der Reitjagd ein Kapitel widmet und dort sagt, sie sei eine besonders gute Übung für den Krieg. Zwar wollen wir heute natürlich beileibe keine Reiter mehr für den Krieg ausbilden, allein die einst vom berittenen Soldaten geforderten Tugenden müssen auch den guten Jagdreiter zieren. Und zwar keineswegs ausschließlich in seinem eigenen Interesse.

Jagdreiterlicher Tugenden bedarf es ebenso mit Rücksicht auf die Jagdgefährten, reitet man doch im Jagdfeld zusammen mit mehr oder weniger vielen, unterschiedlich talentierten, ausgebildeten und erfahrenen Menschen und Pferden. Deshalb sind nicht zuletzt auch Fairneß und Rücksichtnahme,

Toleranz und Einfühlungsvermögen gefordert. Da sollte der Jagdreiter immer der Worte von CHRISTIAN FÜRCHTEGOTT GELLERT eingedenk sein: *„Gott schuf die Welt nicht bloß für mich, mein Nächster ist sein Kind wie ich".* Und unser Nächster ist nicht allein der Mensch, nein, auch der Hund und das Pferd. Auf sie ist der Jagdreiter angewiesen. Nur wenn beide nicht lediglich leistungsfähig, sondern auch leistungsbereit sind, kann die Jagd zur Feierstunde werden. Doch das ist allein dann möglich, wenn man sich das zur Maxime seines Umgangs mit Tieren macht, was CHARLES H. SPURGEON vom Umgang Gottes mit den Menschen gesagt hat: *„Welch eine wunderbare Macht, die nie den Willen vergewaltigt und ihn dennoch lenkt".*

Als Jünger eines traditionsreichen Sports, dessen Wurzeln im frühen klassischen Altertum liegen und der, wenn auch als Wildjagd, vor noch nicht allzulanger Zeit eine glanzvolle höfische Blüte erlebte, sollte dem Jagdreiter schließlich auch eine gewisse Noblesse – wohlgemerkt: nicht zu verwechseln mit Snobismus! – eigen sein, sollte er auf Etikette, Stil und Niveau Wert legen. Dazu gehört auch, daß er nicht, wie leider heute vielfach üblich, von „Böcken", „Gäulen" und „Kötern" spricht, wenn er seine besten und treuesten Jagdgefährten meint, die Pferde und Hunde.

Wer wollte wohl in Abrede stellen, daß das Jagdreiten so gesehen nebst vielem anderen auch zur Persönlichkeitsbildung beizutragen vermag?

Prof. Dr. Ernst-Heinrich Lochmann
Präsident und Pikör des Schleppjagdvereins Beagle-Meute Münsterland
Im April 1998

Statt einer Widmung

Abschied von Franz Jandrey.
Die Hörner hoben das einsame Halali in den Himmel, der schwer war von aufziehenden Wolken. Der eichene Sarg sank in die Gruft, in ein Meer von Nelken. Pfarrer Lengemann sprach von der Auferstehung von den Toten, und leise durch den Wind hörte man das Mahlen der Kutsche, die über den schmalen Pfad den Wald verließ. Franz Jandrey, Begründer der Cappenberger Meute, war gestorben. Enge Verwandte und Freunde aus dem Cappenberger Schleppjagdverein wußten es schon lange: Franz Jandrey war so schwer erkrankt, daß er wohl kaum das Krankenbett noch verlassen würde. Sein Wunsch, sich noch einmal auf den Rücken seines Jagdpferdes zu setzen, konnte nicht mehr in Erfüllung gehen. Es wurde ein langer Abschied von dem Mann, dem die deutsche Reiterei unendlich viel verdankt und dem die nächste Umgebung innerlich tief verbunden war, ja, ihn verehrte. Und dennoch, als Franz Jandrey am 22. Januar 1983, sechs Tage vor seinem 76. Geburtstag starb, traf der Schmerz über sein Ableben alle, die ihn liebten und bewunderten, wie ein Blitz. Er hatte seine schwere Krankheit mit der großen Tapferkeit ertragen, die wie ein roter Faden durch sein ganzes Reiterleben lief. Bis zum letzten Atemzug war der Ehrenvorsitzende des Cappenberger Schleppjagdvereins Rittmeister in des Wortes tiefer und besonderer Bedeutung.
Vier Apfelschimmel zogen die Lafette mit dem Sarg von Franz Jandrey, geführt von der Equipage. Als der Sarg nach der Trauerandacht in der Cappenberger Schloßkapelle auf die Lafette geschoben wurde, scheuten die Pferde. Auch Franz Jandrey's letztes Jagdpferd „Mecki", das hinter der Lafette ging, war nur schwer zu führen. Ein Nichtbegreifenkönnen, daß der Master geht? Es war ein langer, schweigender Zug, der Franz Jandrey auf seinem letzten Weg begleitete. Auch seine Kopfhunde wurden mitgeführt. Franz Jandrey wird weiterleben in der Erinnerung, im Geläut der Hunde, im Gedröhn der Hufe, im Herzen seiner Freunde.
(Die Meute 1/1983)

Kapitel 1
Zur Geschichte der deutschen Meuten nach 1815

Die Parforcejagd der deutschen Fürstenhäuser kam durch die napoleonischen Kriege zum Erliegen. Nach 1815 begann ein Neuaufbau nur zögernd. Erst in der Mitte des 19. Jahrhunderts läßt sich eine immer größer werdende Zahl von Jagdmeuten feststellen. Es gab sie vor allem in Preußen und Mecklenburg. Jedoch waren es mit wenigen Ausnahmen nicht mehr die großen fürstlichen Meuten. Landadel, Militär und später das Bürgertum traten die Nachfolge an.
Früher oder später stößt man bei der Suche nach den Gründen für diese Entwicklung auf eine besondere gesellschaftliche und politische Situation. Vor allem im Königreich Preußen hatte das „ostelbische Junkertum", wie es heute und von modernen Historikern regelmäßig mit abwertendem Unterton bezeichnet wird, eine starke Position. Es stellte nahezu ausschließlich das berittene Offizierskorps und Teile der Mannschaft, die in der Erntezeit auf den Gütern der Junker arbeiteten. Die zeitgenössische Definition für „Junker" war: *„... ehedem Name der jüngern Prinzen regierender Herren; in der Verkehrssprache junge Edelleute, namentlich Landedelleute, ohne sonstigen Titel, auch Bezeichnung für Offiziersaspiranten. Früher war dieselbe offiziell; die Charge der J. entspricht der des jetzigen Portepeefähnrichs. Die Benennung galt in Bayern bis 1872 und besteht noch* (um 1900) *in Rußland, wo auch die J. in besonderen Junkerschulen (Kadettenschulen) ausgebildet werden. Junkerpartei, Junkertum war in Preußen in den 50er Jahren die halb verspottende Bezeichnung der reaktionären Adelspartei".*
[45, Band 9, Seite 682]
Zum „Junkertum" fand ich eine moderne Textstelle [46]: *„Diese und zwei- bis dreihundert weitere ostelbische Rittergutsbesitzerfamilien, die zusammen das preußische Junkertum bildeten, beherrschten das Land- und Kleinstadtleben der östlichen Provinzen, stellten das Gros der Offiziere der Armee, ..."* und der Jagdreiterei.

Die Wildjagd zu Pferde, die Parforcejagd, ist auf große, frei zugängliche Gebiete angewiesen. Früher stand allein dem Adel das Jagdrecht zu und lange das Recht, die Jagd auch auf fremdem Grund und Boden auszuüben. Der Fluchtweg des mit der Meute gejagten Wildes ist nicht planbar, auch nicht die dabei zurückgelegte Entfernung. Die Parforcejagd wäre deshalb heute wegen der überall die Landschaft durchschneidenden Verkehrswege in Deutschland nicht mehr möglich. Bei der heute üblichen Schleppjagd kann die Streckenführung genau festgelegt werden. Die Eigentums- und Jagdrechte Dritter werden geschont.

Das Vorrecht des Landesherrn oder des hohen Adels, die Jagd auch auf fremdem Grund und Boden auszuüben, wurde 1848 durch das „Gesetz, betreffend die Grundrechte des Deutschen Volkes vom 21.12.1848" (§ 37) formell aufgehoben.

Nicht überall wurde dieses Gesetz aber auch beachtet [47, Seite 51]: *„Die Revolution von 1848 hatte auf die Beseitigung des Vorrechts des Landesherrn zur Ausübung der Jagd auf fremden Grund und Boden in Mecklenburg-Strelitz jedenfalls keinen Einfluß"*. In seinen Untersuchungen weist Schrötter auch auf den enormen Wildschaden durch Rotwild hin, das für die Parforce-Jagden geschont werden mußte. Dagegen meint Engelmann [46, Seite 131], daß *„die ärgste Last das Jagdrecht war, das die Herrschaft auf den Äckern der Untertanen ausüben durfte"*, wobei er aber von „Flurschäden" durch das Überreiten ausgeht, also nicht von „Wildschäden" (Schäden, die das Wild z.B. durch Verbiß verursacht).

Bei einiger Kenntnis der Jagd zu Pferde relativiert sich diese Angabe, denn die Jagd auf Wild erfolgte auch früher eher in der kalten Jahreszeit, in der die Felder nicht bestellt waren. Auch spielte sich die Hirschjagd kaum auf Äckern ab, sondern vornehmlich in Wald- und Buschland. Die Jagd auf Schwarzwild, das auch heute immer wieder ganz erhebliche Wildschäden verursacht, wird diesen Schaden eher verringert als vergrößert haben.

Die Entwicklung der Jagdreiterei muß im Zusammenhang mit der politischen Entwicklung in dem Gebiet des jeweiligen „Deutschland" betrachtet werden. Will man die deutsche „Untradition" der Jagdreiterei begreifen, muß man wenigstens einen kurzen Blick auf unsere geschichtliche Entwicklung werfen. Dabei wird man mit Erstaunen feststellen, welche Energien unsere Vorfahren für den Streit mit ihren Nachbarn aufbringen mußten, nur weil ihre jeweilige Obrigkeit es so wollte. Erst die bitteren Erfahrungen des letzten Weltkrieges haben - hoffentlich nun endgültig - ein Umdenken bewirkt.

Das heutige Deutschland bildeten in den letzten 150 Jahre zuerst viele deutschsprachige Einzelstaaten, aus denen sich lose Staatenbünde entwickelten. Ab 1871 war Deutschland ein Kaiserreich beinahe noch mit den Grenzen, wie sie in der ersten Strophe des Deutschlandliedes beschrieben wurden: „von der Maas bis an die Memel, von der Etsch bis an den Belt".

Durch den Versailler Vertrag von 1919 wurde das Land kleiner. Nach der Weimarer Republik kam für 12 Jahre „Großdeutschland", das 1945 wieder zerstückelt wurde. Heute, nach der Wiedervereinigung haben wir unsere Bundesrepublik Deutschland.
Daneben gab es schon früher auch „deutschsprachige Gebiete" in benachbarten Staaten oder fern unserer staatlichen Grenzen.
Besonders schwierig wird es mit der Zeit zwischen 1815 und 1871, in der es viele mehr oder weniger große deutsche Nationalstaaten gab. Man findet, um nur einige der größeren zu erwähnen, Preußen, Bayern, Hannover, Mecklenburg, Schleswig, Holstein, Württemberg, Baden, Sachsen und als Nachbar natürlich auch das Kaiserreich Österreich. Dabei nahm Hannover eine Sonderstellung ein.
Seit 1714 der hannoversche Kurfürst (als Georg I.) auch König von England und Schottland wurde - genauer gesagt von Großbritannien, wie es seit 1707 hieß und bis 1921 auch ganz Irland mit einschloß -, gehörte Hannover zur britischen Krone. 1803 wurde es dann durch Napoleon besetzt, der es zwar erst dem preußischen Königshaus anbot, aber dann, von 1807 bis 1813, zum größten Teil dem Königreich Westfalen (unter Napoleons Bruder Jerome) zuschlug. 1814 auf dem Wiener Kongreß an Großbritannien zurückgegeben, wurde es ein Königreich, das bis 1837 wiederum in Personalunion vom britischen König regiert wurde. Von 1837 bis 1851 war auf Schloß Herrenhausen ein Engländer, Ernst August von Cumberland, König von Hannover. Ihm folgte sein Sohn als König Georg V. Im September 1866 wurde Hannover preußisch.
Mecklenburg bestand aus zwei, eigentlich sogar aus drei Teilen, dem Großherzogtum Mecklenburg-Schwerin und dem zweigeteilten Großherzogtum Mecklenburg-Strelitz (mit Ratzeburg im Westen und Stargard/Neu-Brandenburg im Osten).
Unter Napoleon gehörte Norddeutschland bis Lübeck, also Bremen und Hamburg eingeschlossen, zu Frankreich. Um 1809 waren das heutige Niedersachsen, Sachsen, Thüringen, die süddeutschen Staaten und das damalige Großherzogtum Polen von Frankreich abhängige Staaten. Schleswig und Holstein waren Teile Dänemarks. Danzig hatte eine französische Garnison. Noch 1807 war Preußen zur politischen Ohnmacht verurteilt, weil es durch französische Truppen nahezu vollständig besetzt war. Nach dem Sturz Napoleons sollte der „Wiener Kongreß" (1814/15) Europa neu ordnen. Im Deutschen Bund, der von 1815 bis 1866 bestand, waren unter den 35 Fürsten auch die Könige von England (bis 1837 gleichzeitig König

von Hannover), von Dänemark (Holstein), der Niederlande (Luxemburg). Von Preußen und Österreich gehörten nur kleinere Teile zu diesem Bund. Österreich hatte dennoch in dem in Frankfurt tagenden Bundestag den Vorsitz.

Innnerhalb der Grenzen des Deutschen Bundes lebten nach einer Schätzung von 1864 auch etwa 8,5 Millionen Slawen, Romanen (Italiener, Franzosen, Wallonen, Ladiner, Furlaner, Rumänen), Griechen, Armenier [45, Band 5, Seite 828].

Europa kam durch die Neuregelungen keineswegs zur Ruhe. Es ging im Gegenteil mehr denn je durcheinander. Es gab Erhebungen und Umstürze beispielsweise in Spanien, Portugal, Neapel, Serbien, Griechenland und Polen. Die herrschenden Häuser hatten also mehr als reichlich zu tun. Der Gedanke an feudale Jagdveranstaltungen und fürstliche Meutehaltungen lag da sicherlich sehr fern.

Im politisch vergleichsweise ruhigen Königreich Preußen hatte man mehr Muße. 1828 kam es zur Neugründung einer Meute, der „Kgl. Preußischen Meute" mit Kennels im Grunewald.

Schon erheblich früher hatte man im britischen Königreich Hannover wieder Spaß an der Jagdreiterei. Ab 1815 wurde dort mit Harriers gejagt, vermutlich auf Hasen. Bis 1827 hatte auch König Friedrich August I. von Sachsen [26, Seite 329] eine eigene Meute. Nach seinem Tode gelangte der größere Teil der Hunde 1828 zur gerade neu entstehenden königlichen Meute nach Preußen. 1830 gab es auch in Böhmen, das zum Kaiserreich Österreich und zum Deutschen Bund gehörte, wieder eine Meute. In Pardubitz wurde vom Grafen Kinsky auf Schloß Karlskron die später berühmte „Pardubitzer Hirschmeute" gegründet. An den Jagden dieser Meute nahmen vor allem Adlige aus Österreich und Süddeutschland teil. Das österreichische Kaiserhaus war bei den Jagden immer vertreten. Pardubitz wurde gleichzeitig Austragungsort des noch heute jährlich abgehaltenen „Pardubitzer Jagdrennens".

Vorpommern war bis 1814 schwedisch, fiel dann an Dänemark, das es bald danach an Preußen verkaufte. 1837 entstand dort die „Broocker Meute" des Barons von Seckendorf, deren Master später einmal der durch seine Schriften zur Jagdreiterei sehr bekannt gewordene und unter Zeitgenossen hoch geachtete Freiherr von Esebeck werden sollte. Wenigstens er widerlegte mit seinen Schriften eindrucksvoll die These Engelmanns [46], daß alle Junker reichlich unbedarft und an kulturellen Dingen völlig uninteressiert waren.

Die Geschichte der deutschen Jagdreiterei sehe ich als ein sehr getreues Spiegelbild unserer politischen, sozialen, gesellschaftlichen und wirtschaftlichen Entwicklung. Unter Napoleon waren die alten Feudalstrukturen weitgehend verändert und neue Staaten in Deutschland geschaffen worden. Die Bedeutung alter Fürstenhäuser änderte sich.
Die feudalen Parforce-Jagden aber waren ausschließlich an die mehr oder weniger großen Herrschaftshäuser gebunden, die allein über ausreichend Land, Geld und die Jagdrechte verfügten.
Die Kriege Napoleons waren aber auch mit dem Geld und den Menschen der deutschen Vasallenstaaten geführt worden. Mit dem Ende Napoleons blieben in Deutschland weite Gebiete verarmt.
Über die Folgen der Befreiungskriege von 1813-15 wurde berichtet [45, Band 14, Seite 217]: *„Die Opfer, welcher der seit 1806 durch den unglücklichen Krieg, dann die französische Aussaugung erschöpfte Staat in dem neuen Krieg an Menschen (140.000) auch an Geld brachte, waren ungeheuer"*.
Ganz anders war es in Großbritannien, dem Land des „fox hunting", wo sich Meuten über Jahrhunderte erhalten und festigen konnten, weil sich die gesellschaftlichen Verhältnisse nicht wesentlich veränderten und Kriege höchstens kurzfristig zu Unterbrechungen zwangen. Dagegen wurde der Jagdbetrieb in Deutschland durch die französische Revolution und deren kriegerischen Folgen - und auch durch die später folgenden Kriege - für lange Zeit unterbrochen. Das Ende der Parforce-Jagden ließ zwangsläufig auch die damit verbundene Haltung und Zucht von Meutehunden zusammenbrechen.

In Frankreich waren die Folgen von Revolutionen und Kriegen für die Jagdreiterei nicht so schwer. Freiherr von Engelhardt [28, Seite 19] schrieb über die französische Meutehaltung, die vor der Revolution nach seinen Worten einen *„qualitativen Höchststand"* erreicht hatte: *„Nach einer Zeit traurigsten Tiefstandes von Beginn der Revolution an bis etwa ums Jahr 1850 hat sich der edle Jagdbetrieb seither wieder bedeutend gehoben und Hand in Hand mit ihm die Brackenzucht einen erfreulichen Aufschwung genommen"*.
In Frankreich hatte der Adel nach der Verbannung Napoleons seine alte Macht wiedererhalten. Jagdtraditionen gewannen ihre ursprüngliche Bedeutung und vor allem auch ihren feudalen Stil zurück. Weder der deutsch-französische Krieg 1870/71 noch die beiden Weltkriege haben die

französische Parforcejagd auf Hirsch, Reh und Schwarzwild langfristig nachteilig beeinflußt. Trotzdem ist, wie auch in Großbritanien, ihre Zukunft unsicher, da sich immer häufiger politischer Widerstand äußert.

1870/71 wechselte übrigens so mancher Meutehund von Frankreich nach Deutschland zu einem neuen Besitzer - vermutlich nicht immer ganz freiwillig. Ähnlich erging es dann nach dem letzten Krieg den noch vorhandenen deutschen Meutehunden, die fast alle von den alliierten Siegern „übernommen" wurden.

Nach Napoleon wandelte sich das Bild in den deutschen Ländern gründlich. Ein günstigere Entwicklung hätte, wenigstens in Preußen, jedoch schon viel früher beginnen können. Die Erbuntertänigkeit der Bauern wurde mit dem Edikt vom 9.10.1807 durch den damaligen preußischen Minister, Freiherr vom und zum Stein, aufgehoben und der Handel mit Grundeigentum zugelassen. Unter Staatskanzler Graf von Hardenberg wurden weitere wichtige Regelungen getroffen, so ab 1810 die Gewerbefreiheit, 1811 die Ablösemöglichkeit von bäuerlichen „Fron- und Handdiensten". Diese Gesetze stärkten aber leider nicht das freie Bauerntum, sondern die Großgrundbesitzer. Diese verfügten über rationellere Arbeitsweisen und ein Heer von Tagelöhnern, zu denen bald viele verarmte Bauern zählten, die ihre Ablösekosten nicht bezahlen konnten.

Der neue Staat Preußen war in zwei Hälften geteilt. Zwischen den West- und Ostprovinzen lag das Königreich Hannover mit Hamburg und Bremen, das Preußen auf dem Wiener Kongreß wieder an England abgetreten hatte. 1819 wurde mit dem Handels- und Gewerbeverein erstmals versucht, die innerdeutschen Zollschranken zu überwinden.

Die Juli-Revolution von 1830 in Paris führte in ganz Europa zu Unruhen und ersten Demokratisierungsversuchen.

Nach Abflauen der Unruhen in Deutschland kam es 1834 zu dem von Preußen beherrschten „Deutschen Zollverein". Die ersten Ansätze zu einer Demokratie in Deutschland und auch zu einem einigen deutschen Staat finden sich in dieser Zeit.

Das politische Klima zwischen Deutschen und Franzosen war angespannt. Erinnert sei hier an die in Frankreich 1840 erhobene Forderung einer französischen Ostgrenze am Rhein. Diese Forderung verursachte in Deutschland Proteststürme und stärkte das Streben nach deutscher Einigkeit. In dieser Zeit entstanden vaterländische Lieder, wie „Die Wacht am Rhein" (1840, Max Schneckenburger) und „Das Lied der Deutschen"

(Deutschlandlied, 1841 Hoffmann von Fallersleben). Vorangegangen waren die patriotischen Dichtungen von Ernst Moritz Arndt (1769 - 1860), Friedrich Rückert (1788 - 1866), Johann Ludwig Uhland (1787 - 1862) und, viel früher, Karl Theodor Körner (1791 - 1813).
Es verwundert deshalb nicht, daß diese abermals unruhige Zeit voller Unsicherheiten und Risiken die adligen Großgrundbesitzer nicht ermutigte, wieder Hundemeuten für Parforce-Jagden aufzubauen.
In diesen Jahren gelangte zudem von Indien aus die Cholera über Rußland nach Polen. Sie breitete sich - begünstigt durch den russisch-polnischen Krieg von 1830/31 - schnell aus. Dieser Krieg wurde durch den „Warschauer Aufstand" polnischer Adliger gegen Großfürst Konstantin, dem Statthalter Rußlands im Königreich Polen, das seit 1815 wieder zu Rußland gehörte, ausgelöst.
Die erste Welle der Cholera-Epidemie erreichte im Sommer 1831 auch Berlin. Innerhalb von 4 Monaten starben etwa 1400 Menschen. Zu den prominenten Opfern dieser Krankheit gehörten auch Neidhard von Gneisenau (geb. 1760) in Posen, Karl von Clausewitz (geb. 1780) in Breslau, Georg Wilhelm Friedrich Hegel (geb. 1770) in Berlin.
Eine zweite Welle dieser Krankheit folgte schon im Sommer 1832 und dann noch neunmal zwischen 1848 und 1873, wobei die Epidemie von 1866 im „Deutschen Krieg" - mit etwa 5500 Toten nur in Berlin - die schlimmste war. Begünstigt wurden die Epidemien durch unsäglich erbärmliche sanitäre Verhältnisse vor allem in den Städten, in denen es noch keinerlei Kanalisation für die Abwässer oder hygienisch einwandfreie Trinkwasserversorgungen gab. Genauso bestand die Beseitigung von Abfall in den Städten darin, daß man ihn in Karren einfach vor die Stadtgrenzen beförderte und dort auskippte. Vor die Karren spannte man meist Strafgefangene.
Nach Jahren der Ruhe gab es 1892 noch einmal ein Cholera-Jahr in Deutschland. In Hamburg soll sich der Bakteriologe Robert Koch, als er dort die sanitären Einrichtungen besichtigte, so geäußert haben:
„Meine Herren, ich vergesse, daß ich in Europa bin".

Erinnert sei auch an das unbeschreibbare Elend der unteren Schichten, das auch zum schlesischen Weberaufstand von 1844 führte. Dessen Ursache war aber nicht allein Unterdrückung, sondern auch die Ablösung handwerklicher Arbeit durch Fabrikarbeit. Dazu kamen Hungersnöte, die durch Mißernten ausgelöst wurden. 1845 war durch starken Kartoffelkäferbefall das Grundnahrungsmittel Kartoffel nahezu unbezahlbar geworden. In den beiden Jahren danach kam es zu schlimmen Getreidemißernten [48, Seite 261].

Daß es in Preußen und den anderen deutschen Staaten gärte, lag jedoch nicht nur an der wirtschaftlichen Unzufriedenheit. Es gab auch Streitigkeiten mit den Kirchen. Unter Friedrich Wilhelm III. ging man weder mit Protestanten, die sich jetzt „evangelisch" zu nennen hatten, noch mit Katholiken zimperlich um. Als sich die katholische Kirche weigerte, Kinder aus „Mischehen" einsegnen zu lassen, wenn sie nicht katholisch erzogen würden, sperrte man die Erzbischöfe von Köln (Droste zu Vischering, 1837) und von Posen (Dunin, 1839) kurzerhand ein.

Aus der Festungshaft kamen sie erst 1840 durch Amnestie des neuen Königs Friedrich Wilhelm IV. wieder frei.

Die allgemeine Unzufriedenheit führte auch in den deutschen Ländern zu Unruhen - den März-Unruhen von 1848 -, die wiederum in Frankreich ausgelöst worden waren. Es gab damals sehr unterschiedliche Ziele: Die unteren Schichten wollten vornehmlich Vereinsfreiheit, Schwurgerichte, Volksmiliz. Die Journalisten wollten die Pressefreiheit. Das liberale Bildungs- und Besitzbürgertum hatte mildere Vorstellungen. Alle beanspruchten für sich auch noch die Verwirklichung einer irgendwie gearteten deutschen Einheit.

Der Revolutionsversuch scheiterte, wie auch der damalige Versuch, einen „Großdeutschen Staat" mit dem deutschsprachigen Teil Österreich-Ungarns zu schaffen. In der „Verfassungsgebenden Nationalversammlung" konnte man Gesamt-Österreich nicht überzeugen.

Die alten Hierarchien blieben nach der gescheiterten Revolution nicht nur bestehen, sondern wurden sogar noch gestärkt.

In Preußen gewann die christlich-konservative Partei („Junkerpartei"), deren Mitglieder vornehmlich dem kleinen Landadel der östlichen Provinzen entstammten, stark an Einfluß.

1851 wurde die gutsherrliche Polizeiverwaltung wiederhergestellt [45, Band 14, Seite 221]. Der Adel erhielt überall die alten Rechte weitgehend zurück. Die Sorgen um revolutionäre Entwicklungen waren geschwunden.

Die nach 1850 durch die Niederschlagung aller politischen Reformbewegungen erreichte oder, wenn man so will, erzwungene politische Ruhe brachte dem jagdreiterlichen Geschehen nur Vorteile. Nach 1850 folgte einer Meutegründung die nächste. Die Annexion des Königreiches Hannover durch Preußen im September 1866 bedeutete zwar das Ende der königlichen Harrier-Meute in Hannover, aber sie wurde schnell durch eine preußische Neugründung ersetzt. Aus dieser entstand 1868 die berühmte Meute des Preußischen Militärreitinstituts in Hannover. Die Harrier-Meute aus Hannover gelangte dafür noch 1866 nach Hamburg und begründete dort die Folge der Hamburger Schleppjagdvereinigungen.

Die wirtschaftlichen Folgen der napoleonischen Kriege und der danach folgenden Unruhen waren um 1850 weitgehend überwunden. Die Geldmenge verdreifachte sich zwischen 1851 und 1857. Der Aufbau der Industrie schuf zwar Arbeitsplätze in sehr großer Zahl, doch blieben die Löhne als Folge des immer noch riesigen Überangebots an Arbeitskräften niedrig. Die Gewinne waren entsprechend größer.

Der Aufstieg von Industrie und Bürgertum verstärkte sich. Es entstanden Aktien- und Kommanditgesellschaften. Der Bergbau, die Stahl- und Maschinenbau-Industrie wurden aufgebaut. Dasselbe galt für das Banken- und Versicherungswesen, die Elektro- und die optische Industrie. 1847 wurde die Telegraphenbauanstalt Siemens & Halske gegründet. Mit Justus Liebig begann 1856 der Aufstieg der chemische Großindustrie.

Dampf-Eisenbahnen gab es schon erheblich früher: 1835 Ludwigsbahn Nürnberg-Fürth, 1837 Berlin-Potsdam, 1839 Leipzig-Dresden, 1841 Berlin-Anhalt, 1842 Berlin-Stettin. Der Lokomotiv-Fabrikant Borsig starb 1854, kurz bevor in seiner Fabrik die 500. Lokomotive fertiggestellt wurde.

Unaufhaltsam entwickelte sich die Wirtschaft. Ganz im Gegensatz dazu stagnierte der Fortschritt in der Politik. Eine Vereinigung der vielen deutschen Kleinstaaten, die „kleindeutsche Lösung" ohne Österreich-Ungarn, kam nicht zustande. Der Preußenkönig mochte 1849 die ihm angetragene Würde eines Deutschen Kaisers nicht annehmen.

Erst mit der Berufung Bismarcks zum Ministerpräsidenten in Preußen begann 1862 die Erstarkung Preußens innerhalb des 1850 wiederbelebten Deutschen Bundes, der bis dahin stark von Österreich beeinflußt worden war. Als Folge des Deutsch-Dänischen Krieges 1864 trat Dänemark Schleswig, Holstein und Lauenburg an Preußen und Österreich zur gemeinschaftlichen Verwaltung ab.

Es folgten der Austritt Preußens aus dem Deutschen Bund und der „Preußisch-Deutsche Krieg" von 1866. Die Gegner Preußens waren Österreich und seine Verbündeten, u.a. Hannover, Sachsen, Kurhessen, Bayern, während zu den Bundesgenossen Preußens Mecklenburg, aber auch Italien zählten. In dem neuen Krieg war Preußens Armee die stärkere. 1866 annektierte Preußen alle deutschen Staaten nördlich des

Mains mit Ausnahme von Sachsen und Hessen-Darmstadt. Es bildete sich unter der Führung Preußens der Norddeutsche Bund. Die südlich des Mains gelegenen deutschen Länder wurden in einem süddeutschen Bund zusammengefaßt. Zwischen den beiden Bünden wurde ein Schutz- und Trutzbündnis vereinbart. Dies war letztlich entscheidend für den Ausgang des deutsch-französischen Krieges von 1870/71, in dem erstmals alle deutschen Staaten zusammenhielten.

Das besitzende Bürgertum gewann mehr und mehr an Einfluß und fand natürlich auch Interesse an bisher dem Adel vorbehaltenen Beschäftigungen, wie Jagd und Reitsport.
Den größten Antrieb erhielt die Meutejagd jedoch über die berittenen Einheiten des Militärs. Für einen Kavalleristen war die einwandfreie Beherrschung des Pferdes auch im sehr schwierigen Gelände eine Selbstverständlichkeit. Nach der Grundausbildung in der Reitbahn fand die weitere Schulung deshalb im Gelände statt. Dazu zählte, halb Dienst und halb Freizeit, auch das Jagdreiten. Ähnlich wie vorher in Großbritannien wurden an den Kavalleriestandorten Meuten aufgebaut. Die Meutejagden fanden vorzugsweise in der Nähe der Kasernen oder auf den Landsitzen der Offiziere statt. Das Offizierskorps wurde traditionell vorwiegend vom Landadel gestellt. An den Jagden nahmen aber in immer stärkeren Umfang auch reiche Bürger teil, da deren wirtschaftliche Möglichkeiten für die kostspielige Meutehaltung sehr geschätzt waren.
Der größte Teil der Meutegründungen dürfte um und kurz nach 1850 in Mecklenburg erfolgt sein, so beispielsweise in Neu-Brandenburg, Pinnow, Crenzow, Güstrow, Tessin, Roebel und Stavenhagen. Auch in Mecklenburg waren die alten adligen Vorrechte seit 1850 wieder gültig (1852 wurde sogar die Prügelstrafe wieder eingeführt). Für die Meutehaltung und das Jagdreiten bot sich die landwirtschaftlich nicht besonders ergiebige und nur wenig bewaldete Gegend besonders an. Die Nähe zu den großen Städten Berlin und Hamburg dürfte ebenfalls eine Rolle gespielt haben. Eisenbahnverbindungen gab es bereits von Berlin nach Stettin und Hamburg. Insgesamt waren 1850 in ganz Deutschland bereits rund 6000 km Eisenbahnen vorhanden. Esebeck [23, Seite 7] hob von den Meuten in Mecklenburg vor allem die Neubrandenburger Meute (Harriers; 1848 ursprünglich durch Graf Bassewitz-Burgschlitz als „Burg-Schlitzer" Beagle-Meute gegründet) und den Ludwigslust-Parchimer Parforce-Verein von 1868 hervor.

1871 enstand das zweite deutsche Kaiserreich mit dem Preußenkönig als deutschem Kaiser (Wilhelm I). In dieser ruhigen Epoche mit einem starken Militär und reichem Bürgertum konnten - für deutsche Verhältnisse - lange Zeit bestehende Meuten aufgebaut werden.

Nach 1871 regenerierte sich die Meute am Preußischen Militärreitinstitut Hannover. Mit Hunden aus Hannover wurden in den meisten alten und neuen Garnisonen Schleppjagdmeuten aufgebaut. So gab es in Elsaß-Lothringen, das damals zum deutschen Reichsgebiet gehörte, eine Garnisonsmeute (8 Koppeln Foxhounds) der Hannoverschen Ulanen mit dem Master Rittmeister Boege.
Es entstanden auch garnisonsgebundene Reitervereine, denen bald begüterte Zivilisten, die sich für das Jagdreiten begeistern ließen, beitraten. Dressur- und Springturniere in der heute üblichen Form gab es noch nicht. Wenn nicht hinter der Meute geritten wurde, konnte man sich an Flach- und Hindernisrennen (Jagdrennen) beteiligen. In dieser Zeit wurden auch die ersten privaten Meuten gegründet, beispielsweise die Meute des Herrn von Friedländer in Lanke bei Bernau (Berlin). Diese Meute ging auch schon auf Reisen und war lange Jahre Gast beim 1871 gegründeten Jagdrenn-Club zu Leipzig. Doch nahezu ausschließlich waren Militärs die Master der neuen Meuten.
Die meisten deutschen Fürstenhäuser hatten die traditionellen Hof- und Gesellschaftsjagden nicht wieder eingerichtet. Einige ihrer Repräsentanten unterstützten die Meutehalter gelegentlich als Schirmherren und beteiligten sich häufig als Jagdherren oder im Jagdfeld. Am preußischen Hof gab es dauerhaft noch bis 1914 eine zum Hofstaat gehörende Meute. An den Jagden, ausschließlich auf Kastenwild, beteiligte sich auch der Kaiser selbst, der dann das Amt eines Masters übernahm.
Auch der Herzog von Nassau, später Großherzog von Luxemburg, widmete sich zusammen mit dem Fürsten Lippe-Detmold in der Senne der Jagdreiterei. Der Großherzog von Mecklenburg war Schirmherr des Ludwigslust-Parchimer Schleppjagdvereins. In Bayern konnte sich das Bayrische Militärreitinstitut der Unterstützung der Wittelsbacher sicher sein, eine Tradition, die nach dem letzten Krieg in den sechziger Jahren mit vielen Schleppjagden der Cappenberger Meute fortgeführt wurde.
Das Bürgertum war mit den für jegliche Art der Jagd notwendigen

Finanzmitteln schon gut ausgestattet, aber ohne Adelsprädikat noch nicht so recht emanzipiert. Eine jagdreiterliche Tradition für „nicht gediente" Zivilisten gab es nicht. Auch spielten die schieß-jagdlichen Ambitionen bereits eine erhebliche und zunehmend die Jagdreiterei einschränkende Rolle. Der Adel, insbesondere der die Armee tragende preußische Landadel war mit Pferden aufgewachsen. Der neue Geldadel war städtisch erzogen und fand es erheblich müheloser, Wild zu schießen, als zu Pferde parforce zu jagen. Das Bürgertum konnte sich den Erwerb der Jagdprivilegien finanziell auch leisten. Die „Grüne Jagd" wurde so zum jagdlichen Ersatzvergnügen der Reichen und ist es bis heute geblieben. Die Reitjagd war Teil der kavalleristischen Ausbildung des primär erst einmal adligen Offiziers-Korps. Reiten als Sport war, wenn man nicht adliger Herkunft war, lange Zeit nur etwas für die „höheren", ausreichend begüterten Schichten. Das Jagdreiten blieb bis in die jüngste Vergangenheit ein feudaler Sport, mit allerdings höheren körperlichen Anforderungen als für die Schießjagd. Dem „normalen" Bürger oder gar dem Arbeiter blieb beides, das Reiten und die Jagd, verschlossen. Es sei daran erinnert, daß die große Masse der Arbeiter in beispielloser Armut lebte.

Nach dem ersten Weltkrieg fanden die ländlichen Reiter auf selbst gezogenen Pferden mit der sogenannten „Fuchsjagd" (ohne Meute) oder mit den schon von früher beim Militär bekannten „Schnitzeljagden" [23, Seite 30] einen Ersatz. Schießbegeisterte konnten sich den Schützenvereinen anschließen.

Vor etwa hundert Jahren war die Parforcejagd in Deutschland schon weitgehend zum Erliegen gekommen. Die echte, völlig freie Jagd zu Pferde gab es in Deutschland ohnehin nie so recht. Die landschaftlichen Gegebenheiten erlaubten nur in wenigen Landesteilen eine Parforcejagd auf Rot-, Dam- und Schwarzwild. Hierfür ist ein großer Waldbestand mit sich anschließenden offenen Flächen erforderlich. Bei Hirschjagden wurden häufig Entfernungen von mehr als 30 Kilometern zurückgelegt. Eine Hasenjagd zu Pferde wiederum funktioniert natürlich nicht im Wald. Die reine Fuchsjagd konnte sich in Deutschland nie durchsetzen, weil es wiederum zu wenig freie Flächen, aber auch zu viele Hasen gab. Die Freiräume für eine Wildjagd nahmen mit der zunehmenden Kultivierung und Industrialisierung im neunzehnten Jahrhundert immer weiter ab. Vor allem zerschnitten die Schienenstränge der sich rasant entwickelnden Eisenbahnlinien die Landschaft. Ebenfalls wurde, wenn auch viel langsamer, ein Netz von Kanälen aufgebaut. Diese stellten zwar für das Wild kein großes Hindernis dar, doch für die Jagdfelder waren sie meist unüberwindbar.

Im letzten Viertel des 19. Jahrhunderts wandelte sich die Meutejagd immer stärker von der Parforcejagd zur Schleppjagd, die schließlich zu der heute typisch deutschen Form fand.

Die passionierten Jagdreiter dieser Epoche ersannen aber erst einmal eine künstliche Variante der Parforcejagd, die „Kastenjagd". Es ist für den Natur- und Tierfreund von heute kaum noch vorstellbar oder gar nachvollziehbar, daß damals Hirsche und Sauen in Tierparks nur zu dem Zweck gezüchtet wurden, im Herbst von Hunden „Halali" gejagt zu werden - wie man es vornehm ausdrückte. Das Wild wurde eingefangen und in einem Käfig (Kasten) zum Jagdort transportiert. Dort wurde es vor der schon jagdeifrigen Meute „freigelassen". Zur Ehre einiger Zeitgenossen kann jedoch festgestellt werden, daß diese Art des „Jagdsports" auch damals schon kritisiert wurde. Doch nicht diese Kritik ließ die Kastenjagd verschwinden. Für viele Meuten wurde sie entweder einfach zu teuer oder auch zu umständlich.

Die Schleppjagd konnte sich schnell durchsetzen, auch wenn sie von unverbesserlichen Wildhetzern als eine „doch mindere Beschäftigung" abgelehnt wurde. Zum endgültigen Ende der Kastenjagd kam es mit dem ersten Weltkrieg, der - tierfreundlich betrachtet - so wenigstens ein Gutes zur Folge hatte.

Nach Ende des ersten Weltkrieges versuchte man es noch einmal mit der Kastenjagd. Sie verschwand aber schnell endgültig, wenn auch nicht aus ethischen Gründen, sondern ganz einfach wegen der hohen Kosten. Es bedurfte deshalb eigentlich nicht der Strafandrohung durch das Reichsjagdgesetz vom 3. Juli 1934, dessen Bestimmungen nach 1952 als neue Bundes- und Landesjagdgesetze nahezu unverändert übernommen wurden, um die Hetzjagd auf Wild zu beenden - wobei allerdings, was meistens übersehen wird, zwischen Parforce- und Hetzjagd ein erheblicher Unterschied besteht. (Die „Hetzjagd" auf Schwarzwild ist übrigens nie ganz verschwunden, es fehlen nur die berittenen Jäger, und man spricht natürlich auch nicht von „Hetzen". Eine solche Meute ist die „Westfalen-Terrier-Meute").

Die bis auf jeden Meter Geländestrecke planbare Schleppjagd hatte schon ihre großen Vorteile gezeigt. Man konnte auf der künstlichen Spur (der Schleppe) auch auf sehr engem Gelände jagdlich reiten. Durch den Bau von mehr oder weniger anspruchsvollen Hindernissen ließen sich die natürlich vorkommenden Geländeschwierigkeiten beliebig vergrößern. Dies war sportlich sehr attraktiv und vor allem für die Ausbildung der Kavalleristen von Nutzen, für die ursprünglich, um es zu wiederholen, die meisten Meuten angeschafft worden waren.

Das Ende des ersten Weltkriegs überlebten nur die wenigen Meutehunde, die auf den Gütern durchgefüttert werden konnten. Die Garnisonsmeuten gab es nicht mehr. Trotzdem wagte man schon bald nach 1919 einen neuen Anfang. Nahezu zwangsläufig brauchte man dazu die jetzt „ehemaligen" Kavalleristen. Denn nur sie wußten, „wie es gemacht wurde". Und außerdem waren sie fast alle „arbeitslos", wie man heute sagen würde. Für das 100.000-Mann-Heer im Deutschland nach dem ersten Weltkrieg und die wenigen Freicorps wurden die meisten nicht gebraucht. Geld vom Staat war auch nicht zu bekommen. Die ehemaligen Militär-Meuten blieben aufgelöst, ausgenommen die Meute der (später so genannten) Kavalleriereitschule Hannover. In den drei Kavalleriedivisionen der Reichswehr dienten etwa 16000 Mannschaften und Offiziere. Dazu kamen die Mannschaften der bespannten Einheiten und die berittenen Offiziere.

Waren es im 19. Jahrhundert politische Ereignisse, die den Aufbau der Meuten hinderten oder förderten, so waren nach 1919 erst einmal die wirtschaftlichen Folgen des Krieges zu überwinden. Es vergingen 3 bis 4 Jahre nach Kriegsende, bevor wieder Meutejagden stattfinden konnten. Die erste neue Meute dürfte der Potsdamer Reiterverein aufgebaut haben. Dieser Verein entstand 1920 als Fusion des Berlin-Potsdamer Reitervereins mit dem Potsdamer Schleppjagdverein. 1921 führte Master Graf Theodor von Seherr zwei Koppeln Foxhounds aus dem Restbestand der Trakehner Meute zur Schleppjagd.

Betrachtet man die damalige politische Situation und in deren Folge die wirtschaftliche Entwicklung in Deutschland, verwundert es ohnehin, daß überhaupt wieder Meuten gegründet wurden. Durch den Versailler Vertrag waren große Gebiete von Deutschland abgetrennt worden, vor allem aber waren sehr hohe Reparationszahlungen an die Siegermächte zu zahlen. Nichterfüllung von Auflagen führte 1923 zur Besetzung des Ruhrgebiets durch Franzosen und Belgier. Das Memelland wurde von Litauen besetzt, der östliche Teil des oberschlesischen Industrierviers mit reichen Kohle-

und Erzvorkommen wurde in eigenwilliger Auslegung der oberschlesischen Abstimmung von 1921 an Polen ausgeliefert, obgleich rund 60 % der Bevölkerung für ein Verbleiben Oberschlesiens bei Deutschland gestimmt hatten.

Am schlimmsten wurde die Bevölkerung aber durch Arbeitslosigkeit und Inflation getroffen, deren Höhepunkt in das Jahr 1923 fiel. Die Reparationsfrage wurde erst 1932 auf der Konferenz von Lausanne mit einer Schlußzahlung von 3 Milliarden Reichsmark gelöst. Wie die Geschichte zeigt, kam für die Stimmung in der Bevölkerung diese Vereinbarung viel zu spät.

Mit dem Jahr 1933 veränderte sich die politische Situation abermals. Für die Meutehalter blieb die politische Entwicklung ohne große Auswirkungen. Die zahlreichen Meuten der damaligen Zeit - zwischen den beiden Weltkriegen - bestanden bereits.

Einige Neugründungen gab es zwischen 1933 und dem Kriegsbeginn 1939 noch in Strelitz (1936), Essen (1936), Bamberg (1938), Magdeburg (vor 1938), Wiesbaden (vor 1938), soweit dies heute noch feststellbar ist. Die Veränderungen in dieser Zeit waren mehr äußerlicher Art. Nach 1933 trugen die Teilnehmer bei den Schleppjagden in zunehmendem Maße statt des roten Rocks SA-, SS-, HJ-, Polizei- oder Wehrmachtsuniformen. Dies war aber keineswegs ungewöhnlich, denn schon zu „Kaisers Zeiten" ritten Offiziere in ihren Uniformen, wenn sie an Meutejagden teilnahmen.

In Berlin wurde 1935 mit den schon bestehenden Meuten der neue „Berliner Schleppjagdverein" gegründet. Die Kennels befanden sich in der Kaserne der „Leibstandarte Adolf Hitler" in Lichterfelde. Vereinsführer, so hieß man damals, war der Kommandeur der SS-Leibstandarte Sepp Dietrich. Master waren der Major a.D. Bürkner und der reaktivierte Hauptmann Skowronski, der dann einige Zeit lang gleichzeitig in Hamburg und Berlin das Masteramt innehatte. Die Jagden dieses Vereins waren eine Fortsetzung der alten preußischen Hofjagden. Nur jetzt sah man bei den Hunden die neue Prominenz und Vertreter der ausländischen Diplomatie.

Auch viele Offiziere der Wehrmacht waren dem Jagdreitsport eng verbunden. Sie waren auch erfolgreiche Turnierreiter, vor allem aber natürlich Military-Reiter.

An den Jagden des Verdener Schleppjagdvereins nahm damals auch Hauptmann Ludwig Stubbendorff teil. Für das Jahr 1936 vermerkte der Verein [41]: *„Das Jahr brachte dem Verein einen großen Triumph durch*

Hauptmann Ludwig Stubbendorff. Er gewann bei den Olympischen Spielen in Berlin (1936) in der Military auf dem Ostpreußen „Nurmi" die Goldmedaille sowohl in der Einzel- als auch in der Mannschaftswertung. Ihm zu Ehren steht die „Olympiaeiche" mit einem Gedenkstein am Eingang zum Verdener Stadiongelände".

Im Buch von Rainer Klimke [56, Seiten 28 - 33] ist die Geschichte der Military 1936 in Döberitz ausführlich geschildert.

(1956 führte man in der Bundesrepublik Deutschland eintägige Vielseitigkeitsprüfungen ein, die in Großbritannien schon lange als "One-Day-Events" bekannt waren. Diesen hier neuen Wettbewerb nannte man lange Zeit „Ludwig-Stubbendorff-Prüfung". Diese Bezeichnung war leider nicht von Dauer; vielleicht war den Verantwortlichen die Erinnerung an einen Kavalleristen, der im letzten Krieg seinen Leben ließ, plötzlich peinlich geworden. - Auch die Stubbendorff-Eiche in Verden geibt es nicht mehr).

1934/35 wurden die berittenen Truppen durch motorisierte Einheiten ersetzt. Einige private Meuten wurde aufgelöst, wenn dort vorwiegend Kavalleristen mitgemacht hatten. Die an das Militär gebundene Jagdreiterei beschränkte sich danach praktisch auf die Meute der Kavallerieschule Hannover, wohin einige der aufgelösten Meuten ihre nicht mehr benötigten Hunde schickten.

Der Beginn des zweiten Weltkrieges beendete in Deutschland abermals die Jagdreiterei. Die wenigen Meutehunde, die 1945 noch lebten, wurden von den Besatzungstruppen übernommen. In der britischen Besatzungszone entstanden einige britische Offiziersmeuten, die in der Lüneburger Heide, im Raum Osnabrück und in der Senne auch wieder auf Wild jagten. Eine der ehemals britischen Meuten - die Bloodhound-Meute in der Senne - ist heute als Privatmeute in deutschen Händen. In Württemberg betrieben die Franzosen zwischen 1949 und 1952 noch fröhliche Parforce-Jagden (Rallye Wurtemberg). Das Ende der letzten „Besatzer"-Meuten war gekommen, als das Bundesjagdgesetz in Kraft trat (1.4.1953). An Schleppjagden hatten Briten und Franzosen wenig Interesse.

Etliche der britischen Meutehunde wurden beim Aufbau neuer deutscher Meuten (Niedersachsenmeute, Rheinisch-Westfälischer Schleppjagdverein, Cappenberger Meute) verwendet.

In der DDR gab es keine Wiederbelebung. Die dortigen Machthaber verhinderten durch Anordnungen und gesetzliche Regelungen die Neuzulassung alter Vereine oder eine Neugründung. In den Ländern der ehemaligen DDR wurden erst nach der Wiedervereinigung wieder Schleppjagden mit westdeutschen Meuten (Hamburger Meute, Beagle-Meute Lübeck, Niedersachsenmeute, Cappenberger Meute, Norddeutsche Tricolores, Black Forest Beagles, Böhmer Beagle-Meute, Odenwald-Beagle-Meute, Warendorfer Meute) geritten.

In der Mark Brandenburg wurde nach der Wiedervereinigung der „Brandenburger Hunting Club" gegründet, der im Herbst 1997 bereits seine achte Jagdsaison begann. Die Black Forest Beagles jagen dort als „Brandenburger Meute". In der Jagdsaison sind die Kennels im „Gestüt am Pichersee" in Groß-Wasserburg. Master Peter Witt führt dort die Bezeichnung „Maitre d'Equipage", denn die Brandenburger pflegen das französische Jagd-Zeremoniell. Zu den Jagden dieses Clubs werden auch andere westdeutsche Meuten eingeladen, z.B. die Beagle-Meute Lübeck und die Warendorfer Meute.

In den nun zu Polen gehörenden Ostgebieten gab es nur für einige, wenige Jahre um 1977 eine Gestüts-Meute in Bialy Bor, deren Hunde der aufgelösten Meute „Märkische Fuchshunde" in Berlin entstammten. Der Schleppjagdverein Sauerland pflegte in dieser Zeit die Partnerschaft mit den polnischen Kollegen.

In Österreich und in den Ländern des ehemaligen Östereich-Ungarn entstanden bis jetzt noch keine Meuten.

Abb. 1: Hirschjagd. La Chasse par Force; J.L. Rugenda, 1810

Abb. 2: Fuchsjagd. The Death, C. Bentley, 1828

Kapitel 2
Die Schleppjagd

Mit Hundemeuten jagte man ursprünglich Wild und nannte dies „Parforce-Jagd", weil das Wild par force, also mit Gewalt (nämlich der geballten Kraft der Hundemeute) bejagt wurde.
In Frankreich benutzt man dafür auch den Ausdruck „chasse française" [53, Seite 401]. In vielen Ländern, beispielsweise in Großbritannien und im Commonwealth, in Irland, Frankreich, Belgien, Italien, Portugal, Spanien, Nordamerika sind Parforce-Jagden und fox hunting nach wie vor möglich. Die Pferde übernehmen bei der Wildjagd, gewissermaßen, den Transport der Jäger. Man reitet also, um der jagenden Meute folgen zu können. Diese Art der Wildjagd war durchaus zweckmäßig in einer Zeit, als das weitreichende Gewehr noch nicht zur Verfügung stand. Durch die Schieß-Jagd verlor die Parforce-Jagd ihren ursprünglichen Sinn und diente nur noch einem aus heutiger und moderner Sicht recht zweifelhaften Spaß, der Unterhaltung und der Repräsentation.
Die Briten machten aus der Parforce-Jagd das „hunting" und meinen damit - fast ausschließlich - die Jagd mit einer Meute auf Füchse (fox hunting). Auf den Inseln sind Hirsche fast nur noch in Schottland vorhanden, wo sie für die Schieß-Jagd reserviert bleiben. Mit Staghounds wird noch von vier Meuten der Hirsch bejagt. Die typisch britische Wildjagd zu Pferde ist seit langer Zeit die Jagd auf Füchse. Eine besondere britische Variante der Meutejagd ist das „foot beagling", bei der mit einer Beagle-Meute Hasen gejagt werden. Die Jagdteilnehmer - „followers" genannt - begleiten die Jagd zu Fuß.
Wenn eine Meute Wild auf Sicht jagt, muß man dies als „Hetzjagd" [16, Seite 24] bezeichnen. Für Hetzjagden (englisch "coursing") setzt man Windhunde (Greyhounds) ein.
Im letzten Jahrhundert war auch in Deutschland dieses Hasenhetzen noch üblich [16, Seite 29].
Man sollte also unterscheiden:
Parforce-Jagd ist die Meute-Jagd auf Rot-, Dam-, Schwarzwild und Rehe. Fox hunting ist die Meutejagd auf Füchse in britisch beeinflußten Gegenden. Die Meutehunde (Foxhounds, selten Harriers) folgen der Spur „mit der Nase". Die Meutehunde müssen mit ihrem Geruchssinn der Wildspur folgen, da sie das gejagte Wild - wenn überhaupt - erst am Ende

der Jagd zu sehen bekommen. Hetzjagd ist die Jagd mit Windhunden auf Wild, wobei die Hunde „auf Sicht" folgen. Der meist gering entwickelte Geruchssinn dieser Hunde wird für diese Jagdart nicht benötigt.
Die vor mehr als 60 Jahren geschaffenen Jagdgesetze Deutschlands, die in den wesentlichen Passagen unverändert gelten, machen kurioserweise keinen Unterschied zwischen „jagenden" und „hetzenden" Hunden, was nicht unbedingt auf eine übermäßige Sachkenntnis schließen läßt.

Die Schleppjagd ist etwas grundsätzlich anderes.
Die Hundemeute folgt einer künstlich erzeugten Fährte. Die Meutehunde müssen deshalb über einen besonders ausgeprägten Geruchssinn verfügen. Tempo, Spursicherheit und Geläut der Hundemeute bestimmen die Qualität einer Schleppjagd.
Ohne Hundemeute kann man „Schnitzeljagden" oder „Fuchsjagden" veranstalten. Beide genügen aber weniger den sportlichen als den gesellschaftlichen Ansprüchen. Vor allem die ländlichen Fuchsjagden stellen eher erhöhte Ansprüche an die Trinkfestigkeit, wenn man nach kurzem Galopp beim nächsten Gehöft ankommt und dort wieder gastfreundlich empfangen wird.
Die Bezeichnung „Schleppjagd" ist für den Unkundigen verwirrend. Schleppjagd ist die - fast wörtliche - Übersetzung des britischen „drag hunting". Damit bezeichnete man das klassische Verfahren, eine künstliche Spur dadurch zu erzielen, daß man einen Wildkadaver an einem Strick durch die Gegend zog (to drag = ziehen). Bei der deutschen Übersetzung machte man aus „ziehen" dann „schleppen", weil „Schleppjagd" einfach besser als „Ziehjagd" klingt.

Der Tierkadaver - oder auch nur ein Stück davon - gibt seine Duftstoffe an das Erdreich ab. Es wird eine künstliche Fährte erzeugt, die Hunde durch ihren sehr stark ausgeprägten Geruchssinn wittern können. Geweckt wird der ererbte - „angewölfte" - Jagdinstinkt, der die Hunde veranlaßt, dieser Fährte zu folgen. Man kann sie durch immer die gleiche Duftnote dazu erziehen, nur dieser einen Spur zu folgen. Aus der Parforce-Jagd sind Berichte bekannt, daß besonders gute Hunde, selbst bei gleicher Wildart, die einmal gewählte Spur unter vielen anderen nicht verloren haben. Aus der Schleppjagd wissen wir, daß es möglich ist, Meutehunde einer ganz bestimmten Pferdespur folgen zu lassen. Man findet es lediglich sicherer, den Pferdehuf besonders zu präparieren.

Das „Einjagen" auf einer künstlichen Spur ist grundsätzlich die gleiche Trainings-Methode, nach der alle Arten von Spürhunden für die Jagd, den Polizei- oder Zolldienst trainiert werden.

Als man mit der Meute nicht mehr auf Wild jagen wollte oder durfte, erinnerte man sich dieses Verfahrens, das dann etwas variiert wurde. Der Wildkadaver wurde durch eine kleine Drahtkugel mit einem Schwamm, der mit den gewünschten Duftstoffen getränkt war, ersetzt. Ursprünglich wählte man die natürliche Witterung des Wildes, das man mit Hunden jagen wollte.
Für die Schleppjagd wurde anfangs vor allem Fuchskot - fachlich richtiger „Fuchslosung" - benutzt. Viele Schleppjagd-Master sind dabei geblieben.
Man wußte wohl auch sehr lange Zeit nicht, daß es den Meutehunden prinzipiell ganz gleichgültig ist, nach was die Spur duftet, der sie folgen sollen. Erst in allerjüngster Zeit hat sich die Erkenntnis durchgesetzt, daß Meutehunde vor allem laufen, nicht aber Wild jagen wollen. Es gibt auch andere Duftstoffe. Schweinelosung wird schon bei Esebeck [23, Seite 35] erwähnt. An gleicher Stelle und auch bei Keudell [26, Seite 263] wird auf Anisöl verwiesen, allerdings sah man Anisöl als eine schlechte Methode an: *„Außerdem ist der Geruch so stark, daß die Reiter ihn selbst riechen können, man daher zur Angabe der Direktion eigentlich keine Hunde mehr brauchte".*
Fischlake verwendete man bereits im vorigen Jahrhundert. Angenehmer und hygienischer sind aber ätherische Öle.
Von Eben [27, Seiten 113/114] beschrieb die Schleppkugel: *„Zu dem Schleppzeug gehören die verdünnte Witterung und der Schwamm, der damit getränkt wird, ferner eine Kugel aus engmaschigem, starken Drahtgeflecht, die auf- und zuzuklappen ist, und um diese Drahtkugel eine Kugel aus starken Weidengeflecht oder noch besser aus einem Geflecht aus spanischem Rohr, dann eine etwa 5 - 6 m lange starke Leine, die an der Schleppkugel befestigt wird".*
Eine solche Drahtkugel in freier Natur, im Wald und Unterholz oder über Hindernisse zu schleppen, war mühsam und setzte sehr viel Übung voraus. Schon v. Eben kam auf den Gedanken, das Verfahren zu vereinfachen [27, Seite 115], *„dadurch, daß ich den Schlepper ohne Schleppkugel an der Leine reiten ließ. Ich ordnete an, daß dem Pferde des Schleppers sogenannte Streichlappen an die Hinterbeine angeschnallt und die Streichlappen mit Fuchslosung begossen wurden".*

Merkwürdigerweise vergaß man diese sehr einfache Methode wieder. Ich habe - ohne Kenntnis des historischen Ursprungs - sie in einer Notlage wiedergefunden. Das Schleppgerät wurde auf einer Jagd beschädigt und lief aus. Die Beine des Schlepppferdes dufteten für den Rest der Jagd ausreichend stark. Meine Beagles liefen von da an immer auf der Spur eines mit ganz wenig Eucalyptusöl bestrichenen Pferdehufes. Übrigens wurden die Schleppen dadurch auch noch sehr viel besser.

Die meisten Schlepp-Meuten benutzen aber immer noch „Schleppkanister", versehen mit einem Ventil und einem Stückchen Schlauch. Diese Behälter sind am Sattelzeug befestigt. Inzwischen gibt es aber auch einige Meuten, bei denen die Hunde sogar nur dem natürlichen Duft des „Schlepp"-Pferdes, dem „warmen Trittsiegel", sicher genug folgen.

Bei allen Wandlungen der Schlepptechnik hat sich der Begriff „Schleppe" in den Wortzusammensetzungen nicht mehr geändert:

Schleppe	künstliche Fährte
Schleppe legen	Herstellen der künstlichen Fährte
Schleppenleger	Reiter, der die künstliche Fährte herstellt
Schlepppferd	Pferd des Schleppenlegers
Schleppzeug	Tropfbehälter für den Duftstoff
Schleppjagd	Jagdreiten mit einer Schleppjagd-Meute

Für die Wildjagd sind Schleppjagdhunde kaum geeignet. Sie müßten dafür erst trainiert werden. Ungewollt kann das auch durch eine „Fehljagd" geschehen, wenn die Meute auf Wild trifft und nicht schnell genug durch die Equipage kontrolliert wird. Der Jagdtrieb von gut geführten Schleppjagdhunden wird allerdings ausreichend dadurch gestillt, daß sie den Schleppenleger, also den Beute-Ersatz, erreichen. Der wird die Hunde für ihre Arbeit mit etwas Hundefutter belohnen. Besser schmecken den Hunden aber kleine Fleischstückchen, wie schon v. Eben schreibt [27, Seite 113]: *„Dort werden die Hunde genossen gemacht, d.h. sie bekommen jeder einige Stückchen Fleisch, das der Schlepper stets in einem eigens dazu gefertigten Beutel aus Rindsleder mitnimmt"*.

Die „Beute" kann auch, wie bei den Bloodhound-Meuten, ein vorweg laufender Mensch sein, dessen Körperschweiß sie erkennen.

Das Prinzip der künstlichen Fährte, der Schleppe, ist allerdings sehr viel älter als man üblicherweise vermutet. Irgendwie mußten alle Meutehunde ihre Aufgabe erst einmal erlernen. Einfach ist es, wenn man die jungen

Hunde mit alten, eingejagten Hunden zusammen laufen lassen kann, wobei die Jungen von den Alten lernen. Irgendwann gab es aber keine eingejagten Hunde. Dabei wird man an die berühmte Frage erinnert, was wohl älter sei, das Huhn oder das Ei. Nur dem angewölften Jagdtrieb zu folgen, reicht für einen Meutehund nicht aus. Das Raubtier, hier der Hundevorfahr Wolf, strapaziert sich vernünftigerweise nicht zum Spaß, sondern jagt des Hungers wegen oder um Futter für den Nachwuchs zu beschaffen. Der dem Menschen gehorsame Hund soll zwar auf dessen Wunsch jagen, aber die Beute natürlich nicht selbst verspeisen. Das machen nur wildernde Hunde, besser müßte man sagen „verwilderte" Hunde.

Unsere Ur-Ur-Ur-...Ahnen werden ihre Hunde genau so eingejagt haben, wie man es heute machen muß. Man bereitet eine deutlich duftende Spur, zeigt sie dem Hund und ermuntert ihn, ihr zu folgen. Am Ende der zuerst ganz kurzen Fährte werden die Junghunde durch etwas Futter belohnt. Heute ist das meistens Trockenfutter. Ein gut abgehangener Pansen wäre ihnen zwar lieber, aber den schleppt man wegen des meist ungewünschten Aromas kaum stückchenweise mit sich herum.

Zu einer richtigen, also eigenständigen Sportart, wurde dieses Hundetraining durch die immer schon sportwütigen Engländer gemacht.

Ich zitiere dazu in freier Übersetzung aus einem englischen Büchlein [13, Seiten 9,10]:

„Der Ursprung der modernen Schleppjagd sind die 'trail scents', die es schon vor sehr langer Zeit gab. 'Trail scent' war ein sehr populärer Sport schon zu Zeiten der Stuarts (also vor etwa 400 Jahren). *Um die Schnelligkeit und „Nase" von Meutehunden zu prüfen, wurden Hunderennen veranstaltet. Man bereitete eine künstliche Spur und legte die Hunde darauf an".* Es werden dann historische Quellen erwähnt, nach denen diese Rennen über 4 Meilen gingen, also über etwa 6 Kilometer. *„Obgleich es sich eigentlich nur um Hunderennen handelte, hielten es die Hundebesitzer und ihre Freunde aber für erheblich praktischer, alles per Pferd zu beobachten. Sie fanden dabei natürlich schnell heraus, daß das auch ordentlich Spaß machte. 'Drag hunting' war geboren".*

1763 fand dann ein berühmt gewordenes Wettrennen zwischen den Meutehunden der „Quorn" mit Master Meynell und denen der „Cheshire" mit Master Smith-Barry statt. Es gewann der Foxhound-Rüde 'Blue Cap' der „Cheshire". An dieses Hunderennen erinnert ein Gedenkstein bei den Kennels der „Cheshire Hunt" in Sandiway [13, Seite 10].

Dieser Wettstreit fand übrigens im Gründungsjahr der „Cheshire" statt. Die „Quorn" bestand damals schon 65 Jahre. Beide Foxhound-Meuten bestehen noch immer.

Aber auch beim „fox hunting" gab es gelegentlich Schleppen, berichtet Jane Kidd [13, Seite 10]. *„Man wartet oft sehr lange in Regen und Kälte, bis die Hunde einen Fuchs finden und „hoch machen". Häufig genug ist dann die Sache in wenigen Minuten vorbei, wenn der Fuchs cleverer als die Meute war. In solchen Situationen waren englische Master schon immer sehr trickreich. Die ziemlich viel Geld bezahlenden Jagdteilnehmer möchten natürlich einen langen Galopp erleben. Damit man im Jagdfeld zufrieden war, wurde - natürlich sehr diskret - ein Pikör (whipper-in) losgeschickt. Der ließ den Hetzpeitschenschlag wie zufällig und unbeabsichtigt auf dem Boden schleifen. Vorher jedoch wurde irgendeine Tinktur aufgebracht, die die Hunde genau kannten. Der Pikör mußte eigentlich nur aufpassen, daß er nicht etwa irgendwo stürzte, sondern heil bis zu einem Dickicht kam. Dort hatte er mit großer Trauer in der Stimme und tiefernst zu erklären, leider sei der Fuchs eben in einem alten Bau verschwunden und die Jagd nun zu Ende".* Auf diese Weise hat man früher (und tut es vermutlich auch heute noch) stillschweigend Wild- und Schleppjagd gekoppelt.
Ganz bewußt aber wurde die Schleppjagd mit der sogenannten Kastenjagd, wie sie bis 1914 in Deutschland gang und gäbe war, gekoppelt. Das Kastenwild (Hirsche, Schwarzwild, selten auch Füchse) hatte meistens keine besonders guten Chancen, der Meute zu entkommen. Viel mehr als ein paar Kilometer Galopp waren den berittenen „Waidmännern", wie die sich allen Ernstes nannten, kaum vergönnt. Damit sich die Sache nun halbwegs lohnte, begann man den Jagdtag mit einigen Kilometern „auf Schleppe" und hob sich das Kastentier für den Schluß auf. Weniger betuchte Meutehalter setzten Kastenwild sogar oft nur bei den Hubertusjagden um den 3. November herum ein.

Die ersten richtigen „drag hunts", also Schleppjagd-Meuten, hat es natürlich auch in Großbritannien gegeben. Die erste Meute soll die Oxford University Drag Hunt sein, deren genaues Gründungsdatum zwar unbekannt ist, aber vor 1850 liegt. Gesichert ist das Gründungsjahr der Cambridge University Drag Hunt, nämlich 1855.
Beide Meuten bestehen noch immer, während die später gegründeten

Militärmeuten wieder verschwanden. Die erste Militärmeute gab es 1861 in East Kent.
Daß die Schleppjagd zuerst an Universitäten und bei der Kavallerie regelmäßig betrieben wurde, erklärt Jane Kidd so [13, Seiten 10,11]:
„*Sprünge und ausreichend Galoppstrecken waren vorhanden und das auch noch bei verhältnismäßig geringem Zeitaufwand. Das war ideal für junge, ungeduldige und schneidige Reiter, die lieber reiten als jagen wollten. Dazu zählten vor allem die „höheren Semester" der Universitäten und Armeeoffiziere, deren Arbeitstag gut ausgefüllt war und die deshalb Spaß und Anregung mit möglichst geringem Zeitaufwand verbinden wollten*".
Für das fox hunting muß man dagegen schon einen ganzen Tag reservieren ("six hours sport"), ohne sicher sein zu können, daß man dann überhaupt zu einem langen Galopp kommt, was den vorwiegend aufs Reiten Erpichten nicht genügt.
Das war natürlich auch bei den Wildjagden in Deutschland nicht anders.
Im letzten Jahrhundert gingen zudem, wie schon erwähnt, die wesentlichen Voraussetzungen für Parforce-Jagden verloren. Als in Deutschland das Jagdprivileg des Adels endgültig aufgehoben war, mußten Flurschäden durch Überreiten von Anbauflächen bezahlt werden. In England sind auch heute noch die meisten Bauern froh, wenn durch das fox hunting der Fuchsbestand klein gehalten wird.

Wer und wann in Deutschland mit der reinen Schleppjagd, also unter Verzicht auf Kastenwild, begonnen hat, läßt sich nicht mehr mit Sicherheit feststellen. Es spricht aber vieles dafür, daß diese Ehre der 1907 gegründeten Trakehner Meute gebühren dürfte.
Mit der Neugründung der ersten Meuten in den zwanziger Jahren versuchte man sich noch hier und da mit der Jagd auf Kastenwild, etwa noch 1926 in der Senne auf Schwarzwild. Die Zeit der Kastenjagden war, aus finanziellen Gründen, schon lange vorbei, als der damalige Reichsforstmeister Hermann Göring am 3. Juli 1934 das neue Reichsjagdgesetz verordnete und die Hetzjagd auf Wild verbot. - Die Parforce-Jagd wurde in den gesetzlichen Regelungen aber nicht erwähnt. - Bei genauer Sachkenntnis und richtiger Auslegung der Gesetze wären die Parforce-Jagd, das fox hunting, das foot beagling mit den „mit der Nase" jagenden, aber nicht „hetzenden" Hunden auch heute noch möglich. Die Grenzen sind ohnehin fließend, wie man es auf Treibjagden mit den mehr oder weniger gehorsamen Jagdhunden oder bei den Drückjagden auf Sauen beobachten kann. Die sogenannte

Brackenjagd ist auf Flächen von mindestens 1000 Hektar noch immer ausdrücklich erlaubt (Bundesjagdgesetz v. 29.11.1952, §19 (1), Pos. 19). Zu den „Bracken" zählt man Foxhounds, Harriers, Staghounds, Beagles [45, Band 9, Seite 60].
Durch das heutige Bundesjagdgesetz und die jeweiligen Landesjagdgesetze hat sich die rechtliche Lage nicht verändert.

Schleppjagden konnten die nach 1919 neu entstandenen, nun vorwiegend bürgerlichen Schleppjagdvereine bald ganz gut finanzieren. Als Master und Piköre nahm man damals gern die übrig gebliebenen Kavalleristen der alten Zeit, die noch lange den „glücklichen Zeiten der Wildjagd" nachtrauerten. Sie meinten damit wohl die Kastenwild-Jagden, denn Jagden auf frei lebendes Wild waren schon lange vor 1914 rar geworden. Noch heute sind deren Gedanken in den - überholten - Empfehlungen wiederzufinden, man solle Jagden so veranstalten, daß die Illusion einer Wildjagd entstünde [15, Seiten 176, 272].
Heute, mehr als 80 Jahre nach dem faktischen Ende der Wildjagd, setzt sich die Erkenntnis immer noch nur sehr schwer durch, daß die Schleppjagd ein ganz und gar neuer Sport ist. Die Art der Meutehunde bestimmt Form und Gestaltung der Jagdstrecken. Oder umgekehrt: Das Gelände bestimmt die Art der einzusetzenden Hunde.

Nach 1933 blieben die meisten privaten Meuten in Deutschland erhalten. Die Jagdteilnehmer ritten allerdings zunehmend statt im Roten Rock in Uniformen, wie es eben zu dieser Zeit üblich war. Die „Dienst-Meuten" der Kavallerie aber verschwanden im gleichen Maße, wie beim Militär die Pferde der Motorisierung weichen mußten.

Der wirtschaftliche Aufstieg in den Jahren nach dem zweiten Weltkrieg führte im Westen auch zu einer raschen Entwicklung neuer deutscher Schleppjagdmeuten mit einer breiten, durch alle Schichten der Bevölkerung reichenden Anhängerschaft. Die DDR duldete derartigen Sport nicht. Man ritt dort zwar auch Fuchsjagden, sogar in Rot (was dort vielleicht sogar politisch wünschenswert erschien), zur Meutehaltung konnte man sich aber nicht durchringen. In der DDR gab es nur die Schießjagd, natürlich nur für Privilegierte.
Dieselben Gründe, die schon vorher Wildjagden in Deutschland verhin-

derten, ließen Wildjagden auch nach 1945 für uns Deutsche nicht mehr in Frage kommen. Wie schon im ersten Kapitel erwähnt, nutzten aber Briten und Franzosen die jagdrechtsfreie Zeit mancherorts zu Wildjagden. Etliche Hunde dieser, später aufgelösten Meuten bereiteten den Mastern der neuen Schleppjagdmeuten dann auch arge Pein. Sie konnten sich ihr freies Landsknechtsleben nicht mehr abgewöhnen. Jagdveranstalter dieser Zeit mußten schon sehr tolerant sein. Die Nachzuchten der späteren Zeit führten aber zu immer wildsaubereren Meuten. Master allerdings, die der Versuchung nicht widerstehen können, Hunde ausländischer Wildjagdmeuten zu erstehen, kämpfen weiter mit dem Problem.

Auch ist die Nachzucht mit diesen Hunden nicht unproblematisch. Aus „scharfen" Hunden für die Jagd auf Wild gelingt es nicht immer, „milde" Hunde für die Schleppjagd zu züchten. Die Erfahrung lehrt, daß es sicherer ist, mit bewährten Schleppjagdhunden zu züchten.

Der Einsatz von Wildjagd-Hunden auf Schleppjagden wird unerfreuliche Ergebnisse haben. Es ist eine vergebliche Mühe, diesen Hunden das Jagen von Wild wieder abzugewöhnen, wenigstens wenn man die Regeln des Tierschutzes beachten will. Der angewölfte Jagdtrieb jedes Hundes ist auch bei guter Selektion immer noch stark genug, um weniger begabte Master, Huntsmen und Piköre das Fürchten zu lehren.

Hunde der Schleppjagd sollten aber unsere liebenswerten Sportkameraden sein, die uns das Jagdreiten als eine der ursprünglichsten Arten sportlicher Freizeitgestaltung in der Natur, in der wir Jagdreiter aber nur Gäste sind, erst ermöglichen.

Nicht mehr, aber auch nicht weniger.

Abb. 3: Hasen-Hetzjagd mit Windhunden. Coursing, R.G. Reeve, 1809

Abb. 4: Schleppenleger mit Schleppkugel

Abb. 5: Schleppenleger mit Schleppkannister
(Foto Beagle Meute Lübeck)

Abb. 6: Doggenartige Meutehunde, „pikör" mit Hifthorn, G. Turberville, 1575

Abb. 7: The Southern Hound, 1813

Abb. 8: Englischer Greyhound

Abb. 9: Barsoi

Kapitel 3
Vertragus und Segurius, Ma-chu-gon und Lajka
(Urhunde der Meuten)

> Auch meine Hunde sind aus Spartas Zucht,
> weitmäulig, scheckig und ihr Kopf behangen,
> mit Ohren, die den Tau vom Grase streifen,
> krummbeinig, wammig wie Thessaliens Stiere,
> nicht schnell zur Jagd, doch ihrer Kehlen Ton
> folgt aufeinander wie ein Glockenspiel.
> Harmonischer scholl niemals ein Gebell
> zum Hussa und zum frohen Hörnerschall
> in Kreta, Sparta, noch Thessalien.
> *Shakespeare, Ein Sommernachtstraum (Theseus)*

In meinem ersten Buch [16] habe ich ausführlich berichtet, wie man in der britischen Jagdliteratur die Abstammung der heutigen Meutehunde sieht. Die britischen Meutehunde, die auch die Hundezucht in den alten und neuen deutschen Meuten entscheidend beeinflußten, werden auf die alten französischen Meutehunde zurückgeführt - ausgenommen der Beagle in seiner Urform, wobei man lange Zeit Schwierigkeiten hatte, Beagles und Harriers genau zu unterscheiden. Der moderne Beagle wurde planmäßig mit Harriers gekreuzt, um schnelle und ausdauernde, aber kleine Meutehunde für die Jagd zu Pferde zu erhalten.
Bei neuen Recherchen stieß ich auf eine andere wichtige Quelle [28]. Der Verfasser, von Engelhardt, entstammt, wie Dr. F. Jungklaus in der Einleitung bemerkt, einer adligen Familie aus dem Raum Glatz (Schlesien). Er wuchs im Baltikum auf und scheint unter dem letzten Zaren ins Exil nach Frankreich gezwungen worden zu sein. Dort fand er Zugang zum französischen Adel und lernte die französische Parforce-Jagd und viele der dortigen Meuten kennen. Offenbar kannte er aber weder den Jagdbetrieb auf den britischen Inseln noch die Meuten im damaligen Deutschland genauer. Seine letzten Jahre verlebte er nach dem Sturz des Zaren unbehelligt durch die Bolschewiken in Odessa. Er starb dort um 1925. In seiner Schrift suchte v. Engelhardt nach Verbindungen der französischen Meutehunde mit den Ursprüngen der Keltenzeit und fand

sie in den Meutehunden der Gallier, einem keltischen Stamm, der bereits etwa 2000 v. Chr. auf dem Wege aus dem fernen Osten in das heutige Frankreich und nach Oberitalien gelangte.

Die Suche nach der Herkunft der Kelten führt zu den Reitervölkern der Kirgisensteppe. Klimaveränderungen in der mittleren Steinzeit (5000 bis 4000 v. Chr.) zwangen sie zu weitläufigen Wanderbewegungen in die Flußgebiete. Es entstanden die Hochkulturen mit Arbeitsteilung (Handwerk, Militär, Kultur, Verwaltung) und die hierarchischen Schichten vom Herrscher bis zum Sklaven. Die Kelten gehörten, wie Germanen, Slawen, Balten, Griechen und Italiker zu den Indogermanen, die aber auch Inder und Perser umfaßten. Von Gallien (heute Frankreich und Oberitalien) gelangten die Gallier (Kelten) bald auch nach Britannien, nach Nordspanien in östlicher Richtung (gewissermaßen auf Ur-Heimatkurs) über den Süden Deutschlands, die Schweiz und Österreich nach Ungarn, auf den Balkan, nach Griechenland und nach Vorderasien. Erst die spätere Ausdehnung des Römerreiches ließ die keltischen Reiche untergehen. Geblieben sind Reste ihrer Sprache in Wales, in der Bretagne, in Irland und Schottland - und das Blut ihrer Meutehunde, die Sitten, Bräuche und Rechte der Parforce-Jagd. Der gallische Adel jagte offenbar mit großer Leidenschaft, wenn kriegerische Anliegen dies nicht gerade verhinderten. Zur Jagd gehörten bald auch Pferde und natürlich die Hunde. Man streitet sich gelegentlich noch, ab wann genau die Jäger zu Pferde saßen. Manche meinen, vorwiegend wurde die Jagd vom pferdegezogenen Wagen aus betrieben. Je nach Betrachtungsweise meint man möglicherweise die bäuerlichen oder die nomadischen Züchter. Die Nomaden packten sich und ihren Besitz auf ihre Tiere, und das waren schon sehr früh Pferde. Ob nun Mongolen oder Indogermanen zuerst zu Pferde jagten, kann uns heute auch gleichgültig sein. Die Kelten, und hier unsere Gallier, jedenfalls jagten schon zu Pferde. Aus dieser Zeit stammen die Berichte über ihre Hunde.

Die Quelle v. Engelhardts sind Aufzeichnungen des Flavius Arrianos, ca. 95 - 180 n. Chr., [45, Band 1, Seite 942] in dem Buch „Kynegetika" (Nachdruck 1840, Sauppe, Helmstedt). Darin werden zwei jagende Hunderassen erwähnt: Der „Vertragus" und der „Segusier"(Canis segusius [53, Seite 489]). Den Namen „Vertragus" leitet Arrianos von dem keltischen „uertrag" ab, was man mit „schnell laufend" übersetzen müßte. Der „Segusier" hat seinen Namen von dem Gallierstamm der Segurier, die an der Rhône und Loire zu Hause waren und nach Arrianos die Eigenschaften dieses Hundes zuerst erkannt und in der Zucht genutzt haben sollen. Um es vorwegzunehmen, der Vertragus müßte der Urahn unserer Windhunde sein, der Segusier Urahn der St.-Hubertushunde und der heutigen Bloodhounds. Den Vertragus beschreibt v. Engelhardt [28, Seite 5] mit den Worten:
„einer, dem weder Nase, noch Stimme oder der Trieb, sich mitzuteilen, zu eigen ist - überhaupt nur ein beschränktes Maß an Intelligenz und Anhänglichkeit an seinen Herrn: einzig auf freier Fläche ist er zu gebrauchen, wo er kein anderes als nur das eräugte Wild vermittels der überlegenen mechanischen Beweglichkeit seiner Gliedmaßen überwindet, dem Jäger zugleich jedoch durch die ausnehmende Anmut und Harmonie seiner Bewegungen, durch die spielende Leichtigkeit im Verein mit einer nie gesehenen Schnelligkeit seiner Hetze stets, bei aller entfesselten Leidenschaft, ein Bild von packender, in seiner Art wohl unvergleichbarer Schönheit gewährend. - Es sind die Jagdbracke und der Windhund".
Er zitiert dann Marcus Valerius Martialis (ca. 40 bis 102 n.Chr.):
„Nicht für sich, sondern dem Herrn der feurige Vertragus jaget, der dir den Hasen im Fang unversehrt überbringt."
Noch bis zum Ende des 19. Jahrhunderts wurde in Deutschland mit einzelnen oder nur wenigen Windhunden der Hase gehetzt [16, Seiten 18, 29]. Man saß dabei auch meist zu Pferde, obgleich die Jagd nicht lange gewährt haben dürfte, denn Windhunde können bis zu 60 Kilometer in der Stunde laufen. Bekannt sind auch die russischen Wolfsjagden mit einer Meute aus Barsois, den langhaarigen, russischen Windhunden. Windhunde sind also „Augenjäger". Sie jagen mit „hohem Kopf", ihr Geruchsinn ist nur schwach entwickelt. Für Waldjagden, etwa auf den Hirsch, sind sie ungeeignet.
Der Segusier wird nach vier Punkten beurteilt [28, Seite 9]:
„1.) Feine Nase, die ihn noch auf den ältesten Fährten mit Sicherheit arbeiten läßt.

2.) Weise, bedächtige Suche, welche in hervorragendem Grade zum Leithunddienste befähigt.
3.) Leidenschaftliches Jagen mit hellem Hals bei
4.) verhältnismäßiger Langsamkeit".
Über das Aussehen des Segusiers selbst hat v. Engelhardt keine Angaben gefunden, zitiert [28, Seite 10] aber Arrianos: *"ein Hundeschlag, vom Anblick trübselig und wild"* und *"daß sie einen leidvollen Anblick gewähren"*. Arrianos vergleicht den Segusier dann mit *"dem Bilde eines Straßenbettlers"*. Seinen eigenen Eindruck, den er lange schon vor Kenntnis der Texte von Arrianos hatte, gibt v. Engelhardt mit den Worten wieder: *"Ich machte meinen Begleiter auf den eigentümlich bekümmerten Ausdruck aufmerksam"*.
Spätere Beschreibungen dieser Hunde weisen auf breite, weit herabreichende Behänge, bammlige Lappen um den Mund, tiefliegende Augen mit blutrotem Tränenwinkel, zahlreiche und tiefe Falten in der Stirn und kummervollen Ernst im Anblick hin. Besser kann man den Bloodhound oder seinen Vorgänger, den St.-Hubertus-Hund, nicht beschreiben. Und so muß auch der Ursprung, der Segusier ausgesehen haben.
In dem berühmten Buch über die Parforce-Jagden [26, Seite 187] findet sich die Stelle: *"Der altmodische Harrier, sowie der Otterhound, der in England auch zu den jagenden Hunden gezählt wird, zeigten ihre Freude, sobald sie auf die Fährte ihres Wildes kamen, dadurch an, daß sie sich, bevor sie zu jagen anfingen, niedersetzten und eine Reihe lang gedehnter Töne ausstießen..."* und Williams [10, Seite 7] erwähnt einen alten *"Southern Harrier"*, *"der zwar exakt auf der Fährte blieb, aber es nie zu eilig hatte"*. Man habe oft beobachtet, *"wie er sich setzte, wenn ihn die Hasenspur besonders erregte. Er gab dann voller Freude so wundervoll Laut, daß man meinte, der ganze Himmel würde mit erklingen. Danach lief er auf der Fährte der Meute nach"*.

Bei der Ähnlichkeit der Zitate ist es natürlich möglich, daß hier dieselbe Geschichte in zwei Versionen auftaucht.
Zum Vergleich die historische Quelle bei Arrianos, wie v. Engelhardt [28, Seite 6] sie zitiert:
„daß die Stimme des Segusierhundes beim Jagen eigentümlich klagend und heulend erschalle, nicht als bedrohe er das verfolgte Jagdwild, sondern vielmehr in einem wimmernden und flehenden Tone".
Bei diesen Schilderungen ist die besondere Erwähnung des „Geläuts", wie wir es heute nennen, der Meutehunde wichtig: Bei jeder Meute-Jagd im Walde kann man sich nur nach dem Geläut der Meute orientieren, da die Hunde selbst oft nicht mehr zu sehen sind. Eine stumme Meute ist unerwünscht. Das Geläut der Schleppjagd-Meute im Wald ist, wenn es auch kurios klingen mag, unerläßlich zur Warnung des Wildes: „Haut ab, gleich kommt die Meute!".

Im Altertum scheint der Segusier der wichtigste Meutehund gewesen zu sein. Er war wohl auch der kostbarste, dessen Diebstahl und Tötung hohe Strafen nach sich zog. In fränkischen Gesetzbüchern des 5. bis 7. Jahrhunderts, auf die sich von Engelhardt bezieht, werden dabei feine Unterschiede gemacht zwischen dem „rohen", wenig ausgebildeten Meutehund, dem Kopfhund und dem besonders geschulten „Leithund". Dieser ist bei Wildjagd-Meuten zum Suchen und Finden der Wildspur unerläßlich. Der „Treibhund (triphunt)" war die unterste Stufe, es folgten der Kopfhund der Meute und etwas darunter der „zweite Hund" in der Meute (zur Kopfhundgruppe gehörend, würden wir heute sagen).
„Treibhund, der im großen Haufen der Meute hellen Halses jagend die Spur des Wildes zu halten hat, von dem aber keine besonderen Fähigkeiten in einem höheren persönlicheren Sinne, kein feiner Appell, keine Riemenführigkeit geheischt werden. Eine Ausnahme hiervon macht der Kopfhund der Meute, der Spitzenführer, der die Genossen nicht nur an Feinheit der Nase, an Schnelligkeit und Ausdauer übertrifft, sondern vor ihnen noch die moralischen Eigenschaften der Initiative, des Ehrgeizes, der Passion in gesteigertem Maße voraus hat" [28, Seite 7].

Der Leithund (bei den Franzosen „limier" genannt) dagegen arbeitete am Riemen auf der Wildfährte, aber auch auf der Menschenspur.
Von Engelhardt erwähnt zwei alte deutsche Redensarten:

„Die Ohren hangen ihm zum halben Nacken
gleich einem alten Leitbracken".
„Das Maul hängen lassen wie ein Leithund".

Heutzutage verstünden diese Sprüche höchstens noch kynologische Spezialisten, denn schon der Ausdruck „Bracken" ist nur noch in Jägerkreisen bekannt, wenn überhaupt.

Bei einem Besuch in Holland vor einigen Jahren traf ich dort auf eine Meute aus Belgien, die „St.-Hubertus-Hunde" vorstellte. Sie erschienen mir noch weitaus eindrucksvoller als die Bloodhounds, wie sie von deutschen Meuten geführt werden. Den alten Beschreibungen folgend, muß den Belgiern die Rückkreuzung oder Nachzucht auf den reinen „St.-Hubertus-Hund" hervorragend gelungen sein.

Nach England sind diese Hunde spätestens mit den Normannen gekommen, also um 1100 n. Chr. (Wilhelm der Eroberer wird 1066 in Westminster zum König von England gekrönt). Sie wurden dort auch als „Normannenhunde" bezeichnet. Doch auch später, als sich die Beziehungen zwischen England und Frankreich normalisiert hatten, gelangten ganze Meuten von Frankreich nach England. So wird berichtet, daß der erste Bourbonenkönig Heinrich IV. eine Meute an Königin Elisabeth von England als Geschenk schickte.

Der Ursprung der Hundebezeichnung „St. Hubertus" führt in das Benediktiner-Kloster Andaginum in den Ardennen. Diese Landschaft war bereits zu den Zeiten der Römer für ihren Wald- und Wildreichtum berühmt und der Göttin Diana geweiht. Sie gehört auch heute noch zu den wildreichsten Gebieten Belgiens. Zu Zeiten der Klostergründung herrschten dort die Franken.

Der spätere Bischof von Lüttich, Hubertus (gestorben um 727), lebte zur Zeit Pippins des Mittleren (es gab drei Pippins), der als Majordomus (Hausmeier) das fränkische Reich beherrschte.

Der Leichnam Hubertus' wurde am 3. November 825 während der Regierungszeit Kaiser Ludwigs des Frommen von Lüttich in das Ardennenkloster überführt. Die Geschichte berichtet, daß der Kaiser während einer Parforce-Jagd in der Nähe des Klosters auf den Pilgerzug stieß und die Jagd abbrach. Er wohnte der Beisetzung im Kloster bei. Der Name des Klosters wurde dann in „Saint Hubert des Ardennes" geändert. Der Ort selbst heißt heute St. Hubert, gelegen an der N28, nördlich von Neufchâteau.

Von Engelhardt vermutet, daß zur gleichen Zeit die von den Mönchen dieses Klosters gezüchteten Segusier-Hunde den Namen „St.-Hubertus-Hunde" erhalten haben und begründet dies mit dem frommen Zeitgeschmack (Ludwig der Fromme) und einem möglichen Widerwillen gegen die noch aus der „Heiden"-Zeit stammende Bezeichnung „Segusier".

Die Hundezucht der Mönche muß schon damals von außergewöhnlicher Qualität gewesen sein. Über 1000 Jahre lang war es Brauch, daß dieses Kloster jährlich 3 Koppeln ausgebildeter Leithunde an den jeweiligen König als „Pflichtgeschenk" zu senden hatte. Dies endete erst mit der französischen Revolution und dem gewaltsamen Ende der Monarchie in Frankreich.

Gezüchtet wurden zwei Varianten, eine helle und eine dunkle. Die helle (weiße) Variante überlebte lange in England im „Talbot" und seinen Abkömmlingen. Reinrassig scheint sie heute nicht mehr erhalten zu sein.

Der dunkle Schlag existiert noch immer, als St.-Hubertus-Hund, meines Wissens jedoch nur in der schon erwähnten belgischen Meute. Als englischer Bloodhound ist er in einigen englischen Meuten, in Deutschland bei den Bavarian Bloodhounds zu finden. Wegen der größeren Geschwindigkeit und gleichzeitig hohen Spursicherheit sind Kreuzungen von Bloodhounds mit Foxhounds in englischen Meuten beliebt, so auch bei der ehemals englischen Weser Vale Hunt in der Senne.

Das Blut der St.-Hubertus-Hunde (des englischen Talbots) findet sich aber auch in den heutigen englischen Foxhounds und damit auch in den Hunden der jetzigen deutschen Foxhound-Meuten. Selbst bei Beagle-Meuten vermag man den Einfluß des alten Keltenhundes zu ahnen.

Die Engländer haben die Zucht ihrer Meutehunde sehr pragmatisch gesehen [16, Seite 25]. Sie waren vor allem mit der relativen Langsamkeit des Talbots unzufrieden. Spätestens als sie ihre Wälder weitgehend abgeholzt hatten, war die Zeit der französisch geprägten Parforce-Jagden beendet. Es folgte das britische fox hunting.

Hasen wurden mit Beagles gejagt und früher auch beritten begleitet. Als die Beagles immer kleiner gezüchtet wurden, reichte ihr Tempo gerade noch für das foot beagling. Für die Fuchsjagd brauchte man aber schnelle Hunde, die auch über genug Nase verfügen mußten. Mit Windhunden als ausgesprochenen Augenjägern war die Jagd auf den Fuchs in dem oft unübersichtlichen Gelände aber nicht möglich. Der Talbot wiederum konnte dem schnellen Fuchs nicht folgen. Man kreuzte deshalb Windhunde und Talbots. Das Kreuzungsprodukt wurde der gewünschte Hund für die Fuchsjagd, der spätere Foxhound.

Die Eigenschaften der beiden extrem unterschiedlichen Rassen wurden natürlich unterschiedlich stark weitergegeben. Dies ist noch heute in jeder Meute, die nicht über sehr lange Zeit und auf sehr breiter Zuchtbasis gezüchtet wurde, festzustellen. Man findet dann beide Spielarten: Windhund- und Bloodhound-Abkömmlinge. Die einen sind sehr schnell, aber wenig präzise mit der Nase. Sie vertrauen mehr ihren Augen. Die anderen sind bedächtiger, sie kleben gewissermaßen auf der Spur und laufen mit tiefem Kopf. Die Schnellen geben wenig Laut oder sind gar ganz stumm, die Bedächtigen haben ein kräftiges Geläut und sind meistens doch vorn, weil sie die Spur nie verlieren.

Der Kopfhund ist die ideale Mischung aus beiden. Von einer Meute nur aus Kopfhunden träumt - leider vergebens - jeder Master.

Meutehunde im Osten

Über die Meutehunde im alten Zarenreich Rußland und im (zu Rußland gehörenden) Polen berichtet Laska [24]. Er bezieht sich auf zeitgenössische russische Quellen (N. P. Kischenskij, L. P. Ssabanejew u.a.). Nach Kischenskij unterscheidet Laska dabei „rundohrige" und „spitzohrige" Bracken, wobei er Bracken pauschal als „feinnasige Hunde" definiert.

Im Westen gäbe es die rundohrigen Bracken. Sie seien zurückzuführen auf den afrikanischen „Lycaon pictus". Die im Osten gebräuchlichen spitzohrigen Bracken dagegen würden vom asiatischen „Canis primaevus" abstammen. Die typischen Bracken des Ostens erkannta man an ihrem eigentümlichen Geheul (russisch „zaliw"), das dem im Westen geschätzten Geläut der Meutehunde ganz unähnlich gewesen sein muß. Die Farbe der Hunde war „wolfsartig", schwarzes Deckhaar mit grauem bis gelblich-schwarz-braunem Unterhaar. Das Fell war drahthaarig, untypisch waren weiße Abzeichen. Jedoch hatte das Rutenende weiß zu sein. Die Kopfform wird (schäferhundartig) als spitz, flach beschrieben, mit kleinen, schmalen, dreieckig geformten Behängen. Aus China stammte die Brackenart Ma-chu-gon, die von den Tataren nach Rußland gebracht wurde. Ihre Nachkommen nannte man „Buansu". Sie erhielten Attribute wie „vorzügliche Nase, Leidenschaftlichkeit, Ausdauer". Sie jagten mit tiefer Nase sicher auf der Spur. Sie sollen auch zur Jagd auf Bison und Schwarzwild geeignet gewesen sein. Ein anderer Hund war der sibirische „Lajka". Er wurde auch „Nordischer Lajka" genannt, war wolfsartig und hatte kurze, spitze, stehende Ohren. Eine Abart des Lajka wird als windhundartig beschrieben.

Die Parforcejagd, auf deren Bräuche wir heute die Schleppjagd zurückführen, gab es in Rußland in vergleichbarer Art erst sehr spät und vermutlich unter dem Einfluß zugewanderter Adliger aus dem Westen. Die Slaven jagten das Wild des Waldes, ähnlich den „Eingestellten Jagden" im Frankreich des 18. Jahrhunderts, mit Stellnetzen, Garnen und Fallen. Die Hundemeuten dienten zum Treiben und Drücken des Wildes. Parforce-Jagden waren eher die Ausnahme.

Bis zum Mittelalter unterschied man im Osten Hatzhunde mit „Bullenbeißer"-Blut, also vermutlich doggenartige Hunde (dem „Segusier" vergleichbar), „wirkliche Bracken" für die Jagd auf Hirsch, Elch, Wisent und „Windhunde" für die Jagd in offener Landschaft.

Etwa im 16. Jahrhundert kam als eine Kreuzung aus Lajka und Tartaren-Windhund der Barsoi auf. Ein weiterer Hund war der Elchhund

(Elchbracke), eine Kreuzung aus schweren Lajkas und Tartaren-Bracken, der später bis etwa um 1860 als „altrussische Bracke" bezeichnet wurde. Dieser Hund war der typische Meutehund des russischen Adels (der Bojaren), während in den tartarischen Fürstenhöfen ausschließlich die Tartaren-Bracke (Kostroma-Bracke) gehalten wurde. Daneben gab es noch die russische, „rollschwänzige" Bracke. Im polnisch-litauischen Gebiet fand sich eine rauhhaarige Bracke.

Erst im 18. Jahrhundert unter der westlich eingestellten Zarin Anna Iwanowna, 1730 - 1740, kam die westliche Parforcejagd auch in Rußland in Mode. Die alten russischen Bracken kreuzte man häufig mit schweren polnischen und litauischen Hunden. Dies muß sich verhängnisvoll ausgewirkt haben. Die polnischen Hunde standen im Molosser-Typ (ähnlich den Vorfahren der St.-Hubertus-Hunde), die litauischen Hunde waren *„sehr groß"*. Diese Kreuzungen waren für die Parforcejagd zu schwer, zu langsam und nicht mehr ausdauernd genug. Bis zum Ende des 19. Jahrhunderts dürften die alten russischen Meutehunde und deren gemischte Nachkommen verschwunden gewesen sein. Dafür wurden immer häufiger Foxhounds aus England eingeführt. Auch französische Jagd-Bassets setzte man ein. (Jagd-Bassets haben gradlinige Läufe - nicht wie Haus-Bassets, die krummläufig sind). Nach der Niederlage Napoleons brachten zurückkehrende russische Offiziere westliche Meutehunde aus Frankreich, Deutschland und Polen mit. Im Westen des russischen Reiches jagte man nur noch nach westlicher Art.

Die Tartaren blieben bei der Jagd mit Windhunden (Barsois) auf Hase, Fuchs und Wolf. Die Jagd mit den „Augenjägern" konnte aber erst beginnen, wenn das Wild aus den Wäldern in die freie Landschaft gedrückt worden war. Daneben gab es die „Hetzjagd", bei der mit der Meute das Wild auf eine Kette von Schützen gehetzt (gedrückt) wurde.

Als Folge der bolschewistischen Revolution verschwanden in Rußland mit dem Adel auch die Hundemeuten.

Jankovich [1, Seite 212] erwähnt, daß die Jagd mit Windhunden (Windspielen) auf Hasen in Ungarn bis in die ersten Jahre nach dem zweiten Weltkrieg überlebte.

Abb. 10: Bloodhound-Rüde

Abb. 11: Harrier (hist.)

Abb. 12: Staghound (hist.)

Kapitel 4
Jagdgebräuche am Königlichen preußischen Militär-Reitinstitut

In dem Buch „Auf Reitschule" [22], das mir freundlicherweise von meinem alten Masterkollegen Siegfried Uttlinger (Gründer der Bavarian Beagles) zur Verfügung gestellt wurde, berichtet der Autor ausführlich über die damaligen Jagdgebräuche und erwähnt, daß sich diese seit dem 17. Jahrhundert[1] kaum geändert hätten. Er bezieht sich dabei auf die Berichte von Döbel [17].

„Gings einst durch ein Dickicht, so hieß es höflich als Anrede der Piqueure an die Hunde: „percez, mes valets" („aufgepaßt, meine Buben"), „überschossen die Hunde die Fährte, so sprengten die Piköre vor und hielten die Meute mit dem Rufe an: „Hourvarie" (Hinweis, daß der Hirsch „abgesprungen" ist), „ça, faux mes amis!" („falsch, meine Freunde"). „Nun ich denke, sie werden trotz aller Höflichkeit gegen die Herren Hunde wohl auch damals den Erfolg, so wie die heutigen Piqueure, in der Hetzpeitsche gesucht haben. Der Ausdruck „á vue" („in Sicht") „wurde einst wie heute gebraucht, wenn das Wild sich zeigte, und das „Tajaut" oder „Tayau" ist das moderne „Gute Jagd" des Jagdleiters (Masters). Es erschallte auch schon damals, wenn er die Jagd frei gab, während es noch heute streng verpönt ist, vor diesem Rufe an dem Master und dem ihn folgenden Jagdherrn vorbei zu reiten.
Das von den Hunden gedeckte, d.h. völlig umringte Stück Wild auszuheben, galt von je für eine Ehre - erfordert es ja auch manchmal einen gewissen Mannesmuth -, und noch heute sieht man die frischen, fröhlichen Reiter, freilich nicht mit „ritterlichen Jägerwams" angethan, aber im rothen Rocke oder bunten Waffenkleid vorsprengen und sich um den Vorrang mühen, der Gewandteste vom Pferde und der Erste zum Wilde zu sein. Durch die wilde Meute bricht sich dann der kühne Reiter die Bahn - heute wie einst - und drückt den Hirsch nieder an den Geweihen oder hebt das Stück Schwarzwild aus durch Festhalten des linken Hinterlaufes bis die Piqueure mit den Hetzpeitschen Platz geschaffen für den „Führnehmsten" unter den Mitreitern, dem allein die Ehre zustand und noch heute zusteht, dem Wild

---

[1]Hinweis: Bei den Zitaten wurde die Original-Schreibweise beibehalten.

den „Fang" zu geben - durch einen Stoß mit dem „Couteau" (Hirschfänger) *„in die linke Brusthöhle. Einst pflegte man, um ein erneutes Aufthuen zu hindern, einem „bösen Hirsch" nach dem Ausheben die Hessen"* (Fesseln) *„zu durchschlagen, sofern der Jagdherr oder der Führnehmste nicht sogleich gegenwärtig war - in den Wäldern und Stangen blieb das Feld ja nicht immer geschlossen. Heutzutage geschieht das nicht mehr".*
Zu den beschriebenen Bräuchen gehörte es, daß nach dem Ausheben der „Fürstenmarsch" geblasen wurde. Beim Abfangen des Wildes ertönte der Ruf „Halali". Das dazu gehörende Jagdsignal wurde geblasen. Das war damals auch möglich, weil die Piköre der Parforce-Jagd mit dem großen Parforcehorn oder der Trompe de chasse ritten, also jederzeit in der Lage waren, die passenden Signale oder Fanfaren zu blasen. (Mit dem sogenannten Hifthorn war dies jedoch nicht möglich. Dieses war ein kleines Horn aus Holz, Horn oder auch Metall zum Signalgeben [45, Band 8, Seite 796], [57, Seite 22 u.a.]. Es eignete sich nur zum Anstoßen - *Hift oder Hief = Stoß ins Jagdhorn* - eines einzigen Tons. Dem Hifthorn entspricht das heutige „hunting horn"[58] der Briten.)
„Einst lüfteten bei diesem feierlichen Momente alle Anwesenden die Hirschfänger - heute wird der rechte Handschuh ausgezogen".
Als selbstverständlich wurde es damals angesehen, daß alle hierzu abgesessen waren. *„Auch die Vertheilung von grünen Zweigen vor dem „Halali" ist uns überkommen".* Mit „Halali" wird aber *„der Augenblick bezeichnet, in welchem der Meute unter Hörnerschall vom Gescheide - Innereien des Wildes- vorgeworfen wird, während die Jagdgesellschaft bei entblößter rechter Hand ein zweimaliges „Halali" ausruft".*

Im Jahre 1890 wurden *„im Auftrage Sr. Excellenz des Herrn General-Lieutenants von Krosigk Bestimmungen über den Betrieb der Reitjagden hinter der Wildmeute des Königlichen preußischen Militair-Reit-Instituts"* [36, Jahrgang 1978] erlassen. In insgesamt 17 Paragraphen sind viele Details geregelt, wie sie sinngemäß 1927 auch von der Kavallerieschule Hannover für die Schleppjagd und in den heutigen Jagdregeln der Fachgruppe Jagdreiter im DRFV vorgeschrieben wurden.
Die Präambel von 1890 lautet: *„Zweck des Jagdreitens ist neben dem Vergnügen, welche dieselben jedem passionirten Reiter gewähren, den zum Militair-Reit-Institut kommandirten Offizieren Gelegenheit zu geben, sich bei jeder Witterung im unbekannten, theils schwierigen Gelände zu Pferde schnell und sicher zu bewegen und dasselbe auf seine Gangbarkeit*

beurtheilen zu lernen. Hand in Hand damit geht die richtige Behandlung und Pflege des Pferdes und die Beurtheilung seiner Leistungsfähigkeit, die für gewöhnlich gar leicht unterschätzt wird."

In §1 wurde bestimmt, daß mit der Wildmeute Füchse, Schwarzwild, Dam- und Rotwild gejagt werden sollte. Im §17 wird ein erstes, zweites und drittes Halali erwähnt; den Bruch erhielten nach §16 nur die beim Halali anwesenden Reiter und zwar, *„bevor die Hunde genossen gemacht"* wurden. Die Jagdregeln der Kavallerieschule bestimmten 1927 sinngemäß, daß die Reiter Brüche nur erhielten, wenn sie vor Ende des Curées anwesend waren.

Master Jandrey hielt sich nach der ersten Jagd der Cappenberger Meute am Schloß Cappenberg noch streng an diese alte Regel - mit dem Erfolg, daß an den nächsten Jagden nur noch wenige Reiter teilnahmen. Der letzte Sprung zum Halali ging über eine mächtige, naturbelassene Dornenhecke mit tiefer liegendem Aufsprung. Nur wenige Jagdreiter der damaligen Zeit schafften das und erhielten einen Bruch. Die meisten mußten einen langen Umweg machen und verpaßten das Curée. Später sah auch Jandrey die Bruchverteilung wesentlich lockerer. Man hat sich, glaube ich, inzwischen überall daran gewöhnt, daß Jagdreiten nicht mehr die Vorbereitung zum „Kampf um Leben oder Tod" ist, sondern ein gehobenes Freizeitvergnügen. Dem kundigen Teilnehmer der heutigen Schleppjagden wird aber sicher aufgefallen sein, daß sich die heutigen Jagdregeln in vielen Details an das alte Zeremoniell anlehnen, wenn auch mit an die Schleppjagd angepaßten, kleinen Änderungen.

Abb. 13: Stelldichein (Le Point du Jour)

Abb. 14: Bestimmen der Wildfährte (Le Foulées)

Abb. 15: Aufbruch zur französischen Parforce-Jagd (Le Départ)

Abb. 16: Der flüchtige Hirsch (Le Débucher)

Kapitel 5
Anmerkungen zur Parforce- und zur Kastenjagd

Für Forstleute ist das Buch von Döbel [17] eine oft zitierte Quelle. Auch Jagdreiter beziehen sich gern auf die darin enthaltenen Angaben zur historischen Parforce-Jagd. Das Buch von 1754 wurde 1828, also vor dem Wiedererstehen der Jagdreiterei in Deutschland, dem damaligen Zeitgeschmack angepaßt und als 4. Auflage wieder herausgebracht. Auf den Seiten 118 - 120 befinden sich Anmerkungen, die ich für wichtig zum Verständnis der damaligen Einstellung halte. Ich zitiere wörtlich:

„*Seit der Altmeister*" (gemeint ist H. W. Döbel, 1754) „*dies fast poetische Lob der Parforce-Jagd niederschrieb, sind 80 Jahre vergangen, haben fast zweimal die Geschlechter gewechselt auf Erden. Schon die Länge dieses Zeitraums bedingt einen Wechsel in Idee und Ansicht; die Bedingung wird unerläßlich, wenn man bedenkt, was damals als Geist der Zeit galt, - was jetzt gilt. - Zum Höheren fortschreitend, ist die Zeit ernster geworden, noch ernster das Geschlecht in der Zeit. Nicht mehr wie damals die Götter der Erde, die zu jeder Lust wie zu jedem Wollen überall Berechtigten, haben Fürsten und Herrn anerkennen müssen, das es Höheres gäbe als ihren Willen - das Gesetz, - Besseres, als ihre Lust - das Wohl der Völker, - Gerechteres, als ihr erworbenes Recht - das Naturrecht. Dazu hat die Nothwendigkeit sich als den Hebel alles Wirkens und Schaffens bewährt, das unerbittliche Muß manche Ueppigkeit abgestreift, der Grundsatz der Nützlichkeit seinen Platz behauptet, nachdem rings um ihn die glänzenden Spielwerke des Feudalismus, das Carneval der Jacobiner, und die Gemeinheit des Alt-Neu-Deutschthums nach einander in ihr ursprüngliches Nichts zurückgesunken sind. Alles ist anders geworden ...*

Darum mag es nicht wunderbar erscheinen, wenn heut zu Tage auch die Parforce-Jagd anders sich darstellt, als damals, wenn des Fürsten wie des Bürgers ernster gewordner Blick über den Glanz des Jagdgefolges, den Laut der Hunde, das Halloh der Jäger und das Blasen der Hörner weg, nur des Landmanns widerrechtlich zertretene Saaten, den durch Gestelle und Schleifwege verunstalteten und zerstörten Wald, das schädliche Uebermaß an Wild, und - was mehr gilt als Alles - den an Menschen und Vieh verletzten Grundsatz der Menschlichkeit erblickt, den Religion, Philosophie und Moral als allgiltig erkennen, der nirgends fehlen darf, wo Billigung, Beistimmung, Gehorsam begehrt wird. Die Zeiten sind vorbei, wo der Fürst

sagen durfte: „Ich bin der Staat!" der Edelmann: „Mein ist der Boden, der Pflug und der Pflüger!" - und wohl uns Allen, daß dem so ist!
Wenn aber der Mensch als Mensch sich mit Recht erfreut, daß neben so manchen Gräueln und Nichtigkeiten aus der alten trägen Zeit, die unter dem Namen des Mittelalters nur noch von invaliden Glücks- und Ahnenrittern oder tabakduftenden Deutschthümlern bewundert und bejammert wird, auch die Parforce-Jagd untergegangen ist, so bleibt es gerecht, dem Jäger zu gestatten, daß er als Jäger sie für sein Ideal (d.h. für ein Ding, das man träumend immer, wachend nie hat) achte und anerkenne, besonders dem jüngern, später gebildeten Jäger, dem diese Jagd nur als ein schöner Nachhall der früheren Zeiten vorschwebt, und der in ihr etwas Heldenhaftes sucht, das er in Wirklichkeit nimmer finden würde..."
Der Autor konnte damals, 1828, nicht ahnen, daß es später eine neue Art der Jagdreiterei geben würde. In einem aber hatte er weitgehend recht: Die fürstliche Parforce-Jagd entstand in alter Pracht nur für eine kurze Zeitspanne an einigen deutschen Höfen wieder.

100 Jahre später gab es nur noch die Schleppjagd. Den Übergang von der Wildjagd zur Schleppjagd bildete die schon erwähnte „Kastenjagd".
Ein holländischer Jagdreiter [20] schilderte seine Eindrücke von einer Fürstenjagd der Königlichen preußischen Meute im Grunewald:
„Es ist ein herrlicher Moment, wenn die Hunde voll Jagdleidenschaft den Augenblick erwarten, wenn die Fährte verbrochen wird. Der Oberpikeur im roten Jagdrock, mit dem blanken Hifthorn um die Schultern und mit dem deutlichen Mahner" (gemeint ist die Hetzpeitsche) *„in der Hand, führt sie. Inzwischen ist die zur Jagd bestimmte Sau aus der Bucht"* (dem Transportkasten) *„gelassen. Fünfzehn Minuten sind seitdem verstrichen - noch fünf Minuten - nun ist der Augenblick da. Der Leithund"* (Kopfhund) *„wird auf die Fährte gelassen - die übrigen nehmen dieselbe auf - der Oberpikör bläst die Jagd an. Voran die Meute mit hellen Geläute, gefolgt vom Master, dem vornehmsten Jagdgast und dem Jagdfeld - so geht die verwegene Jagd über Stock und Stein, über Damm und Graben. Nach schneidigem Ritt wird das gedeckte Wild ausgehoben und abgefangen. Der Forst hallt von dem lauten, fröhlichen Jagdruf wieder - es wird Halali geblasen, und aus der Hand desjenigen, der ausgehoben hat, erhält jeder der beim Halali anwesenden Reiter einen Bruch, das ist so alter Jagdbrauch"* (Deutsch von R. Klinkhamer †, Breda).

Sehr viel kritischer äußert sich Mayer, (1879 - 1945), [02, Seiten 268-270] in dem Abschnitt „Aus den Erinnerungen eines alten Reiters":

„Der Großenhainer Hetzklub zählte das Offizierskorps der sächsischen Kavallerie wohl so ziemlich geschlossen zu seinen Mitgliedern; außerdem gehörten ihm die reitbegeisterten Herren und Damen der Dresdener und Leipziger Gesellschaft an. Geritten wurde im roten Rock oder in Uniform; die Stärke der Felder wechselte zwischen 40 und 100 Teilnehmern. Eine ausgezeichnete Meute aus zahlreichen Koppeln echt englischer Foxhounds unterstand einem alten britischen Original, der als Huntsman einen ausgezeichneten Ruf besaß und auf seinem hochbeinigen Schimmelhunter, von zwei als Piqueuren dienenden Husaren gefolgt, stolt hinter den Hunden herritt.

Gehetzt wurde bis auf die drei letzten Jagden Kastenwild, Füchse oder Keiler; eine Schleppe, die mit dem Fortgang der Jagdsaison immer länger wurde, führte zu dem Aussetzungspunkt der Opfer. Gewiß: es war alles andere als tierfreundlich, den unglücklichen Fuchs oder den armen Keiler die höchstens tausend Meter zu hetzen, bis die Hunde das Wild deckten - es war eigentlich sogar unsportlich, da die Tiere keine Möglichkeit des Entkommens hatten, und es bot durchaus kein schönes Bild, wenn der Keiler sich in seiner Angst ins Wasser retten wollte, die Hunde ihn aber dort drin beinahe ersäuften.

Es sei mir gestattet zu bemerken, daß ich mich persönlich nie am „Ausheben" des Wildes beteiligt habe.

Es war keineswegs leicht, den sich verzweifelt wehrenden Keiler nicht loszulassen, aber das Ganze bot doch so viel Abstoßendes, daß es den hohen reiterlichen Genuß der Jagd zu beeinträchtigen vermochte.

Anders stand es mit den drei letzten Jagden des Jahres. Gehetzt wurde zwar auch - aber Hirsche. Kurze Zeit, nachdem sie ausgesetzt waren, wurden die Hunde an die Spur gelegt; eine Schleppe erwies sich bei diesen Jagden als überflüssig, denn die Hirsche suchten mit einer solchen Schnelligkeit das Weite, daß die Länge eines Ritts von mindestens zehn Kilometern feststand - manchmal wurden es auch fünfzehn. Das schönste aber war, daß die Hirsche fast nie gestellt wurden; ich habe jedenfalls kein einziges Mal erlebt, daß einer eingeholt worden wäre und war immer ungewöhnlich froh darüber. Diese Jagden gestalteten sich naturgemäß am allerspannendsten, da ja niemand wußte, wohin sich der Hirsch wenden würde; sie ähnelten also den englisch-irischen und den Campagnejagden bei Rom, bei denen grundsätzlich nur Freiwild gehetzt wird, das stets eine Geleggenheit finden kann, zu entkommen oder wieder ausgesetzt wird, wenn es von den Hunden gestellt worden ist. Die Großenhainer Hirsche zeigten sich als zu schnell für das Stehvermögen der Hunde und Pferde; nach einem scharfen „run" über die genannten Entfernungen hatten die beiden Tiergattungen genug - die meisten Reiter übrigens auch - und der Hirsch, den man, außer vielleicht zu Beginn des Galopps, nie wieder zu Gesicht bekommen hatte, war auf Nimmerwiedersehen verschwunden."

Abb. 17: Die Meute nimmt die Witterung auf (Ton de Quête)

Abb. 18: Fuchsjagd (Le Renard)

Kapitel 6
Die Meutehaltung im Kriege (1942)

Der Aufsatz „Die Meutehaltung im Kriege" erschien am 8. Mai 1942 in der Zeitschrift „Deutsche Reiterhefte". Herausgeber dieser Zeitschrift war der „Reichsinspekteur für Reit- und Fahrausbildung unter Mitwirkung des Oberkommandos des Heeres". Der Verfasser, Herr Spötter aus Göttingen, war Master der 1925 gegründeten Harrier-Meute des Göttinger Schleppjagdvereins. Sein Aufsatz wird wörtlich wiedergegeben.
Die Kopie des Originals stammt von Siegfried Uttlinger, MH ret.

„Der Verfasser dieses Aufsatzes stellt als einer der ältesten Master seine langjährigen Erfahrungen in der Meutehaltung zur Verfügung. Von den im deutschen Jagdreiterbund zusammengeschlossenen Meutehaltern, die fast ausschließlich berittenen Formationen des Heeres angehören, werden verschiedene im Felde stehen und wohl auch Verluste zu beklagen sein. Es ist deshalb auf dieses und jenes eingegangen, was als bekannt vorauszusetzen ist.

Der Zwinger
Licht, Luft und größte Sauberkeit mit gehöriger Desinfektion ist die Grundlage jeder Meutehaltung. Der Zwinger muß in mehrere Abteilungen derart eingerichtet sein oder werden, daß die Hälfte der Woche ein oder mehrere Abteile, unter Kalkmilch und Zugluft versetzt, leerstehen und dann im steten Wechsel bleiben. Nur ein massiver, gut verputzter Zwinger mit Zementbesser Klinkerboden, läßt sich richtig desinfizieren. Die Hunde liegen auf Holzpritschen, welche zwei Hände hoch vom Fußboden aufliegen. Der Zwischenraum kann bei Kälte mit Torf aufgefüllt werden. Unnötig zu sagen, daß das Holz in dem Abteil einer ganz besonderen Desinfektion bedarf. Jeden Morgen, während die Meute bewegt wird, ist die Streu gut aufzuschütteln und das nasse Stroh zu entfernen. Gute Durchlüftung und eine Spülung mit Kreolinwasser im Vorraum sind notwendig. Im Hundezwinger darf es niemals unangenehm riechen.

Um das Nässen des Strohes möglichst zu vermeiden, wird der Liegeraum derart gebaut, daß die Hunde eng aneinander liegen müssen. In jedem Abteil ist eine Öffnung in die Außenwand eingebrochen, durch welche die Hunde Tag und Nacht in den möglichst großen Auslauf kriechen können, um sich dort zu lösen. In dem sauber zu haltenden Auslauf können Pritschen, zweckmäßig mit Schutzwand und Dach versehen, aufgebaut werden.

Das Überaltern und die Aufzucht
Wir wissen nicht, wie lange dieser Krieg dauert, aber soviel darf gesagt werden, daß siebenjährige und ältere Hunde, ebenso wie alles Kröpelzeug keine Daseinsberechtigung haben. Das Futter, welches diese Hunde fressen, gehört besser in den Schweinetrog. Die jungen Hunde an der Mutter gedeihen am besten im Kuhstall, nicht allein wegen der Milch, sondern auch wegen der gleichmäßigen Wärme. Ist der Zwinger nicht zu heizen, so eignet sich eine Box im warmen Pferdestall am besten. Im Kriege steht keine Milch zur Verfügung. Man hilft sich auf folgende Weise: An der Mutter werden nur vier Stück gelassen. Nach fünf Wochen werden die jungen Hunde abgesondert, aber nicht abgesetzt. Dreimal täglich werden sie an die Mutter gelassen, und dieses wird fortgesetzt, solange die Mutter irgend Milch gibt. In vielen Fällen muß die Mutter während des Säugens gehalten werden. Schon mit 14 Tagen wird den Junghunden geschabtes Pferdefleisch ins Mäulchen gestrichen, nach ein paar Tagen fressen sie allein. Grundsätze: Nicht die Alte fett füttern, sondern alles in die Junghunde bis zu einem Jahr stecken. Beigaben von ungereinigtem Lebertran und Kalk sind nützlich.
Bei der Aufzucht ist besonders zu beachten:
1. Nur Frühjahrshunde aufziehen;
2. die Eltern müssen nicht nur schön gezeichnet und gut gebaut sein, sondern vor allem gute Nase haben;
3. Hunde mit viel Weiß züchten, die man bei trübem Wetter auch sieht und folgen kann;
4. breite, tiefe Hunde in Schulterhöhe von etwa 60 cm züchten.

Den fast ausschließlich in Deutschland benutzten Meutehund nennt der Engländer Foxhound. Der Urahne dieses Hundes ist die lautjagende Bracke. Im Laufe der Jahrhunderte hat es der Engländer fertig gebracht und verstanden, durch richtige Kreuzung den Foxhound zu züchten. Bei dieser Züchtung müssen wir bleiben. Eine Cura posterio (nicht vordringliche Sorge) ist die Blutauffrischung.

Die Futterfrage
Der Hund gehört wie seine Artgenossen Wolf und Fuchs zu den Fleischfressern, aber nicht zu den Suppenfressern. Überall dort, wo Fleisch billig und genügend oder billige Schlachtpferde zu kaufen sind, ist es ein Unfug, das Fleisch zu kochen. Das Fleisch bedeutet für den Hund dasselbe wie der Hafer für das Pferd. Leider scheidet die Fleischfrage im Kriege aus. Es ist daher ratsam, sich mit einer Kadaververnichtungsanstalt zwecks Erwerbung von Fleisch in Verbindung zu setzen. Überbleibsel aus der Mannschaftsküche vervollständigen die Kriegskost. Es ist ein Irrtum zu glauben, daß der Hund die Mannschaftskost nicht vertragen kann. Allerdings darf an säugende Hündinnen keine reine Mannschaftskost wegen der Gewürze gegeben werden.

Die Bewegung der Meute
Zur Gesunderhaltung ist tägliche Bewegung unerläßlich. In der warmen Jahreszeit oft das Wasser aufsuchen. Bei dem heutigen Kriegsfutter genügt es, wenn die Hunde dreimal in der Woche mit den Pferden bewegt werden, an den anderen Tagen können sie sich auf einem freien Platz oder einer freien Wiese auslaufen. Schleppen von 1 1/2 bis 2 km, welche die Hunde allein, auch im Winter ablaufen, erhalten sie im Atem.

Das Einschleppen
Die Aufzucht ist sehr teuer, will man kräftige Hunde züchten, auch im Kriege nicht einfach. Deshalb müssen die Junghunde schon mit sechs bis sieben Monaten eingeschleppt werden und ausprobiert werden.
Es übersteigt den Rahmen dieses Aufsatzes, auf das Lautjagen einzugehen, jedoch ist es für die Jagdhunde von entscheidender Bedeutung. Das Brackenblut in dem Meutehund veranlaßt ihn, auf der wärmer werdenden Wildfährte laut zu jagen. Auch der Junghund nimmt von Natur aus die Wildfährte auf.

Die Jagd hinter lebendem Wild, ebenso das sogenannte Schärfen, welches besonders für Junghunde in Frage kam, ist verboten. Aber es ist nicht verboten, einen Jungfuchs töten zu lassen und sofort als Schleppe zu benutzen. Auch zahme Füchse haben wir gehabt, die sich an der Kette führen ließen und so eine Wildfährte herstellten, an welche sich die Schleppe dann anschloß. Man mag es machen, wie man will, aber wird Wert auf eine lautjagende Meute gelegt, und das sollte unbedingt angestrebt werden, so gibt es nur ein Mittel, immer mal wieder zurück zur Wildfährte.

Es ist nun die Kunst des Masters und seiner Piköre, die Fuchs- oder Wildschweinlosung so zu behandeln und so zu schleppen oder zu spritzen, daß die Hunde glauben, auf einer Wildfährte zu jagen. Kommt es trotz sorgfältiger Vorbereitung und trotzdem der Schlepper sich große Mühe gibt, vor, daß die Hunde stumm jagen, so liegt des Rätsels Lösung wohl darin, daß die Wildfährte intensiver am Boden haftet, während der Scent der Schleppe, besonders bei Wind, in der Luft liegt.

Ist die Naturschleppe nicht vorhanden, so wird auf feuchtem Rasen eine Schleppe mit starker, gut angewärmter Losung anfänglich wenige hundert Meter gelegt oder gespritzt. Diese geht man mit einem angeleinten lautjagenden Führhund und den Junghunden ab. Sowie die Junghunde die Fährte mitnehmen, den Führhund loslassen. Hauptsache ist, daß die Junghunde den Führhund nicht verlieren. Nach der Schleppe das Fleisch nicht vergessen. Bleibt nach genügend Versuchen immer derselbe Junghund stehen, während die anderen suchend oder schon laut jagend die Schleppe ablaufen, so ist die Abschaffung das billigste.

Wir koppeln die Junghunde sehr früh, aber nicht an alte Hunde, die sie meist mitreißen, bewegen sie mit der Meute zu Fuß, vermeiden jede Anstrengung bis zu einem Jahr und lassen sie niemals allein herumbummeln. Erst mit 1 1/2 Jahren ist der Hund voll gebrauchsfähig.

Die Krankheiten

Von diesen sollen die Staupe und die Hautkrankheiten erwähnt werden. Die Staupe ist eine sehr gefährliche, ansteckende Krankheit. Sie kann ganze Meuten dahinraffen. Die Staupe befällt nicht nur junge, sondern auch ältere Hunde. Für den Meutehalter kommt es praktisch darauf an, daß ihm die ersten Kennzeichen der beginnenden Staupe bekannt sind. Hat der Hund des Morgens verklebte Augen und stößt er einen krächzenden Husten aus, sofort absondern auch wenn er noch keine kranken Eindruck macht. Der sofort hinzugezogene Tierarzt wird Schutzimpfungen vornehmen. Die Wirkung der

Impfung bei bereits mit Staupe behafteten Hunden dürfte zweifelhaft sein. Die späteren Krankheitserscheinungen der Staupe sind eitriger Augenausfluß und vor allem schwere Lungenentzündung. Die nervöse Staupe, auch Gehirnstaupe genannt, führt fast stets zum Tode. Für Einwickeln in warme Decken, Rotwein mit Ei, kleingehacktes Pferdefleisch ist der kranke Hund dankbar, jedoch läßt sich dieses nicht so einfach bei zwanzig Hunden machen. Richtig ist es, die noch nicht kranken Hunde sofort in einem anderen Raum unterzubringen. Wenn auch die Übertragung der Staupe durch Berühren mit anderen Hunden erfolgt, was unbedingt zu vermeiden ist, so unterwerfe man immerhin den Zwinger und dessen Lage einer genauen Prüfung. Auch schütze man die Hunde vor Erkältung. Erkältungsursachen sind meistens das Hereinbringen der verhitzten Hunde in einen zugigen Zwinger und der Transport nach und von der Jagd auf offenem Auto oder Wagen.
Von den Hautkrankheiten ist es die Sarcoptesräude, welche den Meutehaltern großen Verdruß bereiten kann. Kratzt sich der Hund, entstehen kahle Stellen, so ist Gefahr im Verzuge. Die Räudemilben sitzen tief in der Haut. Wird gegen die Räude nichts unternommen, so überzieht diese den ganzen Körper. Später entsteht die harte faltige Haut (Elefantenhaut). Derartige Fälle sind unheilbar. Die Erfahrung hat gelehrt, daß nur Baden, das völlige Untertauchen auch mit dem Kopf zum Ziele führt. Ein ausgezeichnetes Mittel ist Schwefelleber („Schwefellebern" [45, Band 15, Seite 742]: „Verbindung der Alkalimetalle und des Calciums mit Schwefel, im engern Sinne die Polysulfurete des Kaliums, wie man sie durch Zusammenschmelzen von 2 Teilen kohlensaurem Kali mit 1 Teil Schwefel erhält. Die leberbraune Masse, Kalium sulfuratum, Hepar sulfuris..."), und zwar 2 1/2 Kilo auf 60 Liter warmes Wasser und 1/2 Liter Petroleum. Nach dem Bade in eine Box mit viel Stroh sperren, bis die Hunde völlig trocken sind. Zur Vorbeugung und auch bei einfachen Hautkrankheiten ist es ratsam, die Hunde mehrere Male im Jahr in Schwefelleberlösung zu baden. Der Mann, welcher die Hunde badet, muß Gummihandschuhe anziehen. Aber alles Baden hilft nichts, wenn die Hunde wieder in den verseuchten Zwinger zurückkommen.

Wie bei der Staupe, so ist es auch bei der Räude am wichtigsten, den gut desinfizierten Zwinger zwei bis drei Monate leer stehen zu lassen. Entschließt man sich zu diesem Radikalmittel, so stolpere man nicht über das Mitnehmen nicht sehr sorgfältig desinfizierten Inventars in den provisorischen Zwinger.
Vor einem halben Jahrhundert prägte Prof. Kühn in Halle das Wort: „Das Auge des Herrn mästet sein Vieh". Dieses wahre Wort, sinngemäß auf die Meute angewandt, ist von entscheidender Bedeutung.

Größe der Meute
Es ist recht schwer, eine gleichmäßig schnelle und geschlossen jagende Meute von sieben oder acht Koppeln zusammenzustellen. Die Hunde, welche zum Verdruß der Jagdreiter im Feld mitlaufen oder unpassioniert oder nicht schnell genug sind, sind doch völlig zwecklos und unnütze Fresser. Nur die guten Hunde müssen den Krieg überdauern. Ihnen später wieder, auch im schwierigsten Gelände, zu folgen, ist nicht nur die beste Förderung der Geländereiterei, sondern von hervorragender Bedeutung für den Geist der Truppe. Für den Zivilreiter aber bedeutet es den Jungborn des Lebens".

55 Jahre später lesen sich manche dieser Zeilen, als lebte man damals auf einem anderen Stern. Bei den damaligen Meutehaltern scheint die Personalfrage keine Rolle gespielt zu haben. Beim Militär jedenfalls hatte man offenbar selbst im Krieg noch reichlich Hilfskräfte zur Verfügung.

Vieles von dem, was zur Haltung der Hunde gesagt wurde, wird man dank der Fortschritte in der Tiermedizin heute gelassener sehen. So wäre beispielsweise eine Staupe-Schutzimpfung in gefährdeten Zuchten schon im Welpenalter ganz selbstverständlich.
Auch das mehr oder weniger vorsichtig umschriebene Töten von Meutehunden ist allein nach den heutigen Tierschutzgesetzen nicht mehr zulässig.

Aber dieser Aufsatz ist aus ganz anderem Grunde bemerkenswert. Er zeigt, daß noch mitten im Kriege an eine Zukunft der Jagdreiterei geglaubt wurde. Doch der Krieg war zu dieser Zeit (1942) noch in einem vergleichsweise harmlosen Zustand, wenn man die späteren Schreckensjahre bis zum Ende des Krieges und die erste Zeit danach miterlebt hat. Nur wenige Meutehunde überstanden dann dieses Inferno. Auch von den Mastern oder den wichtigeren Huntsmen der Vorkriegs-Meuten überlebten ganz augenscheinlich nur wenige. Sie spielten beim Neuaufbau der Meuten nach 1945 keine entscheidende Rolle mehr.

Eine der wenigen Ausnahmen war der ehemalige Oberpikör Mergen der Kavallerieschule in Hannover. Mergen gab vielen Nachkriegs-Jagdreitern, den neuen Meutehaltern, Mastern, Huntsmen und Pikören sein reiches Wissen weiter.

Ich kann mich noch gut daran erinnern, daß er sich nicht scheute, auch so einfache Dinge wie das Herstellen eines Hetzpeitschenschlags aus Strohbändern so lange vorzumachen, bis auch der Ungeschickste es begriffen hatte. Und unvergeßlich sind seine vielen erlebten oder auch gut erfundenen Anekdoten.

Abb. 19: The Beaufort Hunt. W.P.Hodges, 1833

Kapitel 7
Meuten in Deutschland
19. Jahrhundert bis 1945

Es bestanden zweifellos weit mehr Meuten in Deutschland. Die meisten der hier nicht genannten Meuten waren Militärmeuten und an die Truppen-Standorte gebunden. Bei Verlegung oder Umgruppierung der Truppen wurden diese Meuten oft wieder aufgelöst. Um 1911 sind viele Meuten in Brandenburg und Mecklenburg nicht mehr nachweisbar.
Die Archive der kaiserlichen Armee bis 1918, der Reichswehr bis 1933 und der Wehrmacht bis 1945 über Garnisons-Meuten sind durch Kriegseinwirkungen verloren gegangen.
Nach Angaben von Christian v. Loesch MH ret. hat auch in Sagan (Niederschlesien) einige Jahre eine Meute bestanden.
Viele Angaben sind leider unvollständig; bei einigen Meuten war die Meutehund-Rasse nicht mehr einwandfrei feststellbar oder es sind nur Meutenamen bekannt. Wenn das Gründungsjahr nicht bekannt ist, wird das Jahr der ersten Erwähnung mit dem Zusatz „vor" genannt. Bei fehlenden Angaben zur Meute-Rasse bleibt die Klammer [ ] leer. Klammern mit Zahlen, z.B. [01], verweisen auf die Angaben im Literaturverzeichnis.

1. 1815 Königliche Hannöversche Meute, [Harriers]
   Hannover (Herrenhausen); Meutejagden dort bereits im 17. und 18. Jahrhundert. Durch die französische Besetzung ab 1806 gingen fast alle 400 Hunde verloren. Die Meute stand zeitweilig in Celle (Celler Parforcejagdverein), Walsrode (Walsroder Meute); vorwiegend Hasenjagd. 1866 Auflösung der Meute; Übernahme durch den Hamburg-Wandsbecker Parforcejagdverein.
   (Das Königreich Hannover gehörte bis 1866 zum englischen Königshaus, danach zu Preußen).
   Nachfolge 1866/67 durch Meute des Königlichen Preußischen Militärreitinstituts.

2. vor 1827 Basedower Meute (Mecklenburg), [Harriers]
   (Parforceverein Basedow), Master Graf Voß; entstanden aus der Ivenacker Meute (Graf Plessen) und einer Meute des Grafen Moltke, 30 Koppeln; Fuchsjagd. 1829 Hasenjagden mit 17 Koppeln, 1867 verkauft an den Großenhainer Hetzklub.

3. vor 1827 Königliche Sächsische Meute, [Foxhounds]
   (König Friedrich August I. von Sachsen)
   Jagd auf Hirsche und Sauen, 1826 40 Koppeln, Auflösung der Meute 1827, Teil der Meute 1828 nach Berlin zum Aufbau der preußischen Meute.

4. 1827 Königliche Preußische Meute, [Foxhounds]
   Gegründet als „Brandenburger Meute" am 10.12.1827 auf Wunsch des Prinzen Carl von Preußen.
   1828 mit 15 Koppeln der aufgelösten kgl. sächsischen Meute erste Jagd auf Schwarzwild (28.2.28) im Kemnitzer Forst. Aufbau der Meute durch zwei sächsische Piköre (Foerster, Steeger). Jagd auf Kastenwild; Kennels 1828 - 1907 in Klein-Glienecke. Der „Parforce Jagdverein" („Brandenburger Meute") wurde 1844 aus wirtschaftlichen Gründen aufgelöst. Die Vereinsschulden übernahm das Kgl. Hofjagdamt. (Master auf Lebenszeit wurde Prinz Carl von Preußen). 1844 Namensänderung in: "Königliche Preußische Meute". 1854 Hubertusjagd mit 26 Koppeln Jagd auf Keiler; 1863 38 Koppeln.
   1878 war Prinz Carl 50 Jahre Master. Sein Jagdpferd, der Fuchswallach Agathon, ging 20 Jahre lang Jagden und wurde 34 Jahre alt („Pferdegrab" im Glienicker Park). Am 17.11.1863 wurde die 1000. Parforcejagd im Grunewald geritten. Mit Prinz Wilhelm (später Kaiser Wilhelm II) als Master ab 1883 (Kasten-) Wildjagden im Grunewald auf Schwarzwild, ab 1901 Jagden vor allem in Döberitz. 1907 waren die Kennels im Jägerhof am Sacrower See (Döberitz). Um 1900 begannen die Jagdtage mit einigen Schleppen; zum Abschluß jagte man auf Kastenwild (Sauen). Die letzte Kaiserjagd fand am 22.12.1913 in Döberitz statt. Vice-Master: von Wartburg, von Schulenburg, von Bismarck-Bohlen, von Arnim, von Unruh, Graf zu Dohna-Schlobitten, Graf v. Hohenau, Graf von Spee (bis 1918); Oberpiköre Steffens, Wehmeyer, Scott, Lahn, Feist, Schroeder, 1849-1869 Kikisch, 1869-1888 Salomon, 1888-1918 Palm; 1914 30 Koppeln; 1917 starb der letzte Hund, 1 Hündin mit 5 Welpen zum Preuß. Militärreitinst. Hannover.

5. 1830 Pardubitz, [Foxhounds]
   Gegr. durch Graf Oktavian Kinsky, Schloß Karlskron (Chlumec a.d. Cidlina, heute Tschechien).
   Master: bis 1840 Graf Kinsky; danach Prinz Lichtenstein mit seiner eigenen Meute; 1850 - 1866 Baron Zedwitz; 1866 - 1871 Prinz Egon von Thurn und Taxis (Regensburg); 1871 - 1872 Graf Stockau; 1872 - 1877 Prinz Emil Fürstenberg; 1877 - 1914 Graf Heinrich Larisch-Mönnich. 1878 - 1914 Huntsman Charles Peck; 40 Koppeln (Nachwuchs kam von der Belvoir Hunt); Hirschjagden; regelmäßige Gäste waren das österr. Kaiserpaar, deutsche Fürsten, deutsche und österr. Offiziere. Regelmäßig finden seit Gründung der Meute auch die schweren „Pardubitzer Jagdrennen" statt. (Pardubitz gehörte bis 1918 zu Österreich-Ungarn)

6. 1837 Broocker Meute, [Harriers/Beagles]
   (Broocker Parforcegesellschaft, Demmin in Vorpommern).
   Gegr. durch Baron von Seckendorf; zuerst Harriers zusammen mit Foxhounds der Vietschower Meute; 1854 Harriers und Foxhounds an die Uckermärkische Parforcegesellschaft abgegeben. Neubeginn mit Beagles, die später wieder mit Harriers gekreuzt wurden; Höhe 38 bis 41 cm. 1867 25 Koppeln Beagles. 1870 Oberpikör Maaß; Kennels in Leistenow (Demmin). Hasenjagd; 1874 Aktiengesellschaft; Meuteknopf: Hasenkopf und Jahreszahl 1837. Piköre mit franz. Horn. 1878 Master von Heyden; 1907 große Beagles (ca. 41 cm hoch), 1908 Master Frh. v. Esebeck. Ab 1913 Harrier-Meute. Während des 1. Weltkriegs aufgelöst.

7. vor 1847 Malchiner Hirschmeute, [Hirschhunde]
   Gemeinsame Meute der Fürstenhäuser Mecklenburg-Schwerin und Mecklenburg-Strelitz. Jagdclub Malchin. Jagden auf Einladung des Großherzogs auch in Ludwigslust; Jagd auf Kastenwild (Hirsch). Die Meute wurde vor 1863 aufgelöst.

8. 1847 Uckermärkische Parforcegesellschaft, [Harriers]
   1854 Übernahme der Broocker Meute, zu der auch Foxhounds gehörten. 1854 Master Major von Arnim-Neuensund; Jagden vor allem bei Pasewalk, Penzlau.

9. 1848 Neubrandenburger Meute, [Harriers]
   (auch Burg-Schlitzer Meute genannt); 15 Koppeln Beagles durch

Graf Bassewitz-Burg Schlitz in England gekauft. Nach Tollwutepidemie Neuaufbau mit Harriers. Master 1848 - 1865 Herr von Oertzen-Lübbersdorf. 8.1.1864 Umwandlung in Aktienmeute (550 Thaler Gold je Aktie). Protektorat durch SKH Großherzog von Mecklenburg-Strelitz. Weitere Master: v. Maltzan, v. Engel, v. Oertzen-Crosa, v. Dewitz. 1877 Kennels in Neubrandenburg, 1887 Huntsman Broda. 1905 Namensänderung: „Neubrandenburg-Pasewalker Parforcejagdverein", Master Rittm. Ulrich von Borcke, Frh. v. Brandenstein, 1911 Graf von Schwerin, Herr von Michael-Gantzkow, 1914 20 Koppeln; bis 1914 Hasenjagden, 1918 wurden 6 Koppeln auf Gut Gantzkow gehalten. 1922 Wiedergründung als „Neubrandenburger Parforce-Verein". Die Kennels befinden sich außerhalb der Saison in Neubrandenburg bei Huntsman Broda (geb. 1855), in der Jagdsaison auf Gut Gantzkow. 1929 Master A.v.Griesheim, Huntsman Michael Broda.
1930 24 Koppeln; 5 Koppeln gehen nach Neustadt, Oberschlesien. 1934 wurden 8 Koppeln an den Essener Verein für Reitsport (Landgerichtsrat Herrmann Kniepkamp, Essen) verkauft. 1936 6 Koppeln werden dem vor 1930 gegründeten Strelitzer Jagdreiter-Verein geschenkt. Ende kriegsbedingt nach 1939.

10. um 1850 Niedermärkische Parforcegesellsch, [ ]
    Strasburg i.U., (Uckermark, Brandenburg).

11. um 1850 Pinnower Hunde, Gahlenbeck (Mecklenburg), [ ]
    Master Frh. von Maltzahn.

12. um 1850 Parforcejagdverein Güstrow (Mecklenburg), [ ]

13. um 1850 Parforceverein Tessin (Mecklenburg), [ ]

14. 1851 Ostpreußische Hasenmeute [Harriers]
    Gegr. durch Graf Lehndorff-Steinort und Graf Borcke-Stargordt mit Kennels in Steinort (Steinorter Meute).
    1863 geht die Hälfte der Meute mit Graf Borcke nach Stargordt als „Hinterpommersche (Stargordter) Meute). 1867 „Ostpreußische Jagd-Gesellschaft". Master Graf Lehndorff, v. Mirbach. Um 1890 Reste der Meute an die Insterburger Ulanen und Wedel-Dragoner.

15. 1852 Parforceverein Roebel (Mecklenburg), [ ]

16. 1852 Senner Meute, [1852 Harriers und 1861 Foxhounds]
Protektor: Herzog von Nassau. (Bereits 1729 sind Sennejagden durch Kurfürst von Köln bekannt). 1853 „Westphälische Parforce-Gesellschaft" gegr. durch Rittm. Graf Seherr-Thoß und Oberstallm. Frh. v. Breidbach. Jagdherr Herzog Adolf von Nassau (später Großherzog v. Luxemburg). Jagdschloß in Bad Lippspringe (Prinzenpalais); Jagden gemeinsam mit Fürst Lippe-Detmold (damals auch Besitzer des ältesten deutschen Vollblutgestüt Lopshorn, gegr. 1680; Sennerpferde seit dem 15. Jahrhdt. erst in Donop, dann in Lopshorn). 1853 Master Frh. v. Breidbach, 1855 Huntsman Henri Booth, 20 Koppeln; Mitglieder sind viele Vertreter des westfälischen Adels (Salm, Croy, Metternich, Fürstenberg, Westphalen, Merveldt, Kettler). 1861 zusätzliche Foxhoundmeute; 1864 - 1882 Huntsman Andrew Tate (er blieb dort bei den später folgenden Meuten bis zu seinem Tode). Wildjagden abwechselnd 4x wöchentlich auf Hasen und 2x auf Füchse. 1882 - 1888 ruht der Jagdbetrieb. 1888 Wiederbelebung durch die Freiherren Walter und Franz v. Zandt zusammen mit Huntsman Tate. 1889 eigene Meute mit engl. Foxhounds und Gründung des „Senne-Parforcejagd-Vereins" (8. Husaren u.a.). 1889 besondere Förderung durch Rittm. von Longchamps (Master der hann. Meute) während seiner Kommandierung nach Neuhaus. Weitere Master bis 1914: Frh. Walter von Zandt, Frh. Franz von Zandt, Graf von Villers, Frh. von Schönaich, Rüdiger von Below, Frh. Lothar von Fürstenberg. Jagden mit dem Kaiser und Fürst Lippe, vorwiegend auf Schwarzwild, aber auch Schleppjagd. Nach 1918 Jagdreiten ohne Meute. 1924 wieder gegr. durch Oberstlt. Graf Schmising (Reit.Reg. 15). 11 Koppeln, (mit 4 Koppeln aus England, die durch Wolf Delius und Paul Niemöller gekauft wurden); 1924 Master Rittm. Heyme, Huntsman Linke, 1927 Huntsman Moriser. 1926 Master Oblt. Schatte. Kennels am Schloß Neuhaus mit Hundefriedhof (Grabsteine der „braven Hunde"). 1926 Schleppjagden und Jagd auf Schwarzwild (Kastenwild). Am 3.11.1927 stirbt Huntsman Andrew Tate (85). Er ritt noch im Jahr davor bei den Jagden mit. 1928 10 Koppeln. Jagdstrecken bis 18 km. Jagd in Schwerte an der Ruhr mit Polizeireitern aus Dortmund, Stelldichein Wirtschaft "Zur Ruhrbrücke"; 1930 21 Koppeln, Master Rittm. Seyffardt. 1933 Schauschleppe in Darmstadt (Deutscher Jagdreiter-Bund). 1939 werden die Foxhounds als „groß" bezeichnet.

1944 wird ein Teil der in Düsseldorf ausgebombten Meute des Rheinischen Parforce-Vereins aufgenommen. Die 1945 noch vorhandenen Hunde wurden von der britischen Besatzungsmacht beschlagnahmt und der Königin von Holland übereignet (nach einem Bericht von W. Freiin Schilling v.Canstatt)

17. vor 1854 Stavenhagener Aktien-Meute (Neubrandenburg), [ ]
Master Baron Maltzahn-Pinnow.

18. vor 1862 Schlesischer Parforce-Jagd-Verein, [Foxhounds]
Gegr. durch Fürst von Pleß. 1867 Master Graf L. Henckel von Donnersmark. Kennels erst in Sielce (Polen), später in Pleß und Sagan. Jagden auf Hirsche und Schwarzwild bei Halbau.

19. vor 1862 Riesenwalder Meute, [Harriers]
Rosenberg (Ostpreußen), Hasenjagden, 30 Koppeln.

20. 1863 Hinterpommersche Meute/Stargordter Meute, [Harriers]
Nach Teilung der 1851 gegründeten Ostpreußischen Hasenmeute kam 1863 die Hälfte der Harriermeute zu Graf Borcke-Stargordt. Kennels in Stargordt, Hinterpommern; 1867 „Pommersche Parforce-Jagd-Gesellschaft"; 1870 geht die Meute fast vollständig an Nikolaus Graf Esterhazy (Totis). 1871 Nachzucht mit 2 eigenen und 6 französischen Hündinnen, die Graf Borcke aus Paris (dtsch.-franz. Krieg) mitbringt; später kommen Hunde aus Neubrandenburg und Ludwigslust dazu. 1903 stehen die Hunde im Beagle-Harrier-Typ (40 und 50 cm hoch). 1913 nimmt an einer Jagd Franz Jandrey (1960 Gründer und Master der Cappenberger Meute) teil.

21. vor 1863 Neu-Vorpommersche Meute, [Harriers]
Jagdschloß Putbus (Rügen). Am 4.12.1863 findet die erste Schleppjagd auf Rügen statt. Master v. Homeyer-Murchin, 20 Koppeln.

22. 1865 Großenhainer Parforceverein, [Harriers/Foxhounds]
Gegr. als „Großenhainer Hetzklub" durch Major von Senfft. Zuerst Hasenhetze mit Windhunden; 1867 Ankauf der Basedower Harrier-Meute. 1868 Kennels in der Paulsmühle, 1. Jagd im Oktober 1868. Schleppe auf Heringslake; Kastenjagden auf Füchse und Schwarzwild. 1870 Einkauf von Foxhounds in England, 1871 Jagden auf Damwild

(Kastenwild aus dem Moritzburger Tierpark), 1896 Oberpikör Werner. 1900 als „Großenhainer Parforceverein"; 15 Koppeln Foxhounds. Master: Rittm. Brandt von Linden, Rittm. v. Polen, Rittm. v. Egidy, Rittm. v. Milhan, Rittm. Graf von der Schulenburg, Frh. v. Könneritz, Rittm. Goutard. Klubmitglieder sind Offiziere, Damen und Herren der oberen Schichten aus Leipzig und Dresden. Bis 1918.

23. 1866 Hamburg-Wandsbecker Schleppjagdverein, [Harriers]
(anfangs als „Verein Hamburger Herren"),
1866 Übernahme der Königlichen Hannöverschen Meute. Huntsman Knobe; Jagden bei Bramstedt, Quickborn, Nenndorf. 1886 Gründung des „Hamburg-Wandsbecker Schleppjagdvereins" durch Oberst v. Pelet-Narbonne und Gustav Beit; für Jagden werden 6 Koppeln Foxhounds vom Militär-Reitinstitut Hannover angemietet. Jagden auf Kastenwild. Kennels in Quickborn b. Hamburg. 1886 Master Frh. v. Thumb, 1887 Frh. v. Oldershausen. 1890 eigene Meute (engl. Foxhounds). Ab 1894 ständig im November Jagden in Lüneburg.
Weitere Master: 1900 Rittm. v. Klenck, 1904 v. Oldershausen, 1908 - 1914 Rittm. v. Behr. 1921 wiedergegründet als „Hamburger Schleppjagdverein"; 1925-1934 Master Skowronski. 1925 6 Koppeln Foxhounds (nur Hündinnen) aus England. Kennels in Fuhlsbüttel, 1928 22 Koppeln Hündinnen, (Deckrüden aus Hannover), 1930 23 Koppeln. 1933 Kennels auf Schloß Wellingsbüttel. Master Eberhard Thost, Huntsman Schwebke; 1937 10 Koppeln, Kennels auf Gut Wohlsdorf und in Wiemerskamp. Rest-Meute wurde im Mai 1945 den britischen Besatzungstruppen übergeben; Vereinsbetrieb ruhte bis 1946. Nach 1945 „Hamburger Schleppjagdverein".

24. 1866 Meute des Preuß. Militärreitinstituts, [Foxhounds]
(Auf Cabinets-Ordre vom 13. September 1866 wurde die Preußische Militär-Reitschule von Schwedt a.O. nach Hannover verlegt). 1866 Jagdreiten der 13. Ulanen; Rittmeister von Rosenberg, von Meyer, Jagdpferde waren ausgemusterte Hengste des Gestüts Celle; erster Jahresbeitrag 1866 20 Thaler; Anpacht eines Jagd-Reviers (früher Jagdgelände des hannöverschen Königshofs). 1867 Beginn des Jagdbetriebs mit Schleppjagden, da Revier für Wildjagden zu klein.

1868 König von Preußen schießt 20000 Mark zu und übernimmt die Jagdpacht; anschließend Übernahme der Meute „mit allem Zubehör" durch das Militärreitinstitut. Bis 1871 Ankauf weiterer Foxhounds in England; nach 1871 neben Schleppjagden auch wieder Wildjagden auf Hasen und Füchse; Kennels in der Herrenhäuser Allee; Huntsmen sind zwei Engländer. 1878 Huntsman Wachtmeister Preisker. Als Jagdrevier wurde die Gegend nördlich Hannover bevorzugt. Jagden auf Schwarzwild (Kastenwild aus dem Saupark Springe); 1897 eigener Saupark bei Kirchrode. 1889 Master Rittm. von Eben; um 1900 Meutebestand ca. 50 - 60 Koppeln; um 1900 Jagd auf Damwild (Kastenwild). Um diese Zeit kommen 3 Koppeln Foxhounds als Geschenk des Herzogs von Bayern. 1914 mit Kriegsbeginn Auflösung des Militär-Reit-Instituts, Meute mit 1914 60 Koppeln verblieb in Hannover, jedoch waren am Kriegsende 1918 nur noch 16 halb verhungerte Hunde übrig geblieben. Die Restmeute wurde nach 1918 durch Oberpikör Hildebrand weiter betreut. Nach 1918 „Kavallerie-Schule Hannover". 1918 Master Rittm. Blakeley. Im Oktober 1919 erste Jagd in der Vahrenwalder Heide; 1921 4 Koppeln. Kennels 1922 an der Lister Mühle. 1923 - 1932 und 1939 - 1945 Oberpikör Mergen.
1924 2 1/2 Koppeln, 1925, 1927 Zukauf englischer Foxhounds.
1926 Master Rittm. Goeschen, 1928 18 Koppeln. 1930 Master Rittm. Jay; 16 Koppeln, Kennels in der Vahrenwalder Heide. 1938 Verlegung der Kavallerieschule und der Meute nach Krampnitz bei Potsdam. 1945 Oberpikör Mergen bringt 60 Koppeln in den Raum Uelzen. Übergabe an britische Truppen; ein Teil der Hunde kommt zum brit. Regiment Queens Bay. Einige Hunde gelangen ab 1951 in den Besitz der neu aufgebauten Niedersachsenmeute.

25. 1866 Wiener Meute, [Foxhounds]
Protektorat: Fürstin Eleonore Schwarzenberg.
Master Prinz Egon von Thurn und Taxis, 1 Fuchsmeute,
1 Hirschmeute.

26. vor 1867 Westpreußischer Reiterverein, Danzig, [ ]
8 Koppeln. Vor 1930 Groß-Plauth (Westpreußen), vor 1930 Master Major a.D. v. Puttkamer, 5 Koppeln, Ehrenvors. Generalfeldmarschall von Mackensen. Ab 1934 „Danziger Reiter-Verein".

27. 1867 Märkischer Jagd-Reiter-Verein, [ ]
Jagden mit Erlaubnis des kögl. Hofamts östlich und westlich von Berlin (Moabit, Grunewald, Wilmersdorf, Dalem, Pankow, Lichterfelde).

28. 1867 Sternberger Jagdverein, [Beagles]
Hasenjagden bei Güstrow, Sternberg (Mecklenburg).

29. 1868 Ludwigslust-Parchimer Parforcejagdverein, [Beagles/Harriers], Schirmherrschaft durch Großherzog von Mecklenburg-Schwerin. Jagd auf Hasen.
1907 Master Rittm. v. Brandenstein; Der Verein wird 1910 noch als „Privatmeute" erwähnt.

30. um 1870 Lanke bei Bernau (Berlin), [Foxhounds]
Privatmeute Herr Fritz von Friedländer-Fould (Master), Schleppjagd und abschließend Jagd auf Kastenwild (Sauen), Vicemaster Rittm. O. Suermondt, 1894 Huntsman Habberfield. 1904 24 Koppeln Hündinnen (53 - 57 cm hoch). 1905 Meute wurde wegen Erkrankung des Besitzers aufgelöst und an das Militärreitinstitut Hannover übergeben. Huntsman Habberfield ging zum Bremer Schleppjagdklub.

31. 1871 Jagdrenn-Club zu Leipzig, [Foxhounds]
Zuerst Jagden mit der Privatmeute F. v. Friedländer-Fould Jagd auf Schwarzwild (Kastenwild). Um 1880 Meute gemeinsam mit dem „Leipziger Hetz-Club". Nach 1890 Meutehaltung mit dem Jagdrenn-Club Leipzig (gegr. 1871), dem Garnison-Reit-Verein Leipzig der 18. Ulanen (gegr. 1898 als Ulanen-Verein, 1901 unbenannt, 1919 aufgelöst) und dem Leipziger Hetz-Club. Bis 1914 wurden auch Jagden mit der Großenhainer Meute abgehalten. Vereins-Auflösung am 9.4.1948.

32. 1874 Reiter-Verein Koblenz, [Beagles]
Master L. v. Heydebrand und der Lasa [19].

33. 1875 Jagdreiterverein Oels (Schlesien), [Harriers]
Meute wurde 1915 getötet. Bis 1924 ohne Meute. 1927 Kauf von 4 Koppeln Harriers des Neubrandenburger Schleppjagdvereins. 1927 Master Oberst von Livonius, Schleppjagden. 1927 Kennels in der Reiterkaserne Oels. 1929 6 Koppeln, Master Oblt. Frh. v. Lüttwitz.

Danach aufgelöst, weil das Reit.Reg. 8 nach Brieg verlegt wurde und dort kein Jagdgelände vorhanden war.

34. 1881 Hessischer Reiterverein (Darmstadt), [Foxhounds]
1881 - 1914 Master Frh. Schenk zu Schweinsberg, Rittm. v. Barnekow, Rittm. v. Lößl, Rittm. v. Ramdohr. 1924 wieder gegr. durch den hessischen Landstallmeister a.D. Schörke und Herrn Karl Lösch mit 3 Koppeln Harriers; später Kauf von engl. Foxhounds. 1927 7 Koppeln, Kennels in Babenhausen.

35. 1881 Mannheimer Meute, [Harriers/Foxhounds]
1924 neu gegr. als Meute des Reitervereins Mannheim.
1927 keine Meute, 1930 Master Major a.D. Jobst.

36. 1882 Lissaer Parforceverein, [Harriers]
Schloß Pawlowitz, Graf Mielzynski; Polnisch Lissa (Westpommern). Master von Keudell [26]. 1883 - 1894 Huntsman Habberfield. 1894 Jagdbetrieb ruht [26]. 1910 Master Fengler. (Polnisch Lissa gehörte zur preuß. Provinz Posen, 1919 an Polen.)

37. 1884 Kampagne-Reitverein Chemnitz, [Foxhounds]
Gegr. 21.09.1884, 1907 Vors. Bruno Alfred Schneider.
1907 6 Koppeln aus München und Bremen; Schleppjagden. Um 1942/43 aufgelöst.

38. 1888 Kgl. Bayerische Equitation, München, [Foxhounds]
Gegr. durch Herzog Maximilian von Bayern. Übernahme von 15 Koppeln der Kavallerie-Reitschule Hannover. Weitere Hunde kamen später aus England, Böhmen, Ungarn.
S.Uttlinger MH [9]: *„1890 4 Koppeln aus England, 1891 8 Koppeln aus der Meute Graf v. Trauttmannsdorf (Staab b. Pilsen). 1901, 1909 weitere Hunde aus England importiert, die nicht wildsauber waren und unerwünscht auf Rehe und Hammel jagten. 1907 einige Hunde nach Chemnitz abgegeben.*
1909 17 1/2 Koppeln; Kennels an der Gaststätte Kreuzstraße (Kreuzung Ingolstädter/ Echinger Straße, 15 km nördl. München), Meute aus leichten Foxhounds, mangelhaftes Geläut; reine Schleppjagdmeute, engl. Brauchtum; Jagdchargen mit weiß-blauen Armbinden; Leiter der Meute war Oberst Frh. v. Redwitz, Hauptjagdgebiet zwischen Schleißheim und Freisinger Straße;

1912 Master Rittm. Frh. v. Seefried. Schleppjagden und Jagd auf den Kasten-Fuchs; 1914 Schleppjagden in Harlaching, Perlacher Park, Garding, Dieberheim, Eching, Neufahrn. Aufgelöst Ende 1918 als Folge des 1. Weltkriegs".

39. 1891 Bremer Schleppjagdklub, [Foxhounds]
Gegr. durch C. C. Heye.
Master W. Lohmann, 1895 Carl R. Heye.
1903 Kauf von 3 Koppeln. 1905 Huntsman Habberfield. 1905 Kauf von Foxhounds aus verschiedenen englischen Meuten;
14 Koppeln; Kennels in Bischofskoppel bei Mahndorf. 1911 Master Carl Schütte. 1919 wieder gegr. durch J. F. Schröder (1920 Master). 1928 6 Koppeln Foxhounds (Hündinnen). 1930 Huntsman L. Höltig, 6 Koppeln, Kennels auf der Rennbahn „In der Vahr".
St. Georg v. 1.11.1934 erwähnt Master J. F. Schröder.

40. 1892 Reit- u. Fahrverein Magdeburg [ ]
Nach Angaben der Stadtverwaltung Nutzung der städtischen Wiesen 1911 und 1912 für Jagdreiten des Magdeburger Rennvereins. 1934 Master Henning Faber. Schleppjagden des Vereins werden 1938 im St. Georg noch erwähnt.

41. um 1893 Bückeburger Meute, [Foxhounds/Harriers]
Gegr. unter Fürst Georg (Regierungszeit 1893-1911).
1911 Master: Hofstallmeister Frh. von Hammerstein. 1911 Oberpikör Popp; 1911 Kennels im Fasanenhof. In Bückeburg war das Westfälische Jägerbataillon Nr. 7 stationiert. Frh. v. Esebeck [26] beschreibt die Hubertus-Jagd von 1911: *„Stelldichein 12 km außerhalb in Richtung Minden mit Offizieren des 2. westfälischen Inf.Reg. Nr 15 (Minden). Jagdknöpfe erhielten am 11.11.1911 Baron Schmising, Frau Ramdohr, Frl Dame, Tierarzt Beyer, Herr Drewes und damit die Berechtigung, fortan in „Rot" zu reiten".* Esebeck schreibt weiter: *„Bekanntlich findet man Hindernisse aller nur erdenklichen Art - Ricks, Wälle, Hecken, Wasserläufe -, wie sie die Gegend um Bückeburg in solcher Manigfaltigkeit vereinigt,... Unter den zwanzig Pferden, die im Jagdstall stehen, überwiegt der Typus des Gewichtträgers. Namentlich der Master ritt ... einen Schimmel von ganz enormen Kaliber; aber es war geradezu verblüffend, wie dieser schwere Kerl galoppieren konnte".* Damals standen im Stall fast ausschließlich irische Hunter. 1911

besteht die Meute aus engl. Foxhounds, engl. Harriers und Harrier-Foxhound-Cross; 18 Koppeln; (Foxhounds 68,5 cm, Harriers 51 cm, Kreuzung 59 cm hoch). *"Die Hunde jagen mit großem Elan (ein Erbteil der Foxhounds), sind aber vermöge des 'harrier-cross' eher imstande, die Windungen einer Schleppe besser auszuarbeiten, ohne zu überschießen, als der ungestüme Foxhound"*. 1911 Schleppen mit abschließender Jagd auf Kastenwild (Schwarzwild). 1916 kauft Rittm. von Stein im Auftrag des Hofstallmeisters in Frankreich 3 Meutehunde für 520 Mark, 60 Mark Trinkgeld, 10 Mark für Kisten, 23,40 Mark für Telegramm- und Versandkosten. Der Versand nach Bückeburg erfolgte in Folembray (bei Laon, Aisne). Die Meute wurde Ende 1919 aufgelöst. Die im Frühjahr 1919 noch vorhandenen 13 Meutehunde wurden dem Militärreitinstitut Hannover, einigen Privatpersonen und Klubs angeboten. Die Übernahme scheiterte an Geldmangel, ebenso ein Angebot an das Preuß. Ministerium für Landwirtschaft, Domänen und Forsten für das Hauptgestüt Trakehnen. Oberlandstallmeister von Oettingen war nur am Erwerb eines Rüden und einer Hündin interessiert. In einer Aktennotiz vom April 1919 stand: *"so bleibt nichts weiter übrig, als die Meute weiter durchzufüttern"*. An einen jagdlichen Einsatz war nicht zu denken wegen der politischen Situation und der Rücksichtnahme auf die hungerleidende Bevölkerung, wie es den Akten zu entnehmen ist. Am 5.12.1919 kam das Ende: *"Der Fürstlichen Hofkammer teilt das Marstallamt ergebenst mit, daß vom Fürstlichen Marstall keine Meute mehr gehalten wird"* (Diese Angaben wurden dem Niedersächsischen Staatsarchiv in Bückeburg mit Erlaubnis SHD Fürst Philipp-Ernst zu Schaumburg-Lippe entnommen). Später wurde der Minden-Bückeburger Schleppjagdverein bei der II. Abt. 6. Pr.Art.Reg. in Minden gegründet; Master Oblt. Holste. 6 Koppeln. Dieser Verein endete mit dem zweiten Weltkrieg. Erst am 30.10 1966 fand in Bückeburg wieder eine Meutejagd statt (Cappenberger Meute auf Einladung des Kreisreiterverbands Bückeburg. Vor Aufbruch zu Jagd im Schloßhof Begrüßung durch die fürstliche Familie.) Danach gab es wieder regelmäßig Schleppjagden der CM, der Lipperlandmeute und des Rhein.-Westf. Schleppjagdvereins.

42. 1897 Rastenburger Reiterverein (Ostpreußen), [Foxhounds]
 Gegr. durch Herrn Wiehler-Kotittlack.
 1914 4 Koppeln, Kennels in der Kaserne 82. Feldartillerie-Reg.; 1925 Übernahme von 3 1/2 Koppeln aus Trakehnen.

1925 Kennels in Rastenburg Kaserne (Inf.Reg. 2), Master Schultz-Fademrecht. Zusammenarbeit mit Hengstgestüt Rastenburg (Landstallmeister Himburg), Hengste im Jagdfeld. Jagdstrecken 4 - 10 km; Seit 1934 nicht mehr erwähnt.

43. 1903 Jagdreit-Verein Döbeln (Sachsen), [ ]
1934 Master Mummert, Lüttewitz.

44. vor 1907 Itzehoe, [Foxhounds]
1907 Meute wird aufgelöst; einige Hunde werden zum Aufbau der Trakehner Meute verkauft. 1927 wieder gegründet als „Schleppjagdverein Itzehoe und Umgebung". 1929 Übernahme der Soltauer Meute; erste Jagden mit diesen Hunden im Herbst 1929, Master Hptm. Richter, 10 Koppeln, Kennels in der alten Kaserne. 1934 Master Lt. Hübner.

45. 1907 Trakehnen, Hauptgestüt Trakehnen, [Foxhounds]
Landstallmeister Burchard von Oettingen schafft aus eigenen Mitteln Meutehunde an und stiftet Jagdknopf. Zweck der Meutegründung war, dreijährige Remonten im Gelände auszubilden. Die ersten 2 1/2 Koppeln Foxhounds kamen von der 1907 aufgelösten Itzehoer Meute auf Vermittlung von Major Wachs, der Kennels und Meute aufbaute. Oberaufsicht durch Huntsman Kerrines; Schlepper Obschernikat. Weitere Foxhounds kamen aus England. Später vorwiegend eigene Nachzucht. 1914 wurde die Meute mit den Gestüts-Pferden vor dem Einfall russischer Truppen vorübergehend zum Preuß. Hauptgestüt Graditz bei Torgau verlegt. Das Jagdgelände Trakehnen wurde durch Master (Landstallmeister) K. Graf von Sponeck 1912 - 1922 ausgebaut. 1922 - 1931 Master Landstallmeister Graf Siegfried v. Lehndorff; Leiter des Jagdstalls Frh. v. Stralenheim. 1928 waren im Jagdstall ständig ca. 100 Pferde, vorwiegend dreijährige Remonten. 1928 10 Koppeln, 1930 18 Koppeln. 1933 Master Obersattelmeister Kiaulehn, Huntsman Gestütswärter Adomeit, Kennels im Hauptgestüt. Jagden 4 x wöchentlich vom 1. Juli bis 3. November (Hubertusjagd). Jagdstrecken 2 bis 5 km, jährl. 5o - 60 Jagden. 1936 gehen einige Hündinnen an die Parforce-Gesellschaft Prag. 1939 10 Koppeln Foxhounds. Die Meute bestand weiter bis zur Räumung des Gestüts am 17.10.1944.

46. 1908 Sachsen-Altenburger Reiter- und Rennverein, [Foxhounds]
Gegr. 15.5.1908, Protektor Herzog Ernst II. von Sachsen-Anhalt, Vorsitzender Frh. v. Ziegesar, 1910 Master Oberstallmeister Eduard E. L. von Barnekow; 4 Koppeln, 1911 Kennels bei Mockern. Wiederaufnahme der Meutejagden nach 1918 nicht belegt. 1923 Verein ruht, 1923 Reit- und Fahrschule Altenburg, 1939 Reit- und Fahrschule in Mockern (Reitersturm 1/41); nach 1945 aufgelöst.

47. 1908 2. Badisches Dragoner-Regiment 21, [Foxhounds]
(Bruchsal). In den Jahren davor Schleppjagden mit 3 Koppeln der „Kgl. Bayerischen Equitation" (München). Jagdteilnehmer vornehmlich Offiziere und deren deutsche und ausländische Gäste; bis Hubertus 3x wöchentlich als Dienst, dann bis Weihnachten noch 2x wöchentlich. Jagdstrecken mit vielen Gräben.

48. 1910 Glogau (Schlesien), [Foxhounds]
„1-Koppel-Meute" Rittm. von Eben [27, Seite 67].

49. 1910 Parforcejagd-Club Berlin, [Harriers]
„Frohnauer Meute".(1925 engl. Foxhounds).
Die Hunde wurden von Kaufmann Woltmann in England gekauft. Master v. Krieger. 1910 Huntsman Harry Mahncke; Kennels in Frohnau. 3 Piköre reiten mit dem Parforcehorn (Hifthorn). 1911 Jagdmeute mit 10 Koppeln. 1919 wieder belebt durch Major a.D. W. Müseler (Master); ohne Meute. 19.5.25 16 Koppeln Foxhounds aus England. Jagdreviere Wulheide, Zossen, Karlshorst, Frohnau, Oranienburg, Döberitz, Marwitz (schwer). Jagd auf Schwarzwild (Kastenwild). 1930 26 Koppeln, 1931 Master Wagner, Huntsman Mahnke. 1.9.1933 Vereinigung mit der „Düppeler Meute" (der Deutschen Reitschule).

50. vor 1910 Guhrauer Jagdreiter-Verein, [ ]
(Guhrau, wendisch „Gora"); 9 Koppeln, Master Rittm. Mayer.

51. vor 1911 Fürstenwalde (Spree), [Foxhounds]
Schleppjagden; Master Oblt. von Strantz (3. Ul.Reg.). 1927 neu gegründet als „Beeskower Meute"; Besitzer Offizierscorps Reit.Reg. 9 und Gutsbesitzer. 1927 Master Rittm. Hummel, Master Rittm. v. Klinckowström, Huntsman Rittm. v. Heydebreck; 1928 6 Koppeln.

52. vor 1911 Breslauer Reitvereinigung St. Hubertus, [Foxhounds]
   („Schlesische Meute"); Rittm v. Veltheim (1. Kür.).
   1926 wieder begründet; Master Rittm. a.D. S. von Wallenberg.

53. vor 1911 Gleiwitzer Jagdreiter-Verein, [Foxhounds]
   (Oberschlesien); 1911 10 Koppeln, Master Rittm. Reisner. Jagdgelände u.a. auf den Fürst-Pleß'schen Gütern in OS; österreichische Jagdgäste aus den österr. Kasernen Bielitz und Krakau. (Das Gebiet südlich der Weichsel gehörte bis 1918 als Provinz Galizien zu Österreich-Ungarn).

54. vor 1911 Stettiner Schleppjagdverein, [Foxhounds]
   1926 wieder begründet, 1928 Master Oberstlt. v. Stumpffeld, 3 1/2 Koppeln), 1933 Garnison Stettin, Master Major Schelle; Garnison Altdamm, Master Major Wandel), Kennels in Kreckow, 1931 4 1/2 Koppeln, 1936 Master Oberstltn. a.D. Deckert.

55. vor 1911 Fritzlarer Meute, [Foxhounds]
   Reitende Abt. des 1. Kurhess. Feldart.Reg. 11; 10 Koppeln; Schleppjagd.

56. vor 1912 Garnison-Reiterverein Riesa (Sachsen), [Foxhounds]
   8 Koppeln, Schleppjagd; Master Hptm. Rabe (F.A.68).

57. vor 1913 Freiburger Schleppjagdverein, [ ]
   Übernahme der „Lilienhofer Schleppmeute" aus dem Besitz von Master Graf A. v. Bismarck. 12 Koppeln.
   Meute beim Badischen Feldart.Reg.16; Master Hptm. Sterzel.

58. vor 1913 Meute St. Avod (Elsaß-Lothringen), [Foxhounds]
   2. Hannov. Ulanen Reg.14; 8 Koppeln; Master Rittm. Boege. Schleppmeute mit hoher Qualifikation.

59. vor 1913 Tilsit (Ostpreußen), [Foxhounds]
   Jagd auf Füchse.

60. vor 1914 Königsberg, [Foxhounds]
   Meute des 5. Kürrassierregiments in Riesenburg. Nach 1918 „Königsberger Reiterverein", 1928 3 Koppeln von Trakehner Meute und aus England, Ankauf von 2 Koppeln der Rastenburger Meute. 1928 Master Rittm. Neumann-Silkow.

61. 1920 Potsdamer Reiterverein, [Foxhounds]
Durch Fusion des „Berlin-Potsdamer Reitervereins" mit dem „Potsdamer Schleppjagdverein" entstanden. 1921 wurden 12 Koppeln der ehemaligen Königlichen preußischen Meute übernommen zusammen mit Oberpikör Palm.
1921 Master Graf von Seherr-Thoss; Foxhounds aus der Trakehner Meute. 1927 wurde die Meute dem Offizierscorps Potsdam übergeben. 1928 6 Koppeln, Kennels in der Kaserne Reit.Reg. 4, Master Rittm. von Arnim; Jagden in Potsdam, in Döberitz; Huntsman Unterwachtm. Burmann. Die Meute wird 1934 nicht mehr erwähnt.

62. 1921 Torgauer Reit- und Fahrverein, [Foxhounds]
Gegr. durch Offiziercorps Reit.Reg. 10 und Hauptgestüt Graditz; Kennels in Graditz. 1934 10 Koppeln, Master Major Wottrich, Huntsman Obltn. Gaedke. (Um 1945 beendet).

63. 1923 Soltauer Schleppjagdverein, [Foxhounds]
Gegr. durch Rittm. Pape mit engl. Drahthaarterriers,
die aber für Jagden in der Heide zu klein waren. Umstellung auf Foxhounds mit 4 Koppeln vom Senne-Parforce-Verein; 1927 Abgabe von Hunden nach Celle (4 Koppeln) und Minden-Bückeburg (2 Koppeln). 1928 10 Koppeln, Kennels in der Kaserne der Fahrabteilung. 1929 aufgelöst; Meute an Art.-Schule Jüterbog; Piköre Oblt. Rex, Lt. Stubbendorf (später Bremen).

64. 1924 Schleppjagdverein Brüel und Umgebung, [Foxhounds]
(Schweriner Meute), 1924 Master Oberstlt. v. Schlick (schon vor 1914 Master der „Meute 4. Dragoner" in Lüben und der „Beagle-Meute Berliner Gardekavallerie").
1929 12 Schleppjagden, 5 Koppeln. Kennels in Müsselmow (Mecklenburg), 1934 6 Koppeln.

65. 1924 Nürnberg, Tattersall Noris, [Foxhounds]
Master Albert Tresper kaufte Foxhounds in England.
Jagden im Raum Nürnberg-Fürth, München, 1930 Bayreuth anläßlich der Richard-Wagner-Festspiele), 1930 Augsburg, Gut Bannacker. Jagdgäste kommen auch von der Landespolizei und der Reichswehr; 1933 Hubertusjagd in Erlangen mit großer Beteiligung aus den umliegenden Garnisonen. Um 1930 5 Koppeln. 1.11.31 gemeinsame

Schleppjagd mit Meute von Gut Banacker in Augsburg; 10-jähriges Jubiläum der Jagdgesellschaft „Tattersall Noris" mit Hubertusjagd. Die Meute ging dann an die Kavallerieschule Hannover („*durch Beschlagnahme*", nach Angaben der Tochter des Masters, Frau Ria Schmieder-Tresper). Die Meute soll in Hannover bald danach eingegangen sein.

66. vor 1925 Aachener Jagd-Reiterverein, [ ]
    Im St. Georg Nr. 27 (1925) Gemälde (von Wilhelm Wetrup) mit Gustav Rensing (Laurensberg) und Meute. St. Georg vom 1.11.34 erwähnt Master Major a.D. Gillhausen.

67. vor 1925 Düppeler Meute, [Foxhounds]
    (Berlin), Master Major a.D. Felix Bürkner, Huntsman Spillner. 1931 „Deutsche Reitschule Berlin-Zehlendorf". Jagden in Döberitz, Teltow; 5 Koppeln (Rüden). Am 1.9.1933 vereinigt mit der Meute des Berliner Parforce-Jagd-Clubs. 1933 Master Skowronski und Major a.D. Felix Bürkner. Neuer Name „Jagd-Reit-Club Düppel". 1934 10 Koppeln. Ab 1935 „Berliner Schleppjagdverein"; Master Major a.D. Felix Bürkner; Kennels in der Kaserne der Leibstandarte Adolf Hitler in Lichterfelde; Vereinsführer Sepp Dietrich. 1.11.1936 Hubertusjagd auf der Döberitzer Heide, 10 km 40 Hindernisse, im Feld Prinz Christoph von Hessen auf Dressurpferd XX Krokos; Prominente Jagdgäste, u.a.: Reichssportführer von Tschammer und Osten, Admiral Canaris. Jagdgelände auch am alten preußischen Jagdschloß Stern. 1937 wird von Master Skowronski die mit „v" bewertete Deutsche Bracken-Hündin „Bella" versuchsweise vom Berliner Zoo als Zuchthündin übernommen mit dem Ziel, vom englischen Foxhound unabhängig zu werden. Spätere Berichte über die Nachzucht sind positiv; jedoch verhinderte der Krieg eine Fortführung der Zucht. (1994 wurde in Kiel eine Meute mit „Deutschen Bracken" gegründet.)

68. 1925 Verdener Schleppjagd- und Rennverein, [Foxhounds]
    28.2.1925 gegr. durch Oberst Grimme (Reit.Abt. Verden), Landrat Dr. Varain, Hofbesitzer Clasen (Wahnebergen), Rechtsanwalt Friedrichs, Lt. Liss). Erste Hunde von der Kavallerieschule Hannover und vom Senneparforcejagdverein. Am 10.8.25 treffen 4 1/2 Koppeln aus Irland ein. Ab 1925 regelmäßiges Stelldichein dienstags und freitags um 14.15 Uhr an der Holzmarkt-Kaserne (jedes Jahr ab 30. September). 1927 7 Koppeln, Master v. Gründler. 1928 9 Koppeln, Kennels in

der Lindhoop-Kaserne. 1930 Master Obstlt.Brauer, 9 Koppeln. 1934 Master Major von Seydlitz-Kurzbach, 3 1/2 Koppeln. 1935 reitet im Jagdfeld *„die zehnjährige Bruns"* [41] mit.
1936 Hubertusjagd in den Allerwiesen. 1938 7 Koppeln. 1945 Übernahme durch britisches Regiment in Osnabrück (Major Spencer); später gelangen einige dieser Hunde zur Niedersachsenmeute und zur Cappenberger Meute.

69. 1925 Lüneburger Schleppjagd-Verein, [Harriers]
("Westenseer Meute"), Master Oblt. Cramer. 1928 8 1/2 Koppeln, Master v. Arenstorff. Kennels in den Kasernen Reit.Reg. 13. 1931 Master Oblt. Engel. 1934 11 Koppeln, Huntsman Unterwachtm. Bendsko, Obgfr. Mathies. 1935 Ankauf eines Teils der Meute des Thüringer Jagdreiterbundes. 1938 Master Oblt. Niemeyer, Oberpikör Winter.

70. 1925 Reitjagdverein Insterburg, [Foxhounds]
Gegr. durch Rittmeister v. Schroeter (Master).
Kennels in der Kaserne Insterburg (Ostpreußen); ab 1928 im Landgestüt Georgenburg; 4 Koppeln (davon 2 aus England); weitere Master Rittm. Beeckmann und 1928 Rittm. Behrens. 1930 Master Rittm. Pietsch (Reit.Reg. 1), 5 Koppeln. 1930 Kennels am Stadtgut Lenkenigken bei Insterburg. 1934 Master Rittm. Schultz-Calau (Reit.Reg. 2), 6 Koppeln.

71. 1926 Göttinger Schleppjagdverein, [Harriers]
1926 Master Spötter, Kennel in Ballenhausen bei Obernjesa. Hunde von der Lüneburger Meute und vom Parforcejagd-Club Berlin. 1930 3 Koppeln. Zu Kriegsbeginn 1939 auf verschiedene Großgrundbesitzer aufgeteilt; 1944 wird ein Teil der Meute des Rheinischen Parforce-Jagdvereins nach Göttingen ausgelagert. 1948 dort von Britischen Truppen beschlagnahmt. 1949 erkämpft Major a.D. Spötter eine Entschädigung von DM 100,- je Hund und stellt die Summe dem Rheinischen Parforce-Jagdverein zur Verfügung (siehe Rheinisch-Westfälischer Schleppjagdverein).

72. 1926 Masurischer Reiterverein, [Foxhounds]
(Ostpreußen). Kennels in Lyck (Kaserne Reit.Reg. 2. Gründung mit 2 1/2 Koppeln aus Hannover. 1928 9 1/2 Koppeln; Master Rittm. Feldt (früher Master der Meute 4. Ulanen). 1934 keine Eintragung mehr.

73. 1926 Meute des 11. (sächsischen) Inf.Reg., [Foxhounds]
Leipzig; Kennels in den Kasernen; KH Hptm. Kunze.
(Gemeinsam mit Leipziger Reiterverein und Jagrenn-Club Leipzig).
Master H. Thieme, W. Schlobach. 1931 aufgelöst.

74. vor 1927 Minden-Bückeburger Schleppjagd-Verein, [Foxhounds, Harriers]. 1927 2 Koppeln aus Soltau, Master Oberst Hederich. Meute beim Art.Reg. 6 in Minden; 6 Koppeln, Master Oblt. Holste, Huntsman Stgfr. Knickmeyer. 1934 Obltn. Simon.

75. 1927 Deutscher Jagdreiter-Bund
Gegr. 19.2.1927, Präsident Major a.D. Müseler, bestand bis 1945 als Vereinigung der damaligen Meutehalter.

76. 1927 Vorpommerscher Schleppjagd-Verein, [Harriers]
(Demmin, früher Standort der Broocker Meute). 1928 Master Rittm. von Gersdorff; Ankauf von 6 Koppeln der Neubrandenburger Meute. 1933 15 Koppeln, Master Major v. Reibnitz. 1934 Master Hptm. Raegener, Huntsman („Herrenpikör") Oblt. v. Jagow. 1934 Herr Eggert-Serams. Durch Beschluß der außerordentlichen Mitgliederversammlung am 23.8.1934 aufgelöst, da das Reit.Reg. 6 verlegt wurde. Meute wurde wahrscheinlich von der Garnison Schwedt a.d. Oder (Reit.Reg. 6) übernommen. Die Meute war 1934 durch Krankheiten auf 3 Koppeln dezimiert. (Über die Weiterführung der Meute in Schwedt gibt es keine Angaben.)

77. 1927 Reit- und Fahrverein Stadt Düsseldorf, [Foxhounds]
Meute gemeinsam mit dem Kölner Reit-, Jagd- und Fahrverein. Ankauf 12 Koppeln in England; 1927 Master Graf Schaesberg, Vicemaster v. Oppenheim, v. Schlotheim; Huntsman Oberstlt. Hevelke. Vor 1930 28 Koppeln, Kennels auf Schloß Calcum, Düsseldorf. Huntsmen Hptm. a.D. H.H. von Förster und G. Nestler. 1930 Auflösung der Meute. Nachfolger: Rheinischer Parforce-Jagd-Verein (1932).

78. 1927 Oldenburger Schleppjagdklub, [Foxhounds]
1928 Jagden mit Bremer Meute. Anschaffung eigener Meute 1928 geplant, jedoch nicht belegt. Jagdstrecken um Oldenburg, bei Wildeshausen. 1934 nicht mehr erwähnt.

79. 1927 Oberschlesischer Jagdreiter-Verein, [Foxhounds]
Neustadt (Oberschlesien). (Reit.Reg. 11), 8 Koppeln. 1936 aufgelöst nach Umbildung in Panzergrenandier-Regiment und Verlegung nach Gera.

80. 1928 Schleppjagd-Verein Rostock und Umgeb., [Beagles]
Am 7.11.1925 Rostocker Pferdesport- und Rennverein plant die Anschaffung einer Meute. 1929 3 Koppeln, Master Oberstlt. a.D. Friedrich Tscharrmann, 1930 Master Obltn. von Saß; 6 Koppeln. 1933 wird die Meute nicht mehr erwähnt.

81. 1928 Braunschweiger Schleppjagd-Verband, [ ]
Gegr. durch Oberst Schüssler, Inf.Reg. 17,
(Der Raum Braunschweig war ab 1880 traditionelles Meutejagd-Gebiet unter Herzog Wilhelm). 1930 Master Major a.D. von Finckh, 10 Koppeln. 1934 4 Koppeln.

82. 1928 Reit- und Fahrverband Uelzen, [ ]
(Reit.Reg. 13), 6 Koppeln. 1934 nicht mehr erwähnt.

83. 1928 Thüringer Jagdreiter-Bund, Erfurt, [ ]
Gegr. 4.2.28 unter Beteiligung des Gestüts Allstädt.
15.9.28 Meute durch Schenkung an das Reit.Reg. 16, Master Rittm. v. Vaerst, 7 Koppeln. 1933 Master Rittm. v. Seckendorff, Kennels in der Reiterkaserne Erfurt. 1934 8 Koppeln, 1935 ein Teil der Meute geht an Rittergutsbesitzer Richter in Henningsleben (zur Verfügung des Thüringer Jagdreiterbundes). Rest der Meute wird verkauft an den Schleppjagdverein Lüneburg.

84. 1929 Schleppjagdverein Jüterbog, [Foxhounds]
(Meute der Art.Schule Jüterbog), Übernahme der aufgelösten Soltauer Meute, 14 Koppeln, Master Oberstltn. Moser (Art.Schule), Huntsman Unterwachtm. Brandt. 1936 gehen einige Koppeln an die 1929 gegr. Meute der Parforce-Gesellschaft Prag (Master A. Pleskot).

85. vor 1930 Stuttgarter Reit- und Fahr-Verein, [ ]
Master Wilhelm Roth, Huntsman Uffz. Schuster (Reit.Reg. 18), 8 Koppeln, Kennels in den Kasernen. 1934 7 Koppeln.

86. vor 1930 Münchener Reit- und Parforce-Jagd-Club,
[Foxhounds]. Master Dr. Julius Schülein. 1933 Kennels in der Landespolizeireitschule. Durch Kommandeur Herrmann Leythäuser werden Foxterrier eingekreuzt. Nach R. W. Nohstadt, München (1993): *„Meute gehörte zur Landespolizei. Kennels in der Albrechtstraße (Maximilian II - Kaserne) neben der Reitschule Fegelein"*. Frau Inge Ungewitter zitiert 1993 Prinz Ludwig von Bayern: *„Da war eine Meute, aber die war windig und lief nicht gut"*. Möglicherweise war das eine Folge der Kreuzung Foxterrier/Foxhound. S. Uttlinger (1969): *„Mitte der dreißiger Jahre wurde der Polizeioff. A. Fink nach Bamberg zum Reit.Reg. 17 versetzt; nahm Teil der Meute mit, (Bamberger Pack)"*.

87. vor 1930 Geraer Reitstall, [ ]
1934 Master Oblt. d.R. Georg Scheibe.

88. vor 1930 Hallescher Reit-Jagd-Verein, [ ]
(Halle a.S.), 1934 keine eigene Meute; Jagden mit der Meute des Torgauer Reit- und Fahrvereins.

89. vor 1930 Reitklub Schwarz-Weiß Liegnitz (Schlesien), [ ]
Master war der jeweilige Kommandeur des II. Bat., Inf.Reg. 8. 1934 nicht mehr erwähnt.

90. vor 1930 Osnabrücker Reiterverein, [Foxhounds]
1931 4 Koppeln, Kennels im Landgestüt Eversburg.
1933 Master Landstallmeister Kuhse. 1934 3 1/2 Koppeln.

91. vor 1930 Dortmunder Reiterverein,[ ]
1929 Pressebericht über Jagdreiten in Aplerbeck. 1934 6 Koppeln, Master Wilhelm Crüwell, Huntsman Reitlehrer Prümer.

92. vor 1931 Meute Gut Banacker (Augsburg), [Foxhounds]
Master und Besitzer Weininger, 8 Koppeln.
Diese Meute wird nach Angaben von S. Uttlinger in Zusammenhang gebracht mit Fürst Fugger.

93. 1931 Ländl. Reiterverein Kellinghusen, [Beagles]
(Schleswig-Holstein). 5 1/2 Koppeln.

94. 1932 Rheinischer Parforce-Jagdverein, [Foxhounds]
(Übernahme der Meute des Reit- und Fahrvereins Stadt Düsseldorf). 1933 10 Koppeln, Master Fr. Voster und Hans Melchior Frh. von Schlotheim. Kennels am Düsseldorfer Yachthafen, danach auf Schloß Calcum. Betreuung der Meute durch Huntsman Dr. W. v. Oswald; 1934 Dr. G. Schwietzke. Neue Kennels im Schlachthof Neuß. 1936 Wechsel zur neuen Reitzenstein-Kaserne (Art.Reg. 26). Master Oberst (später Generalmajor) Paul Riedel. Kaserne und Kennel 1944 ausgebombt. 15 Hunde überlebten und wurden nach Paderborn und Göttingen gebracht; 1945 beschlagnahmt. 1947 traf Dr. Schwietzke in Detmold einige der Foxhounds wieder, die dort von den Briten auf Wildjagden eingesetzt wurden. 1949 erstritt Major a.D. Spötter (Göttingen) eine Entschädigung von der Besatzungsmacht und stellte sie dem Verein zur Verfügung. 1952 Wiedergründung als „Rheinisch-Westfälischer Schleppjagdverein".

95. 1936 Strelitzer Jagdreiter-Verein, [Harriers]
(Mecklenburg). Gegr. durch Oberst Graf Sponeck (Inf.Reg. 48) mit geschenkten Hunden des Neubrandenburger Parforce-Vereins; (6 Koppeln). 1937 10 Koppeln.

96. 1936 Verein für Reitsport Essen, [Beagle-Harriers]
Master Landgerichtsrat Kniepkamp,
Huntsman Baron Ferdinand von Fürstenberg (1938 Master),
1938 15 Koppeln.

97. vor 1938 Bamberger Pack, [Foxhounds]
aus Angaben von S.Uttlinger (1969): „Teil der Hunde stammte aus der Meute der Polizeireitschule München. A. Fink züchtete weiter mit brit. Foxhounds; 1938 12 Koppeln. Huntsman Uffz. Kappmaier (vom Jagdstall Kav.Schule Hannover nach Bamberg delegiert); Meute hatte Ruf als sehr schnell und sicher, hervorragend geführt". Nach 1939 aufgelöst.

98. vor 1938 Reitergruppe Wiesbaden, [Foxhounds]

Abb. 20: Parforcejagd Döberitz am 22.12.1913.
Der Kaiser und seine Meute mit den Pikören

Zwei Knöpfe der Trakehner-Meute   Knöpfe des Militär-Reitinstitutes in Hannover.
oben: Jagdrock
unten: Militäruniform

Livländischer Jagdclub „Skrauja"   Knopf eines kgl. Preuß. Hofjagdbeamten

unbekannte deutsche Meute um 1850   Knopf des kgl. Preuß. Jagdpersonals

Abb. 21: Meuteknöpfe

Abb. 22: Die Meute im Schlitten beim Ausritt zur Jagd (um 1900)

Abb. 23: Überwindung der kleinen Auter (um 1890)

Kapitel 8
Meuten in Deutschland nach 1945

1. 1923 Hamburger Schleppjagdverein, [Foxhounds]
   Gründung durch ehemalige Mitglieder des 1918 beendeten Hamburg-Wandsbecker Schleppjagdvereins; 1923-1934 Master Skowronski. 1945 Hunde an brit. Besatzungstruppen übergeben; 1946 Wiederaufnahme des Vereinsbetriebs; 1947 Briten geben 5 Koppeln zurück, die bis dahin in Munsterlager standen. 1948 Beginn des Jagdbetriebs, Kennels Wiemerskamp; Hundeimport aus England und Irland. Master 1949-1952 Robert Sauber, 1952-1955 Hans Domke, 1956-1983 Hans Giele, seit 1949 schon Vicemaster, 1984 Jürgen Schumann, 1993 Ernst-Günther Voigtländer.
   Huntsman 1934-1965 Walter Schwebke, 1965-1972 G. Eggers, 1972 Wilfried Ebel, 1972-1984 K. H. Hoffmann;
   1984-1992 P. Martens. 1992 Jobst von Sydow.
   1987 30 Koppeln, 1994 19 Koppeln.

2. 1949 Rallye Wurtemberg, [Anglo-Poitevins]
   Kennels Bebenhausen bei Tübingen.
   Besitzer u. Master M. G. Widmer (französ. Gouvern. in Württemberg). 25 Koppeln; Parforce-Jagden u.a. im Schönbuch auf Hirsche. 1952 aufgelöst; Meute ging nach Bresles (Oise).

3. 1951 Niedersachsenmeute, [Foxhounds]
   Gegr. durch Christian von Loesch mit 2 Welpen aus der Kopfhündin Beate der ehem. Meute der Kavallerieschule Hannover, nach 1945 im Besitz des brit. Regiments 'The Queens Bays', und 2 Rüden dieser Meute. Dazu kamen ein Rüde der aufgelösten Meute des Verdener Schleppjagdvereins und eine französische Hündin, 1953 eine weitere Hündin aus der ehemaligen Verdener Meute. Die Meute erhielt 1954 eine Hündin der Quorn-Hunt (gegr. um 1700), 1958 eine Hündin des Rheinisch-Westfälischen Schleppjagdvereins, deren Eltern der alten Paderborner Meute entstammten.
   1960 ein Rüde aus der engl. Meute Essex and Suffolk, 1964 zwei Rüden der Middleton, 1969 ein Rüde der Cottesmore, 1969 ein Rüde (Bloodhound-Foxhound-Cross) der Weser-Vale-Hunt, 1970 ein

Rüde der Chateau-Malaret; Zuchtaustausch mit der Hamburger, der Rheinisch-Westfälischen und der Taunus Meute. 1964 Kennels in Dorfmark; gepachtetes Jagdgelände am Rand der Lüneburger Heide. Master: 1951-1979 Christian von Loesch, 1979 Constanze Stahlberg (geb. von Loesch), Camill Frh. von Dungern, Cosima v. Schultzendorff (geb. von Loesch). Vorsitzender 1951 Dr. Ludwig Hillmann (Bremen), (1966) Walter J. Jacobs (Bremen), 1973 Ernst August Delius (Bielefeld), 1993 Dr. Thomas Röpke. 1978 hauptberuflicher Pikör H. D. Rohrig, 1994 Kerstin Wolf.
1987 15 Koppeln; 1994 Kennels in Fuhrberg.

4. 1952 Rheinisch-Westfälischer Schleppjagdverein,
[Foxhounds]. Auf Initiative von Dr. Ing. G. Schwietzke,
(erster Vorsitzender), 11.06.1952 Neugründung des Vereins (Nachfolge des Rheinischen Parforce-Jagdvereins von 1932). 1952 Kauf der ersten Meutehunde durch Hermann Berkemeyer als Ersatz für die 1945 von den Besatzungstruppen genommenen Hunde der 1944 nach Göttingen und Paderborn ausgelagerten Meute. Auf Betreiben von Major a.d. Spötter, Göttingen, war 1949 eine Entschädigung von 100 DM für jeden Hund gezahlt worden. Kennels auf Kolkmannshof bei Schloß Hugenpoet an der Ruhr und Betreuung durch Hermann Kniepkamp, der dort vor dem Krieg die Essener Harrier-Meute aufgebaut und stationiert hatte. Die Aufzucht der ersten Würfe war schwierig wegen Infektionskrankheiten. Am 14.8.52 erste Schleppjagd mit den aus England beschafften ersten 4 Koppeln. 1956 22 Koppeln. Jagden in Frankfurt, Wiesbaden, in der Senne; Borkenberge nördl.Recklinghausen, Dülmen, Duisburg-Kaiserberg, Groß-Reken, Wuppertal. Hubertus-Jagden um Schloß Hugenpoet (Ruhr). 1962 Kennels auf Haus Schwarzenstein bei Wesel.
Master: 1952-1953 Ferdinand Frh. von Fürstenberg, 1955-1980 James Cloppenburg, 1963-1967 Hans Keilholz, 1968-1974 Georg Becker, 1976-1983 Prof. Dr. Hubert Stegmann, 1976-1989 Rolf Schwarz-Schütte, seit 1990 Günter Dörken; Huntsman: 1955 Wilhelm Wernecke, seit 1972 Wilfried Ebel. 1987 34 Koppeln.

5. 1957 Beagle-Meute Lübeck, [Beagles]
Privat-Meute; gegr. durch Dr. Hans-H. Martens mit Beagles vom Rheinisch Westfälischen Schleppjagdverein, der sie 1956 von dem brit. Master Major McEwan erhalten hatte. Diese Beagles wurden von bri-

tischen Offizieren im Raum Düsseldorf zum Foot-Beagling eingesetzt. Sie entstammten zum Teil der britischen Beagle-Meute Christ Church and Farley Hill, Oxford. Weitere Rüden kamen von der Aldershot Hunt. Die Lübecker Beagles werden in britischer Tradition „leicht" gezüchtet. Master 1957 bis 1988 Dr. Hans-H. Martens, 1986 Joachim Martens. Kennels seit 1987 in Sarkwitz bei Pansdorf; 15 Koppeln.

6. 1959 Artland-Meute, [Foxhounds]
Gegr. als Privatmeute durch Frau Brigitte Mette in West-Berlin. 1961 Übersiedlung in den Raum Osnabrück. Die Meute hatte einen guten Ruf und jagte mit Reitern des Akademischen Reitclubs. Nach Jahren der Pause 1973 Versuch der Wiederbelebung durch Wilhelm König und Jagdreitern aus dem Lipperland und Herford. Mit Schenkungen der Niedersachsenmeute, der Hamburger Meute und des Rheinisch-Westf. Schleppjagdvereins wurde eine neue Meute aufgebaut und zusammen mit einigen Alt-Hunden eingejagt. Der Jagdbetrieb wurde nicht wieder aufgenommen. Herbst 1973 Übernahme der aktiven Hunde zum Aufbau der Lipperlandmeute. Einige Hunde der Artland-Meute kamen später zur HWS-Meute.

7. 1960 Cappenberger Meute, [Foxhounds]
Meutegründung durch Franz Jandrey (erlebte schon 1913 eine Jagd der Hinterpommerschen Meute unter Graf Borcke). Jandrey erhielt am 28.12.1960 6 Koppeln vom Rheinisch Westfälischen Schleppjagdverein, dessen Huntsman Wernecke beim Aufbau der Meute half. Am 4.11.1961 erste Schleppjagden in Cappenberg, Recklinghausen und Warendorf. 1962 Jagden in Altlünen, Neumarkt (Oberpfalz), Tübingen, Haiger, Cappenberg, Recklinghausen. 1962 und 1963 kommen 3 1/2 Koppeln der Niedersachsenmeute, 1963/64 5 Koppeln der aufgelösten brit. Meute Osnabrück dazu. 1965 Gründung des Cappenberger Schleppjagdvereins auf Initiative von Wilhelm König, der auch der erste Vorsitzende war.
Master: 1960 bis 1982 Franz Jandrey, 1980 A. Ingenbleek; Jt.Master 1967 bis 1973 Wilhelm König, 1972 Manfred Schäfer, 1973 bis 1980 Dr. Kuno Knopp, 1980 Lutz Bruns, 1984 Toni Wiedemann. Erste Piköre Charly Brütt, Rainer Woker, Wilhelm-Albrecht von Seydlitz, im Süden Rolf Klein, Willy Spannaus, Ebbo Stromeyer-de Rolino, der später - in Kanada - selbst auch eine Meute führte. Die Meute wurde in der Herbst-Saison aufgeteilt. Franz Jandrey jagte vornehmlich im

Süden und Südwesten, Wilhelm König bis 1973 im Westen und Norden. 1976 führte Jandrey mit Reitlehrer Arno Junkmann (Norderney) und Helmut Kunkel die Meute zu Pferde durch das Wattenmeer von Neßmersiel zur Insel Norderney (in Höhe der Mövendüne). 1982 wurde die Meute dem Cappenberger Schleppjagdverein übergeben. Die Kennels blieben in Cappenberg. Franz Jandrey starb am 22.1.1983. 1982 Übernahme des Bayern-packs durch Master Toni Wiedemann und Toni Bauer. Der Cappenberger Schleppjagdverein schuf eine Schallplatte (Der Meute Geläut, der Hufe Gedröhn) über den Ablauf einer Jagd und war jahrelang Träger einer Jagdreiterzeitschrift. 1987 71 Koppeln; Kennels in Cappenberg. Franz Jandrey hat beim Aufbau der Sauerlandmeute geholfen. Die Gründer der Beagle-Meute Münsterland, der Lipperlandmeute und der Warendorfer Meute waren vorher Equipagen-Mitglieder der CM.

8. 1964 Hessenmeute [Foxhounds]
Als reine Jugendmeute gegr. durch Dr. A. Klapsing und Graf L. Rothkirch. Sie würde anfangs geführt und betreut von Jugendlichen im Alter zwischen 14 und 17 Jahren, vor allem durch die Geschwister Klapsing. Nach dem tödlichen Reitunfall des Vorsitzenden und Masters Dr. Jürgen Klapsing übernahm dessen Bruder Dr. Heribert Klapsing das Amt des Vorsitzenden. Master 1987 Herko Hayessen. Kennels auf Gut Waitzrodt (Familie Sommer), Immenhausen. 10 Koppeln.

9. 1966 Bayern-Meute [Foxhounds]
Gründer und „Rüdemeister" Arthur Holtschmidt. Jagdbetrieb ab 1967, Kennels in Wellenburg bei Augsburg, Zuchthündinnen in Moosbeuren. 1968 Zusammenarbeit mit Taunus-Meute, 1969 Schleppjagdverein Bayern-Meute. 1969 Kennels in Wehringen, 5 1/2 Koppeln. 1970 wurde die Meute aufgelöst.

10. 1967 Odenwald-Beagle-Meute, [Beagles]
Gegr. durch Hans Messer mit Hunden der Beagle-Meute Lübeck. Danach kurzzeitig Master W. A. Flossmann, 1969 - 1982 Besitzer und Master Carlo Weber, 1982 Ralf Kathrein (Neuhof-Beagle-Meute). 1984 Aufteilung in zwei Packs (Hessen, Baden). Jt.Master Peter Witt übernahm das badische Pack (heute Black-Forest-Beagles bzw. „Brandenburger Meute"). Kennels in Pohlheim-Grüningen (Hessen) und Rheinmünster-Schwarzach (Baden). 1986 Übernahme der Bavarian Beagles und einiger Hunde der Beagle-Meute Münsterland.

11. 1968 Taunusmeute, [Foxhounds]
Gegr. durch ehemalige Mitglieder des aufgelösten „Schleppjagdvereins bey Rhein" mit ersten Kennels in Bommersheim bei Oberursel. Hunde vom Hamburger Schleppjagdverein, von der Niedersachsenmeute, vom Rheinisch-Westf. Schleppjagdverein. Dazu kam zeitweilig das Pack der Bayern-Meute.
Erster Master Hans-Joachim Klingbeil, Vicemaster Hello F. Graf von Rittberg. 1975 Kennels in Haiger-Rodenbach; Master Josef Pracht, 1980/1983 Sommerkennels in Mentzingen, Baden bei Frh. v. Mentzingen, Fam. Bürkle. 1983 Jt.Master Jochen Kraft. Volker Hinze, Elmar Welling, 1989 Jt.Master Doris Schön, Dieter Kunz, 1992 Master Jochen Kraft, Jt.Master Wulf Otto, Ulrich Förster.

12. 1968 Bavarian Beagles, [Beagles]
(Ab 1986 „The Bavarian Bloodhounds").
Aufbau der Meute durch Sigi Uttlinger mit einer Zuchthündin und zwei Rüden der Beagle-Meute Lübeck. Kennels in Wolfstal/Oberpfalz. Ende 1969 Kennels in Fürholzen. 1970 Beginn des regelmäßigen Jagdbetriebs. Die Meute wurde ergänzt durch einen amerikanischen Zuchtrüden. Einige Beagles kamen später von der Beagle-Meute Münsterland. 1986 Umstellung auf reinblütig gezogene Bloodhounds. Am 7.7.1990 Übernahme der Meute durch Bernd Kochinka, Jt.Master Dr. Jürgen Hopf; Kennels in Kühbach-Paar. Die Meute wird als „Private Pack" geführt; 1993 Mitglied der „Master of Bloodhounds Association" und „British Field Sport Society".

13. 1969 Vogelsbergmeute [Beagles]
Gegr. durch Karl Solzer in Leisenwald. Die Beagle-Hündin Cora von der Ronneburg wurde von dem englischen Rüden Morris (Capt. Smith, Rhine Army) gedeckt, 1970 1. Wurf. 1971 Ankauf von weiteren Beagles in England; Jagdhof Solzer fertig. Ostern 1971 erster Jagd mir 4 1/2 Koppeln. 1972-1974 Wanderpokal der Fachgruppe Jagdreiter im DRFV für die beste Aufzucht. 1972 Patenschaft durch S. Uttlinger MH. 1976/1977 werden 10 Koppeln zum Aufbau der Beagle-Meute Münsterland ausgeliehen. Nach dem Tode von Master Karl Solzer 1978 Gründung des Schleppjagdvereins „Vogelsberg-Meute" und Übernahme der Meute. 1980 neue Kennels in Brachttal-Spielberg. Huntsman seit 1971 H. Nimrichter, Master 1978-1994 Ernst v. Schwerdtner, 1994 Reinhard Neeb. 1994 24 Koppeln.

14. 1969 Weser Vale Hunt, [Bloodhound-Foxhound-Cross]
Gegr. durch Major Bill Stringer (Household Cavallerie) in Detmold. Jagden vorwiegend in der Senne mit britischen Teilnehmern und deutschen Gästen. Meute jagte auf der Fußspur eines Läufers ('clean boote'). 1991 Übernahme durch deutsche Jagdreiter, Verein „Weser Vale Hunt". 1991 Master Horst Moog, Huntsman Busso Freise. 1991 Kennels auf Schloß Thienhausen b. Steinheim; 5 1/2 Koppeln. 1992 Umstellung der Schleppe auf Trittsiegel Pferd.

15. 1972 Sauerland-Meute, Radevormwald, [Foxhounds]
Gegr. mit Hunden der Cappenberger Meute (Patenschaft durch Franz Jandrey), Verstärkung durch Hunde des Hamburger Schleppjagdvereins und des Rheinisch-Westfälischen Schleppjagdvereins. Kennels in Kierspe (Sauerland); 1994 Kennels in Radevormwald. 1977 Partnerschaft mit der polnischen Foxhoundmeute Bialy Bor. Master: 1972-1975 Gunter Herweg, 1975-1987 Roland Amft, 1987 Helmut Kleinschmidt. Seit 1989 Nachzucht mit englischen Foxhounds und Welsh-Foxhounds, 1994 22 1/2 Koppeln.

16. 1973 Lipperlandmeute, [Foxhounds]
Kauf von 14 Junghunden der inaktiven Artland-Meute. Dazu ältere Hunde der Niedersachsenmeute, des Hamburger Schleppjagdvereins, des Rheinisch-Westfälischen Schleppjagdvereins als Schenkung. Kennels in Lage/Lippe. Erste Schleppjagd 17.3.74 in der Hörster Senne mit Gründung des „Schleppjagdvereins Lipperland" (Vors. Dr. H. Schulte-Steinberg). Meute-Eigentümer: C.-E. Böckhaus, K. Dreckschmidt, W. u. E. Gorontzi, G. Kemminer, W. König, H. Rottschäfer. Master 1973-1976 Wilhelm König; ab 1976 Helmut Rottschäfer, Huntsman 1973-1976 Helmut Rottschäfer. 1976 Meute an den „Schleppjagdverein Lipperlandmeute". Frühjahrs-Jagdwoche auf Borkum. 1987 Kennels auf Vorwerk Friedrichsfeld, Rittergut Wendlinghausen (Dankwart Frh. von Reden).

17. 1973 Hardt-Meute, [Beagles, 1980 Anglo Francais Tricolore]
Gründer und bis 1975 Besitzer Paul Koffler in Durmersheim. 1975 Übernahme durch Badischen Schleppjagdverein; 1980 umgestellt auf Anglo Francais Tricolore. 1973-1981 Master Paul Koffler, 1982 Master Gerd Klapschus. Neue Kennels in Neunkirchen/Saar, Französiche Hunde jagen auf Trittsiegel eines beliebigen Pferdes. 1994 22 Koppeln.

18. 1976 Beagle-Meute Münsterland, [Beagles]
Gegr. durch Wilhelm König mit 10 Koppeln Beagles, geliehen von der Vogelsbergmeute. Kennels Haltern (Westf.). Eigene Zucht mit Hündinnen der Vogelsberg-Meute und Rüden aus Privathand. Zuchtziel Große Beagles/Beagle-Harriers. Ende 1977 Rückgabe der geliehenen Beagles. Seitdem nur Hunde aus eigener Zucht und aus Privathand. Ende 1978 Kennels in Waltrop, Krs. Recklinghausen. 30 Koppeln. Abgabe von Jungtieren an andere deutsche Beagle-Meuten (Bavarian Beagles, Odenwald Beagle-Meute, Böhmer Beagle-Meute, Franken-Meute). 1991 Übernahme der Meute durch den 1983 gegründeten „Schleppjagdverein Münsterland".
1976-1992 Master und KH Wilhelm König, 1981-1985 Vicemaster Günter Cordes, 1992 Master Josef Voß. 1995 Jt.Master Thorsten Witte (seit 1993 KH), 1993 Kennels in Marl (Westf.). 1997 22 Koppeln Beagles. Zuchtaustausch mit anderen Beagle-Meuten.

19. 1976 Frankenmeute, [Beagles]
Gegr. durch Ludwig und Klaus Dittrich. Beginn mit 6 Welpen. Kennels auf dem Hof von Klaus Dittrich, Büchenbach. Zuchtrüde von den Bavarian Beagles, 1977 erste Schleppjagden, 3 1/2 Koppeln. 1984 Kennels auf Schloß Thurn, Heroldsbach (b. Forchheim), 1990 Kennels in Reumannswind. 1976 Master Ludwig Dittrich, Jt.Master 1994 Gabi Fischer. 1993 Blutauffrischung durch Rüden der Vogelsbergmeute, 1994 von der Beagle-Meute Münsterland ein Rüde und eine Hündin im Austausch gegen den Champions-Rüde „Fips".
1984 Gründung der Interessengemeinschaft Frankenmeute, die 1989 in den Schleppjagdverein Frankenmeute umgewandelt wurde. 1994 Präsident Jürgen Hoepffner; Jagdmeute 15 Koppeln.

20. 1978 Schleppjagdverein Rhein-Main, [Foxhounds]
Gegr. mit Hunden des Rheinisch Westfälischen Schleppjagdvereins und des Hamburger Schleppjagdvereins. 2 Hunde wurden in England auf Initiative von Hello Graf von Rittberg beschafft. 1978 Master Walter Lotz; 20 Koppeln. Kennels in Heusenstamm, Schloßmühle.

21. 1978 Süddeutscher Hunting Club, [Francaise Tricolore]
Beginn mit Foxhounds, Master Walter Löbel †. 1980 Master Paul Koffler und Umstellung auf Anglo Francaise Tricolores. Verbindung mit Bläsergruppe „Rallye Württemberg".
Kennels in Durmersheim, 30 Koppeln.

22. 1979 Equipage Les Billy Sarrois, [Billy, Blanc et noir]
    Jetzt: Equipage Rallye Lorraine, Farébersviller (Frankreich). Die Meute wurde in Riegelsberg/Saarland gegründet und wechselte 1981 nach Frankreich. Maitre d'Equipage Manfred Meyer. Anfangs Schleppjagden im Saargebiet und in französischen Nachbargebieten. Die Meute jagt seit 1981 nur in Frankreich (Wildjagden auf Rehe).

23. 1979 Warendorfer Meute, [Foxhounds]
    Gegr. 1979 durch Willy Rehr (Master); vorwiegend irische Foxhounds (Golway Blazers, Kildare Hounds). Kennels in Telgte-Raestrup. 1979 Übernahme der Weserberglandmeute (Foxhounds). 1981 Vereinsgründung „Schleppjagdverein Warendorfer Meute". 1991 Übernahme der Asbach-Meute (O.Schütz) als selbständiger, hessischer Teil der Warendorfer Meute mit eigenen Kennels in Asbach, Hessen. 1994 70 Koppeln.

24. 1981 HWS-Meute, [Black and Tans]
    Gegr. durch H. W. und Theres Steinmeier mit Foxhounds. („HWS" steht für H. W. Steinmeier). Erste Hunde kamen von der Artland-Meute. 1983 Einkreuzen von Black and Tans, später Umstellung auf reineblütige Black and Tans aus Irland. 1981 Master H. W. Steinmeier (davor Pikör und Vicemaster der Lipperland- Meute), Huntsman Theres Steinmeier. Kennels in Everswinkel bei Warendorf.

25. 1983 Asbach Foxhound-Meute, [Irish Foxhounds]
    Gegr. mit Hunden aus Irland (Two Hullas, Limerick Hunt); Übernahme der Kaufunger Wald-Meute (Foxhounds). Master Otto Schütz. 1991 von der Warendorfer Meute übernommen als selbständiges pack mit Kennels in Asbach, Hessen.

26. 1983 Badische Dragoner Meute, [Foxhounds]
    Gegr. durch Herrmann Laier, Matthias Hoffmann, Andreas Weise. Patenschaft durch Schleppjagdverein Rhein-Main.
    (Der Name der Meute soll an die historische Meute des 2. Badischen Dragoner Regiments in Bruchsal erinnern). Ab 1989 eigene Nachzucht und Hunde der Lipperland-Meute. Master Herrmann Laier, Kennels auf dem Bacherhof, Forst.

27. 1983 Petersburg-Meute, [Francais Tricolore]
    Gegr. durch Master Hans-Jürgen Dorn.
    1986 Schleppjagdverein gegründet. Kennels in Eberdingen.

28. 1983 Böhmer Beagle-Meute, [Beagles]
Gegr. durch Master Hinrich Mönkmeyer. Die Meute wurde in gutem Kontakt mit der Beagle-Meute Münsterland aufgebaut, von der zahlreiche Hunde stammen. Die Nachzucht wurde bei den Junghundeschauen erfolgreich bewertet. Der Master sammelte Erfahrungen als Jagdreiter bei der Niedersachsenmeute. Die Meute jagt jetzt auch in Sachsen-Anhalt und Mecklenburg-Vorpommern. Der Schleppjagdverein „Böhmer Beagle-Meute" wurde am 22.9.86 gegründet, 1995 Vorsitzender Herwarth Kuck. 1995 20 Koppeln: Kennels in Böhme, Niedersachsen.

29. 1986 Schleppjagdverein von Bayern, [Foxhounds]
1987 Übernahme des süddeutschen Teils der Cappenberger Meute (Bayern-pack) erst durch Pacht, 1989 durch Kauf. Master Toni Wiedemann und Toni Bauer führten ab 1982 abwechselnd das „Bayernpack" des Cappenberger Schleppjagdvereins mit den Kennels in Heimat bei Dasing. 1986 „Schleppjagdvereins von Bayern"; Präsident und Master Toni Wiedemann; Kennels seit 1989 auf Gut Koppenzell bei Gundelsdorf. Im ersten Vorstand von 1986 übernahm die bekannte Pferdemalerin und Allround-Reiterin Inge Ungewitter †, die bereits vorher die Jagden der Cappenberger Meute in Bayern unterstützte, ein Amt. Schirmherr des Vereins: Prinz Ludwig von Bayern, selbst aktiver Jagdreiter und Förderer der Cappenberger Meute.
1986 Huntsman Margret Nold; 1994 33 Koppeln.

30. 1988 Norddeutsche Français Tricolore (Wiesenhof-Meute), [Français Tricolore, Anglo-Français, Poitevin]
1988 Ankauf von Hunden der Petersburg-Meute, des Süddeutschen Hunting-Clubs und in Frankreich. 1988 Master Jochen Walberg (früher Vicemaster beim Hamburger Schleppjagdverein). 1994 Huntsman H. Friedrich. Bevorzugt Jagden im französischem Stil. Kennels in Tangstedt bei Hamburg, 1994 11 Koppeln.

31. 1990 Black Forest Beagles, [Beagles]
(In Brandenburg als „Brandenburger Meute"). 1990 Master Peter Witt. Die Meute entstand durch Teilung der Odenwald-Beagle-Meute, deren „Badisches Pack" durch Jt.Master Peter Witt seit 1984 geführt wurde. Erste Kennels in Rheinmünster-Schwarzach. Meute führt auch Blut der Beagle-Meute Münsterland; als modernes Zuchtziel Einkreuzung hochläufiger französischer Beagle-Harrier. Zusammenarbeit mit

dem Berlin-Brandenburger Hunting Club. Saison-Kennels im „Gestüt am Pichersee", Groß-Wasserburg, Brandenburg.

32. 1994 Norddeutscher Jagd- und Rennverein zu Kiel, [Bracken]
1994 Aufbau einer Meute aus Deutschen (Olper) Bracken durch den 1976 gegründeten Verein; Vorsitzender Burkhard Rogge, Huntsman Manfred Käber; Kennels in Brinjahe bei Rendsburg. 1996 erste Jagdsaison; Fuchslosung; 5 1/2 Koppeln.

Es bestanden zeitweilig noch weitere Meuten, die jedoch nicht überleben konnten:
„Bayrische Grenzlandmeute" im Bayrischen Wald, [Beagles].
„Südwestdeutsche Schleppjagdverein bey Rhein" in Wiesbaden, [Foxhounds].
„Märkische Fuchshunde" in Berlin, die später nach Bialy Bor in Polen kamen und dort etwa bis 1990 als Meute bestanden.
1978 „Kaufunger-Wald-Meute",[Foxhounds].
1978 „Weserbergland-Meute", [Foxhounds].
1978 „Saar-Pfalz-Beagle-Meute" in Neunkirchen.

Kapitel 9
CM - Die ersten Jahre

Es ist eine schöne und für spätere Autoren angenehme Sitte, daß Meutehalter in Jagdkalendern über das vergangene Jagdjahr berichten. Später sind diese Aufzeichnungen eine wertvolle Hilfe. Die Cappenberger gaben unter dem Jahre 1963 ihren ersten Kalender heraus. Im Vorwort schrieb damals Franz Jandrey: *„Heute ist unsere Meute drei Jahre alt und es ist die Zeit gekommen, eine kleine Rückschau zu halten"*. Jandreys Entschluß, eine eigene Meute aufzubauen, wurde für die deutsche Jagdreiterei zu einem Wendepunkt. Er hat die spätere Entwicklung nicht voraussehen können, doch sicher hat er darauf gehofft. Erst mit der Cappenberger Gründung wurde dieser bis dahin immer nur feudale und exklusive Sport volksnah und volkstümlich. Jandrey hätte mit seiner Idee wohlhabend werden können, wenn er sich nicht allen verpflichtet gefühlt hätte, die nur Freude an der Jagdreiterei haben wollten. Er wollte aber noch etwas anderes erreichen. Ihm waren die meistens falsch verstandenen und deshalb oft falsch durchgeführten „Fuchsjagden" der ländlichen Reiterei ein Greuel. Zu oft passieren (auch heute) wegen der häufig rücksichtslosen Jagerei schwere Unfälle; Pferde werden zuschanden geritten. Jandrey wollte den ländlichen Reitern den Sport der Rotröcke bringen. Damit ist er allerdings weitgehend gescheitert, denn die kommerzielle Entwicklung des Reitsports und die Möglichkeit zum „Vermarkten" erfolgreicher Turnierpferde führten zu einem Ausufern der Reitturniere. (Bekanntlich dauern heute selbst ländliche Reitturniere oft drei bis vier Tage. Früher kam man mit dem Sonntag allein aus.) Dagegen gibt es für Jagdpferde keinen vergleichbaren Markt und wenig Interesse, durch eine Jagdteilnahme den Verkaufswert zu steigern.
Geblieben aus der feudalen Zeit der Jagdreiterei sind aber auch „mentale" Probleme. Aus der Cappenberger Anfangszeit ist mir der Ausspruch eines Jagdherrn im deutschen Südwesten in Erinnerung geblieben. Auf unsere Frage, warum er als erfahrener Jagdreiter ausgerechnet bei seiner eigenen Jagd den roten gegen einen schwarzen Rock getauscht habe, sagte er: *„Ich bin als Landrat meinen ländlichen Reitern verpflichtet, sie würden es nicht verstehen"* [16, Seite 17]. Dahinter steckte die damalige starke Abgrenzung der ländlichen von der städtischen Reiterei, wie es in den südlichen Regionen unseres Landes noch immer festzustellen ist. „Ländliche Reiter" waren früher nahezu ausschließlich die Bauern. Sie waren bei den Jagden vor dem

letzten Weltkrieg häufig nur deshalb geduldet, weil man über ihren Grund und Boden reiten wollte. Meist wurden sie sogar ausdrücklich in das zweite oder dritte Feld verbannt. Vorn ritten nur die Veranstalter. Das waren die Mitglieder der feudalen städtischen Clubs oder Offiziere aus den Garnisonen. Ganz ausschließen konnte man die bäuerlichen Reiter natürlich nicht, aber „standesgemäß" waren sie nicht. Die damaligen Jagdregeln erlaubten das Tragen eines roten Jagdrocks auch nur den Mitgliedern der Meuteclubs. Die ländliche Reiterei grenzte sich durch die „Fuchsjagd" zur feudalen Meutejagd ab. Man trug dabei die schwarze Turnierjacke. Heute hat sich glücklicherweise das Bild gewandelt. „Rot" oder „Schwarz" ist in der Reiterei keine Frage der Herkunft mehr. Der „Rote" läßt, wenigstens wenn er schon etwas gebraucht wirkt, auf einige Erfahrung im Jagdfeld schließen.

Der gute Ton verlangt allerdings, daß man mit der Anschaffung des ersten Roten Rocks auf die Aufforderung eines Masters wartet, was nach den ersten zehn Jagden hinter einer Meute üblich ist.

Daß die Fuchsjagden nur selten durch Schleppjagden ersetzt werden können, hat aber noch einen anderen Grund. Wenn auf großen Ländereien geritten werden kann, in den sogenannten Eigenjagden, sind Genehmigungen für Schleppjagden meistens kein Problem. Sonst aber müssen die, meist städtischen, Jagdpächter ihre Zustimmung erteilen, die nicht immer ihre teuer erkauften Vorrechte einmal im Jahr mit den heutigen „Habenichtsen" im roten Rock teilen möchten. Ausritte ohne Meute sind einfacher durchzuführen.

Doch zurück zum Beginn der Cappenberger Zeit. Jandrey hatte einige Hunde von dem Rheinisch-Westfälischen Schleppjagdverein und der Niedersachsen-Meute erhalten. Dazu kamen Hunde aus dem Osnabrücker Raum von einer gerade aufgelösten britischen Meute, die dort nach Kriegsende in den Jahren ohne geltende Jagdrechte par force gejagt hatte. Der Cappenberger Beginn war alles andere als leicht.

Die „Briten" zeigten sich als sehr wildsicher und sorgten für manche Aufregung auf der Schleppe. Auch die anderen Hunde waren schwierig. Wer gibt schon seine besten Hunde ab? Die einen rannten hinter jedem Stück Wild her, die anderen meistens überhaupt nicht. Als gelernter Reitlehrer und ehemaliger Rittmeister bei den Kosaken hatte Jandrey natürlich keine reiterlichen Probleme im Busch. Als Master einer Meute fehlten ihm aber noch alle Erfahrungen. Er tat dann das einzig Richtige. Er züchtete seine eigenen Hunde und bildete sie aus, denn nicht nur das Angewölfte schafft

Probleme, sondern auch das (schlecht) Anerzogene - worin sich Hund und Mensch durchaus gelegentlich nahe sind. 1964 war es dann so weit, daß weder „Würger" noch „Lahme" zum Einsatz kommen mußten. Jandreys erste Mannen hatten ebenfalls schon etwas Erfahrung sammeln können.

Die erste Auswärts-Jagd fand am 11.11.1961 in „der Burg" nördlich von Recklinghausen statt, veranstaltet vom Ländlichen Reit- und Fahrverein Recklinghausen; zu einer weiteren Jagd hatte der Kreisreiterverband Warendorf eingeladen. Das Jahr 1962 begann in Altlünen, als der dortige Verein 25 Jahre alt wurde. Doch dann ging es schon auf große Fahrt.

Neumarkt in der bayerischen Oberpfalz hatte eingeladen. Wer damals schon dabei war, ich gehörte leider noch nicht dazu, erlebte das typische Cappenberger Transport-Chaos. Der „Alte", wie man Jandrey liebe- wie respektvoll nannte, kämpfte zeitlebens mit den Tücken und Unzulänglichkeiten seiner Transportmittel. Mangels eigenen Reichtums waren es anfangs LKWs, die nur mit Hilfe von Gönnern und weitgehend erblindeten Prüfern straßenfähig waren. Räder hatten sie, wenn auch Charly Brütt einmal von einem Hinterrad überholt wurde. Motor und Getriebe waren eher bedingt einsatzfähig. Bremsen konnte man recht sicher, wenn Hindernisse nicht zu schnell auftauchten. Schaltgestänge wurden auch schon mal durch Strohbänder ersetzt. Jandrey war, zwangsläufig, ein Meister im Improvisieren. Mit dem Holzaufbau des ersten Transporters stand es auch nicht zum Besten. So ausgerüstet gelang damals die Anreise nicht ganz bis nach Neumarkt. Pferde und Meute waren, ohne Trennwände, auf der Ladefläche zusammen, was auch nur Jandrey riskieren konnte, der seine Tiere so gut kannte. Doch kurz vor dem Ziel muß es doch zu Differenzen gekommen sein, oder war es nur der Bewegungsdrang der Pferde nach der langen Reise. Autobahnen, wie heute ganz selbstverständlich, waren in dieser Richtung nur teilweise vorhanden. Jedenfalls, ein Hinterhuf zerschlug die Seitenbretter und es entstand ein Leck. Dem entströmte dann Stück für Stück die Cappenberger Foxhound-Meute. Der Meute-Ausmarsch hatte den Hunden nicht geschadet. Zu schnell fuhr der damalige Transporter ohnehin nicht, und man befand sich auch gerade auf einer Steigung. Es dauerte einige Zeit bis zur Weiterreise, denn man brauchte erst ein neues Fahrzeug. Die Meute war etwas kleiner geworden. Nicht alle Hunde hatte man wiedergefunden. Jandrey war durch solche Mißgeschicke nie nachhaltig zu beeindrucken. Damals fuhr er nach der Jagd in Neumarkt unverdrossen weiter in den Südwesten nach Tübingen, um am folgenden Wochenende dort zu jagen. Auf der Rückreise wurde, wieder eine Woche später, in Haiger Station gemacht.

7 Koppeln zählte damals die Meute, also 14 Hunde. Nicht alle kamen immer vor den Pferden am Halali an, manche ließen sich mehr Zeit. Klingende Namen aus der damaligen Zeit waren Pikasso, Moni, Nero und Jumbo, über den später kurz und bündig berichtet wurde:

„War 14 Tage bei Meinerzhagen im Ebbegebirge".

Jandrey entwickelte eine starke Vorliebe für Reisen in den Süden. Er pendelte hin und her zwischen Westfalen und Bayern. Bekannte Namen tauchten in den Jagdfeldern, als Jagdherren, als Veranstalter auf: Dr. Schulmann aus Recklinghausen, Reitlehrer Mutze aus Tübingen, Herr Titgemeyer aus Osnabrück, Reitlehrer Meier aus Lemgo, Oberförster Schneider aus Meinerzhagen, Alfons Lütge-Westhues, Oberstleutnant von Buchta aus Handorf, Oberforstmeister Neunhöffer aus Jagsthausen mit eigenem Dienstpferd ausgestattet, Peter Dinkelacker aus Stuttgart, Josef Pracht aus Haiger, Prinz Ludwig von Bayern, Prinzessin Irmgard von Bayern, Prinz Rasso von Bayern, Ebbo Strohmeyer-de Rolino - später selbst Master in Kanada -, Freiherr von Hammerstein auf Schloß Gesmold, August Schulze Zurmussen, Vroni Meyer-Johann, Dankwart von Reden - heute Hausherr der Lipperlandmeute -, um nur einige zu nennen.

Beim Durchblättern der alten Aufzeichnungen fallen kleine Besonderheiten auf, die ich gern wiedergeben möchte:

„13.10.63 Icking: Die Möglichkeit, das Jagdfeld in die Breite zu entwickeln, wurde nicht genutzt.

19.10.63 Tübingen: Für die Pferde der Jagdequipage (waren die Hindernisse) an der Leistungsgrenze.

26.10.63 Osnabrück: Der Schleppenleger ritt nicht genügend vorwärts, sodaß die Hunde ihn beinahe erreichten.

27.1.63 Warendorf: Die Zuschauer standen einmal mit Personenwagen auf der Schleppe.

26.9.64 Recklinghausen: An einem Steilhang trennte der Master sich von seinem Pferd" (wobei der Autor erstmalig die Chance hatte, einige Kilometer als „Master" zu reiten).

„25.10.64 Reutlingen: Eine Schafherde stand auf der Schleppe und wurde von der jagenden Meute nicht beachtet.

6.10.65 Heidenheim: Eine einmalig schöne Landschaft, die dem Feld Gelegenheit bot,..., sich in die Breite zu entwickeln.

7.11.65 Schloß Gesmold (Melle): Der Schlüsselbeinbruch war am Abend wieder dabei.

5.12.65 Borkenberge: Vier Stunden im Sattel hatten den Reitern den nötigen Appetit für die Erbsensuppe verschafft.
24.9.66 Osttönnen: Die Jagd begann mit dem Ausbleiben von vier Pferden der Equipage, die wegen Ausfall des Transportes nicht kommen konnten.
2.10.66 Schwäbisch Hall: Der Master konnte an einer Jagdreiterin, die ihr Pferd zwei Stunden zum Stelldichein geführt hatte, um es für die Jagd zu schonen, demonstrieren, was jagdreiterlicher Geist ist.
8.11.69 Memmingen: Nach dem ersten Stop ergriff eine Herde Jungrinder die Flucht, dem Master gelang es mit seinen Hunden, das Hornvieh einzukreisen und den wild schimpfenden Bauern mittels wohlgesetzter Rede in die Defensive zu drängen.
23.11.69 Handorf: Wer an einer Jagd über erhöhte Hindernisse teilnehmen will, sollte sich sehr genau überlegen, ob er ein entsprechendes Pferd reitet.
6.12.69 Warendorf-Vohren: ...konnte der Nikolaus Herrn Wilhelm König... einen Silberbecher für die 100. Jagd hinter der Cappenberger Meute überreichen..."

Meutejagden haben immer ihren besonderen Reiz, weil ihr Ablauf nicht in allen Details planbar ist. In den ersten Cappenberger Jahren war es ganz besonders aufregend, denn zu den Unwägbarkeiten im Gelände kamen die Transportprobleme. Die Meute ist immer angekommen, manchesmal etwas später; mit den Pikören war es schon unsicherer. Nun waren Jandreys Terminplanungen aber auch schon recht urig. Zu seinen Spezialitäten gehörte es etwa, samstags in Nürnberg zu jagen und sonntags auf der Schwäbischen Alb. Dabei war es natürlich ganz selbstverständlich, daß Master und Pikore nachts als letzte gingen. Es kam recht häufig vor, daß die Zeit der „Nachtruhe" kaum reichte, Kleidung und Stiefel wieder einigermaßen herzurichten. Gut ist mir noch eine solche Fahrt in Erinnerung. Aus unserem Gasthof in Nürnberg konnten wir am frühen Sonntagmorgen nur durch einen mutigen Sprung aus dem Küchenfenster entkommen, denn alle Türen waren noch fest verschlossen. Im Stall suchte der allerletzte Zecher gerade noch nach seiner Brille, die er irgendwo im Stroh wähnte. Pferde füttern, putzen, verladen und auf ging es über Landstraßen, denn eine Autobahn gab es noch nicht in dieser Gegend, unserem Ziel entgegen. Etwa 20 km vor Tübingen trafen wir auf einen Motorradfahrer, vom Jagdherrn mit einem Funkgerät ausgerüstet. Wir waren schon einige Zeit überfällig. Auf Schleichwegen erreichten wir das Stelldichein. Die Begrüßungszeremonien mit großem Bläsercorps waren schon in vollem Gange. Wir aber mußten erst einmal eine Parkmöglichkeit finden. Daran hatte der Jagdherr nun leider nicht gedacht.

Wir fuhren bis zum anderen Dorfausgang. Parken, Stiefel, roter Rock an, Kappe, Handschuhe, Hetzpeitsche suchen, Pferde abladen, Satteln und mit der Meute 3 km zurück quer durch den Ort, ohne Schlaf, ohne Frühstück und nach vielen Autostunden. Das Jagdfeld kam uns glücklicherweise auf halbem Wege entgegen. Bis zum Jagdbeginn, der ersten Schleppe waren es noch einmal einige Kilometer im Schritt. Jeder Tritt der Pferdebeine erinnerte an die letzte Maß Bier in Nürnberg. Brav waren unsere Hunde, sie schliefen wohl auch noch halb. Dann aber ging es Schlag auf Schlag. Erst glitt Charly aus dem Sattel, er hatte einen kleinen Graben im tiefen Schlummer nicht bemerkt. Dann war plötzlich der Schleppenleger weg - und die Meute ebenfalls, was wir alle zusammen im Halbschlaf etwas zu spät bemerkten. Jandreys Blick war weit in die Ferne gerichtet, wo die Meute entschwand. Das Nächstliegende übersah er dabei. Das war tiefer, modriger Sumpfboden, einer Wiese nur aus der Entfernung ähnlich. Warnrufe verklangen ungehört. Hinein mit voller Fahrt, Pferd weg zur Meute am Horizont, Jandrey aber auf der Suche nach wichtigen Ausrüstungsteilen: Linkes Brillenglas, dann das rechte, dazu das Gestell, Kappe, Hetzpeitsche und schließlich Pferd und Hunde. Das Pferd wurde ihm gebracht. Um die Meute kümmerte sich der letzte Pikör, der noch im Sattel war. Das war ich, weil ich glücklichweise als letzter angeritten war und so das ganze Malheur in großer Ruhe betrachten konnte. Es wurde dann doch noch ein großes Fest, denn dem Alten wurde im Süden wirklich alles verziehen. Es gab, wie immer, eine gewaltige „Sause" zum Abschluß des Tages. Nachfeiern waren und sind im Süden lang und strapazenreich, nicht unähnlich denen in manchen Landstrichen Westfalens. Damals war es eine Vielzweckhalle, die Jandrey anregte, seine besondere Kondition zu demonstrieren. In vollem Reitzeug und mit Reitkappe, wenn auch ohne Handschuhe, kletterte er die Stangen hoch, die Piköre mußten ihm nach. Von ganz oben blies Ebbo auf seiner Trompe (dem französisch gestimmten Jagdhorn) eine schaurig schöne Weise „wie die Hunde den Hirsch stellen" oder etwas ähnliches. Ebbo war ein großer Meister der Blaskunst. Er ritt, da selbst klein und leicht von Statur, einen arabischen Vollblüter. Immer ausgestattet mit seinem Horn, dem er unentwegt Töne entlockte, gab er jedem unterwegs auch bereitwillig Auskunft über die Bedeutung der Signale. Nur kurz vor den Sprüngen wurde es still.

Die Cappenberger Anfangsjahre waren schön, sie zählen in einem Jagdreiterleben doppelt und dreifach, schon weil die Tage auch die Nächte einschlossen.

Abb. 24: Cappenberger Meute 1964 vor Schloß Cappenberg

Kapitel 10
Die Inseljagden

Norderney und Borkum, für Jagdreiter haben diese beiden ostfriesischen Inseln einen guten Klang. Mit den Jagden auf Norderney begann die Niedersachsen-Meute unter ihrem Master Christian von Loesch. Es folgte 1971 der Cappenberger Schleppjagdverein mit einer Jagdwoche als Auftakt zur Herbstsaison. Auf Borkum dagegen jagt die Lipperlandmeute schon im Frühjahr. Vor Jahren war auf Norderney auch gelegentlich die Beagle-Meute Münsterland zu Gast. Vor der Cappenberger Zeit, also vor 1971, ging es auf Norderney noch viel urtümlicher zu. Pferdehänger beispielsweise waren noch weitgehend unbekannt. Man kam in Sammeltransporten per LKW an, die am Festland blieben. Die Pferde standen auf Deck, mehr oder weniger durch Pferdedecken gegen Wind und Regen geschützt, die Reiter mit ihrem Gepäck daneben. Das war dann schon der erste, begründete Anlaß, die alles durchdringende Näße und Kälte mit einem kräftigen Schluck zu bekämpfen. Nur kernige Naturen, vier- wie zweibeinig, waren gefragt. Nach 1971 änderte sich viel. Technische Gründe in Gestalt moderner Fährschiffe bereiteten der nostalgischen Überfahrt ein Ende. Die Pferdeanhänger kamen in Mode und lösten den Sammeltransport ab. Heute wäre es gar nicht mehr möglich, Pferde „unverpackt" nach Norderney oder Borkum zu bringen. Dafür wagte Franz Jandrey später, 1976, wovon wir immer geträumt hatten: Den Marsch mit der Meute vom Festland durch das Wattenmeer zur Insel Norderney. Er brach in Neßmersiel auf und erreichte die Insel in Höhe der Mövendüne. Begleitet wurde er von den ortskundigen Arno Junkmann und Helmut Kunkel.
Inseljagden, gleich ob auf Norderney oder Borkum, sind ein unvergleichliches Erlebnis. Mit der Meute am Strand zu jagen, heißt, kilometerweit nebeneinander reiten zu können, den größten Teil der Jagd direkt bei den Hunden. Aber trotz der Holzknappheit auf den Inseln gab es auch stabile Jagdhindernisse, die auf Norderney bereits durch die Niedersachsenmeute aufgebaut worden waren. Lange Jahre war dort ein altes Holzboot eine besondere Attraktion. Mit dem flachen Kiel nach oben sah es sehr wuchtig aus.

Inzwischen haben Schutz der Dünen und der Vogelbrutplätze die frühere Freizügigkeit stark eingeschränkt. Unvergeßliche Tage können es aber auch heute noch werden.

Auf Borkum wird man sich bei alten Reitersleuten sicher auch noch an die abenteuerliche Flucht eines noch jungen und unerfahrenen Equipagenpferdes erinnern. Kaum auf Borkum angekommen, sollte die erste Jagd mit den Lipperland-Hunden geritten werden. Schon beim Putzen war es passiert. Das Pferd, noch nicht gesattelt, riß sich los und verschwand in den Dünen. Das war zwar für den Reitersmann ärgerlich. Doch wir hielten es nur für eine dumme Panne. Wohin sollte ein Pferd auf einer Insel schon laufen? Es konnte doch gar nicht verloren gehen. So ritten wir erst einmal in aller Ruhe mit den Hunden los. Aller Erfahrung nach würde das Pferd ohnehin von allein wieder zurückkommen. Doch unsere Hoffnung trog. Das Pferd blieb verschwunden. Auch gemeinsames Suchen in den Dünen, am Strand und am Wattenmeer erbrachte kein Lebenszeichen. Dann kam als letzte Hoffnung der Vorschlag, die Insel noch einmal aus der Luft zu erkunden. Irgendwo mußte das Pferd doch geblieben sein. Unter uns war ein Hobbyflieger, der mit seiner Maschine zu Besuch gekommen war. Ich fuhr mit zum Flugplatz. Ganz niedrig flogen wir über die Insel von einer Ecke zur anderen. Doch auch wir konnten nichts entdecken. Rat- und hilflos entschlossen wir uns zur Rückkehr. Dann, im allerletzten Moment, hatten wir doch noch Glück. Bei einer recht steilen Rechtskurve sah ich etwas, einen dunklen Fleck, jedoch nicht auf der Insel selbst, sondern ein Stück entfernt im Wattenmeer, auf einer Muschelbank. Der Pilot überflog die Stelle noch einmal ganz niedrig. Es war tatsächlich das Pferd. Aber es steckte tief im Muschelschlick. Nur Rücken, Hals und der hoch gehaltene Kopf waren eben noch zu erkennen. Per Funk alarmierten wird die Hilfstruppen, Freiwillige aus der Schar der Reiter und, von entscheidender Bedeutung, unsere zwei Jagdreiterfreunde von der Marine. Mit Trecker, Werkzeug und einem langen Tampen (Seil), einige hundert Meter lang, brachen wir sofort nach der Landung auf. Man hatte noch versucht, einen Rettungshubschrauber zu molilisieren, doch das hätte damals zu lange gedauert.

Es begann ein Wettlauf mit der Zeit. Wir hatten in Kürze mit auflaufendem Wasser, der Flut, zu rechnen. Das Pferd wäre ertrunken, bevor es sich hätte selbst befreien und wieder schwimmen können. Es sei nur kurz und knapp geschildert, was damals aber den Einsatz der allerletzten physischen Reserven gefordert hatte.

Wir gelangten zu Fuß bei schon langsam auflaufendem Wasser durch Priele und Schlick auf die Muschelbank, bei jedem Schritt bis zu den Hüften einsinkend. Es gelang, das Pferd so weit auszugraben, daß wir es mit vereinten Kräften um 180° in Richtung Insel drehen konnten. Mit eigener Kraft befreite sich das Pferd für einen Moment aus dem Schlick, um aber sofort wieder einzusacken. Da blieb dann keine andere Wahl mehr, obgleich wir es kaum mit ansehen konnten. Unsere Mariner knüpften das Seil um den Pferdehals und gaben dem Trecker auf der Insel das Zeichen zum Anfahren. Ich hatte von solchen Rettungsaktionen für im Moor eingesunkene Pferde schon gehört. Doch hier erlebte ich das nun selbst. Ich will ehrlich sein. Geglaubt habe ich an die Rettung erst, als das Pferd plötzlich aus dem inzwischen weitgehend durch die Flut zugelaufenen Priel auftauchte, an den Strand lief - und zu grasen begann. Doch vorher: der Strick um den Pferdehals, das Knacken im Seil, bei dem wir alle dachten, es wäre das Pferdegenick, das apathisch sich dem Schicksal ergebende Pferd, sein streckenweises Untergehen im tiefen Wasser. Nein, ich war sicher, wir hatten uns umsonst gequält.

Dann mußten wir selbst auch noch mit allem Gerät durch den zähen Schlick und streckenweise schwimmend zurück auf die Insel. Ohne die kundige Leitung der Mariner wäre das Pferd elend umgekommen.

Später nach wärmenden Getränken kam es dann heraus. So ganz ungewöhnlich war des Pferdes Reise nicht. Es sollen immer mal schon Pferde versucht haben, wieder zurück zum Festland zu kommen und immer auf dem gleichen Weg: Quer über die Insel zum Wattenmmeer, dort wo es von Borkum aus am nächsten zum Festland sein soll.

Wie es früher ausgegangen war, erzählte keiner.

Abb. 25: Borkum, Lipperland-Meute mit den drei Mastern:
li.: H. Rottschäfer (Lipperland-Meute), re.: H.W. Steinmeier (HWS-Meute),
2.v.re.: W. König (Beagle-Meute, Münsterland)

Abb. 26: Lipperland-Meute (Foxhounds) am Strand auf Borkum

Kapitel 11
Schleppjagd in den Borkenbergen

Die Borkenberge bilden den nördlichen Rand eines Ursprungstals aus der Eiszeit am Nordrand des mittleren Ruhrgebiets, nördlich der Lippe, zwischen Haltern und Lüdinghausen.
Borkenberge, alten Jagdreitern steigt die Wehmut hoch. Bis vor etwa 20 Jahren waren sie für uns der Inbegriff des Jagens in freier Landschaft, zu Pferde, mit Meutehunden. Damals waren die britischen Truppen als Hausherren noch großzügig den Reitern gegenüber. Tolerant waren dadurch auch zwangsläufig die staatlichen Förster. Heute ist dort alles gesperrt, abgeriegelt, nicht mehr zugänglich, wenn man nicht massiven Ärger haben will. Es jagten dort einmal der Rheinisch-Westfälische Schleppjagdverein, die Cappenberger Meute, die Lipperlandmeute, die Beagle-Meute Münsterland, als Gast auch die HWS-Meute gemeinsam mit den Beagles; nach Absprachen mit den britischen Truppen immer „gentlemen-like" geduldet. Es gab Jagdtage, da gingen von Westen die Foxhounds des Rheinisch-Westfälischen Schleppjagdvereins in das Gelände, von Osten kamen die Cappenberger Foxhounds. Es gab Zeiten, da ritten britische Offiziere mit Begeisterung mit, waren sogar Jagdherren, wie Lt. Col. David Gay (damals in Dortmund stationiert). Allerdings war er auch Ehrenmitglied der Beagle-Meute Münsterland, als sie noch des Verfassers private Meute war. Hunderte deutscher Reitersleute freuten sich jedes Jahr wieder, wenn eingeladen wurde zur Jagd in den Borkenbergen. Es ist vorbei, vermutlich für immer.
Irgendwann kam wohl ein Befehl von „oben". Die Briten verboten jegliches Betreten des Manövergeländes und deutsche Behörden schrieben die Mahnungen und Strafzettel aus. Jetzt als Nato-Übungsplatz denkt erst recht niemand mehr daran, das Verbot zu lockern. Es ist wie ähnliche Gebiete bei Haltern allerdings auch Jagdgelände für Privilegierte aus Forst und Politik geworden. Doch, was auch immer der Anlaß zur Sperre durch die Briten gewesen sein mag, die dort jagenden Meuten waren nicht die Schuldigen. Ich habe an allen Jagden in den Borkenbergen, außer denen des Rheinisch-Westfälischen Schleppjagdvereins, teilgenommen. Es lief immer alles mustergültig ab. Auch viele, viele Jahre regelmäßigen und erlaubten Meutetrainings mit den Cappenberger Foxhounds oder meinen Beagles verursachten keinerlei Reklamationen. Es bestand ein glänzendes Einvernehmen mit den damaligen staatlichen Förstern. Nur einmal, etwa

Mitte der sechziger Jahre, gab es massiven Ärger. Vereinbarungsgemäß hatten wir alle Hindernisse auf den Wegen wieder abgebaut. Das Holz wurde in der Nähe gelagert. Die Pfosten durften bleiben. Diese Gelegenheit benutzten Reiter eines Reitervereins aus der weiteren Umgebung, um sich für einen Geländeritt in Form zu bringen. Ohne Erlaubnis oder Absprache bauten sie einige Hindernisse wieder auf, leider aber nicht wieder ab. Bei einer Nachtübung fuhr dann ein deutscher Bundeswehr-Jeep auch prompt in ein Hindernis. Es bedurfte vieler guter Worte und Erklärungen, um den Zwischenfall vergessen zu machen.

Was uns geblieben ist, ist die Erinnerung an viele der schönsten Jagdtage, die man in einem Reiterleben erleben kann. Auch, weil es so oft anders lief als geplant. Master Jandrey, beispielsweise, kannte die Borkenberge wie seine eigene Westentasche. Unzählige Hindernisse wurden mit ihm aufgebaut. Seine Meute haben wir jahrelang dort trainiert. Geländeritte wurden ausgerichtet. Einmal aber übernahm Franz Jandrey selbst die Aufgabe eines Schleppenlegers. Und das Undenkbare trat ein. Jandrey verritt sich gründlich in den Borkenbergen und fand nur mit größter Mühe halbwegs wieder zurück auf die von ihm selbst geplante, ausgesuchte und abgerittene Strecke. Dabei ging es auch durch Wasser mit darin stehenden Hindernissen. Es gab zu dieser Zeit noch kleinere Seen aus Ausbaggerungen und mit Sandaufschüttungen, die zu Kletter- und Rutschpartien zurück in die nächste Wasserstelle einluden. Dabei erwischte es dann den „Alten", er verschwand unter Wasser wie auch eine der beiden ihn begleitenden Amazonen. Die zweite war vorsichtiger, sie ritt gleich außen um den Teich herum. Die „zweite" war meine Frau, damals noch aktive Jagdreiterin. Zum Ausgleich lag sie an „Köchin's Grab" im Sand, was etwas angenehmer gewesen sein dürfte als das kalte Bad. Der Name des Hindernisses erinnerte an die Köchin eines nahe gelegenen kleinen Hotels. Sie war bei einer Jagd mit den Rheinisch-Westfälischen Foxhounds dort vom Pferd gefallen. Ärgerlicher für Master Jandrey und das große Jagdfeld war ein andermal ein „Absitzer" eines Jagdgastes aus Bünde. Der hatte leider beim Sturz die Zügel verloren, was man bekanntlich im Gelände vermeiden sollte. Sein Pferd hielt den Jagdtag offenbar für beendet. In munterem Trab ging es einige Kilometer zurück zum Pferdehänger am Rande der Borkenberge. Das merkte ich aber erst später. Damals war ich neben Jandrey der einzige, der sich in der Gegend gut genug auskannte. So schickte mich Franz Jandrey zum Pferdefangen aus, wohl hoffend, dies würde schnell gelingen. Doch wer jemals schon versucht hat, in freier

Natur ein Pferd einzufangen, kennt die Probleme. Im Wald blieb das Pferd unsichtbar. Es gelang gerade einmal, nach Indianerart den Pferdespuren zu folgen und ein Ausbrechen auf die Bundesstraße zu verhindern. Erst als auf einem Waldweg, kurz vor Erreichen des Pferdehängers, ein beherzter Spaziergänger das Roß ergriff, war die Verfolgung zu Ende. Es war dann noch einmal ein weiter Weg zurück zum Jagdfeld, wo man mich mit Schmerzen erwartete, denn ich wurde wieder als Schleppenleger benötigt. Eilig wurde ich auf die Reise geschickt, um eine neue und schöne Schleppe für die Meute zu bereiten. Doch nun hatten die Hunde reiche Auswahl. Natürlich hatte ich die damals üblichen Tropfbehälter bei der Pferdesuche verschlossen. Aber keiner von uns hatte daran gedacht, daß die Hufe meines Pferdes voll mit Duftstoff waren. Kaum neu angelegt, verschwand die Meute in der Landschaft, nur jeder Hund auf seiner ganz privaten Spur, die er als die einzig richtige betrachtete. Durch das Hin- und Herreiten auf der Suche nach den Pferdespuren hatte ich für ausreichend Verwirrung gesorgt. Dummerweise hatte auch niemand aufgepaßt, wo genau ich die neue Schleppe begonnen hatte. Master und Piköre hatten freie Wahl in allen Richtungen, bis endlich die Kopfhunde die frischeste Spur fanden. Ihr Geläut lockte dann im Laufe der Zeit auch den Rest der Meute an. Es wurde an diesem Tage schon dunkel, als wir endlich und totmüde am Halali ankamen. Der Jagdherr, Graf Kanitz, hatte die Hoffnung, uns an diesem Tage noch einmal zu sehen, genau so aufgegeben wie alle anderen, deren mitreitende Partner nicht die Autoschlüssel in der Reithose hatten.

Noch einmal erblühte viele Jahre später die Jagdreiterei in den Borkenbergen. Ich hatte meine Beagle-Meute Münsterland in Haltern aufgebaut. Fürsprecher und Kontakte zu britischen Offizieren brachten abermals ein typisch englisches „gentlemen's agreement" zustande. Danach war zwar nichts ausdrücklich erlaubt, aber alles geduldet mit dem, möglicherweise zähneknirschenden, Einverständnis des staatlichen Forstamts. Wir durften üben, wir durften Jagden veranstalten. Alles war wieder wie einst, und wir waren sehr zufrieden. Wir jagten zusammen mit den Foxhounds von H. W. Steinmeier, der heute Black and Tans führt. Vor allem konnten wir unsere Junghunde unter optimalen Verhältnissen einjagen. Weite Flächen der Borkenberge sind frei, offen, also übersichtlich. Zu dieser Zeit war dieses Gelände schon deshalb durch nichts zu ersetzen, weil es mir anfangs ja noch an erfahrenen Pikören mangelte. Sie waren alle guten Willens, aber hatten nicht die geringste Ahnung, was da so alles verlangt wurde. Oft genug machten die Beagles mit ihnen, was sie wollten. Erzählte etwa

Max, der Bergmann, mal wieder zu ausgiebig von seinen Reiterlebnissen im Kriege, war Jockey prompt auch schon unter seinem Pferd durch und ausgebüchst. Meist nach ein paar Metern mit so viel Laut, „cry" würde es bei den Briten heißen, daß der Rest auch nicht mehr zu bändigen war. Doch auf den großen freien Flächen gab es keine Probleme, sie schnell wieder einzufangen. Die Panzer, die dort übten, hatten Hasen und Rehwild so vergrämt, daß sie Wälder und Dickicht vorzogen. Dort wiederum ließen wir uns damals vorsichtshalber erst gar nicht blicken; später mit erfahrenen Hunden und Pikören war das natürlich ganz anders. Es gelang, eben auch wegen des idealen Trainingsgeländes, aus einem wilden Haufen fast nur unerfahrener Hunde, viele waren aus Privathand zu mir gelangt, und noch unerfahrenerer Mitstreiter bald eine solide geführte Meute zu formen, die später auch in bekannt kritischen Jägerkreisen oft gelobt wurde. Im Dezember 1978, also zwei Jahre nach Gründung der Meute, konnte ich in dem Blatt „Rheinisch-Westfälischer Jäger" mit großem Stolz lesen:

„Der Master ...führte die Meute so sicher, daß es zu keinen Störungen kam".

Natürlich führte ich die Hunde nicht allein, sondern mit meiner Equipage (Helge Breloer, Brigitte Jelinek, Erwin Breloer †, Helmut Schürmann †, Klaus Venghaus †), denen dieses Lob genau so gut tat. Meine Frau half mir viele Jahre genau so wie mein ältester Sohn. Wir alle kannten die Borkenberge wie unsere eigene Westentasche. Schließlich hatten wir dort fast jede Woche, viele Jahre lang, reiten dürfen. Selbst das Fernsehen tauchte eines Tages auf, um mit uns in den Borkenbergen über die Jagd „zu den Hunden" einen wunderschönen Streifen zu drehen, der dann um Hubertus herum gezeigt wurde.

Das Einjagen einer Meute findet zwangsweise vor der Jagdsaison, also im Sommer statt. Will man die Tiere nicht quälen, muß man schon sehr früh zu Pferde sitzen. Im Hochsommer ist es gegen 9 Uhr morgens schon zu warm, vor allem auf den offenen Sandflächen der Borkenberge. Wir trafen uns regelmäßig sonntags um 6 Uhr, um bei noch flacher Sonne und leicht aufsteigendem Dunst oder Morgennebel mit den Hunden zu reiten. Was bei vollem Licht später eine öde und von Panzern verwüstete Sandlandschaft war, erschien in dieser frühen Morgenstunde noch wie ein Abbild freier, unberührter Natur. *„Wie in den schottischen Highlands",* schwärmte damals ein britischer Gast, der mit unserer kleinen Gruppe unterwegs war. Borkenberge, es war einmal ein Paradies der Jagdreiterei.

Kapitel 12
Die erste Jagd in Friedrichsruhe

von Franz Jandrey MFH
(geb. 28.1.07 in Klein-Radow (Pommern), 1927 Reitlehrer, 1936 staatl.Reitlehrerprüfung, 1937 Landesfachwart für Pferdezucht, Rittmeister a.D. (1. Kosaken-Kavallerie-Division), 1960 Gründung Reitschule in Cappenberg und Cappenberger Meute, Träger des Deutschen Reiterkreuzes in Silber, gestorben 22.1.1983).

„Am 18. Oktober 1964 wurde eine der denkwürdigsten Jagden der Cappenberger Meute geritten. Herr Rolf Klein (später Pikör der CM) *aus Schwäbisch Hall organisierte die Jagd mit den Reitervereinen Öhringen und Schwäbisch Hall. Jagdherr war der Oberforstmeister Neunhöffer. Aufgebaut hatten die Forstbeamten mit Hilfe der Waldarbeiter des Forstes Schöntal. Was da im Salltal stand, hatten wir bisher noch nicht gesehen. Die Hindernisse waren so breit wie das Tal war, auf der einen Seite wenigstens 80 cm hoch, auf der anderen Seite 120 cm. Die Stangen waren zum Teil so dick, daß man sie nicht umfassen konnte. Ein halbes dutzendmal ging es durch die Sall.*
Die Sall ist nur an einer Stelle gefährlich und zwar an der Stelle, wo der spätere Military-Meister Harry Klugmann bei dieser Jagd baden ging. Später hat ein Schleppenleger" (gemeint ist der Verfasser) *„diese Stelle wiederentdeckt, sein Pferd schleppte dann selbständig und uns blieb nicht anderes übrig, als das Pferd mit der Meute zu suchen.*
Ich hatte nach glücklichem Erreichen des Ufers dort erst, aber natürlich vergeblich, versucht, die Meute durch freundliches Zureden und Winken mit der Hetzpeitsche zu stoppen. Ich rannte dann hinter dem Jagdfeld her, um wieder etwas warm zu werden. Nach einigen hundert Metern knackte es plötzlich im Gebüsch und mein „Freddy" stand neben mir. Er war in einen großen Bogen bis hinauf zu den Limes-Resten gelaufen. Ich konnte aufsitzen und kam noch vor der Meute am Stop an. Dort erwartete mich schon meine Reitkappe. Die hatte den direkten Weg Sall-abwärts gewählt und war am Ufer aufgefischt worden.
Zum Stelldichein im Park von Friedrichsruhe setzte der Regen ein. Das Fahrzeug der Equipage hatte sich von Tübingen kommend durch Umleitungen verspätet, traf zwar pünktlich in Friedrichsruhe ein, wurde aber durch Ordner umgeleitet zur Anlegestelle, etwa 1 km vom Stelldichein entfernt.

Pferdeausladen und Hunde zum Stelldichein zurückführen geschahen im Eiltempo. Fritz Jandrey (Franz Jandreys Sohn) und Jürgen Biel waren die Piköre. Biehl hatte es nicht mehr geschafft, die weiße Hose anzuziehen und ritt in Jeans (damals noch eine Seltenheit). Als die Hunde angelegt waren, war der Regen vergessen und die 85 Teilnehmer kamen voll auf ihre Kosten. Nach dem ersten Stop auf einer Waldlichtung folgte eine Schrittstrecke bergab auf einem schmalen Waldweg, an dem die Riesenweihnachtsbäume rechts und links mit ihren großen Zweigen die Erde berührten. Nach 100 Metern waren die Hunde plötzlich nach rechts verschwunden und jagten lauthals einen Sprung Rehe, den wir nicht gesehen hatten. Auf meinen Ruf kamen alle alten Cappenberger Hunde zurück, aber die drei Engländer (Hunde einer ehemaligen britischen Meute aus Osnabrück) und vier Junghunde waren weg, ebenso die Piköre. Am großen Stop erschienen die beiden Piköre unverrichteter Sache, und nachdem wir wieder angelegt hatten, erschien auch ein Engländer. Die Engpässe auf den Wegen waren teilweise mit Steinen übersät, aber keine Fauststeine sondern anständige Brocken. Kurz vor dem Halali hatte ein Bauer noch ein Wagengestell auf den Weg gestellt, von dem später nur noch Reste übrig waren. Am Halali gab es Knorr-Erbsensuppe und strahlende Gesichter über die Leistung, die man vollbracht hatte, und der erste Junghund erschien wieder.
Für uns war es die Jagd des Jahres. Heute reiten wir mit Begeisterung über den Rest der Hindernisse von damals. Die Hindernisse sind immer noch so unzerbrechlich und manchesmal stöhnen die Pferde richtig, wenn sie darüber gehen.
Die Junghunde sind damals auf dem Rückwechsel zum Hundewagen an einer Gastwirtschaft mitten im Dorf gelandet, die beiden Engländer haben bis Mitternacht gejagt und kamen dann völlig leer am Fahrzeug an. Wir konnten in den nächsten beiden Jahren nicht in Friedrichsruhe reiten, weil die Hunde angeblich ein Kitz gerissen hatten. Als sich dann herausstellte, daß das Kitz auf ganz andere Weise gefallen war, durften wir wieder reiten."
Aus „Die Meute" (Jagdreiterzeitschrift der Cappenberger Meute; Ausgabe Nr.18, Dezember 1976).

Abb. 27: Cappenberger Meute (um 1970)
Master Franz Jandrey †

Kapitel 13
Frankenmeute

Der Besitzer und Master dieser Meute, Ludwig Dittrich MH, berichtet über das Entstehen seiner Meute. Sein Bericht soll als Beispiel dienen für andere neu entstandene Meuten. Die Besitzer privater Meuten werden Ähnliches erzählen können:

"Bevor ich die Geschichte unserer Frankenmeute erzähle, muß ich mich kurz vorstellen: Meine Name ist Ludwig Dittrich, begeisterter Schleppjagdreiter, seit kurzem auch „Hofbesitzer" und, zusammen mit meiner Frau Ulli, Eigner der Meute. Die Idee zum Aufbau einer eigenen Meute kam mir 1976, als ich die Gelegenheit hatte, das erste Mal eine Schleppjagd mitzureiten. Damals gab es im fränkischen Raum keine jagende Meute, und so lag es nahe, eine solche auf die Beine zu stellen. Der Gedanke ließ mich nicht mehr los, und so ging ich an ernsthafte Überlegungen, wie und wo man dies realisieren konnte. Da ich damals selbst noch keine Gelegenheit hatte, mehrere Hunde artgerecht zu halten, war die Standortfrage entscheidend. Aber da gab es Cousin Klaus. Wir verstanden uns schon immer gut, und er hatte einen Bauernhof. Ehrlich gesagt brauchte ich nicht viel Überredungskunst, ihn mit meiner Idee anzustecken, und bereitwillig knapste er ein Stück seines Areals zur Errichtung einer Kennelanlage ab. Die zweite wichtige Frage stellte sich nach der Rasse der Hunde. Damals standen als brauchbare Meutehunde nur Foxhounds oder Beagles zur Verfügung. Mit beiden liebäugelte ich, aber die Entscheidung fiel endlich zu Gunsten der Beagles.
Lustig, eifrig, spurtreu und nicht so groß, denn es war alles in allem auch eine Platzfrage, die diese Entscheidung förderte. Vorweg genommen, ich habe diese Entscheidung bis heute nicht bereut und jeder, der unsere Meute einmal bei der Arbeit erlebt hat, wird mir zustimmen. So kam es also, daß kurze Zeit später 6 Beaglewelpen, 3 Mädchen und 3 Buben, das Terrain unsicher machten und uns ganz schön in Trab hielten. Im folgenden Jahr kauften wir von privat einen älteren Rüden mit Jagderfahrung dazu. Mit diesem als Lehrmeister konnten wir daran gehen, unseren inzwischen vor Kraft und Arbeitsfreude strotzenden Jugendlichen die Grundlagen der Schleppjagd beizubringen. Daß es von der Abstammung her echte

"Engländer" waren, zeigte sich jetzt am "drive" und den Supernasen. Bis dahin hätten wir auch nicht geglaubt, wie lauffreudig und vor allem schnell diese kleinen Beagles sein konnten. So kamen wir oft gehörig ins Schwitzen, denn das Einjagen junger Hunde erfolgt mittels Handschleppe, und wir hatten bei weitem nicht diese Kondition. Auch waren wir nicht gerade zu Langstreckenläufern geboren.

Die Bewährungsprobe erhielten unsere 7 Hunde im September 1977. Das erste in Franken ansässige und jagende Pack, blutjung zwar, aber bereits mit exzellenter Spurtreue, grenzenloser Arbeitsfreude und bester Kondition, so hatten wir uns vorgestellt. Nicht eine große Anzahl von Hunden sollte unsere Meute auszeichnen, sondern Leistung. Wir hatten richtig entschieden und uns kein komplettes Pack angeschafft, sondern auf eine aus sich selbst heraus wachsende Meute vertraut, die bessere Grundlage bietet für Leistung und Zusammenhalt. Dankbar nahmen wir das Angebot von Siggi Uttlinger (damals Master seiner Bavarian Beagles) an, Zuchthilfe zu leisten, indem er eine unserer jungen Hündinnen von seinem besten Rüden mit ausgezeichneten Erbanlagen decken ließ. Es war ein guter Grundstock gelegt, und wir hatten berechtigte Hoffnungen in die Zukunft unserer Meute. Erste Erfolge stellten sich ein.
Im Jahre 1979 wagten wir den Sprung ins kalte Wasser und stellten unseren A-Wurf, 12 Monate alt, bei der Junghundeschau des Verbandes in Schwarzenstein vor. Niemand hätte es für möglich gehalten, aber unsere Beagles erhielten den Champion- und Championesse-Preis und wir den Wanderpokal für die beste Aufzucht. Unser Weg des eigenen behutsamen Aufbaus einer Meute war der richtige gewesen und wurde reich belohnt. Stolz und voll zufrieden brachten wir unsere Sieger wieder nach Hause, um mit verstärkter Motivation an die Arbeit zu gehen. Von den damals gesteckten Prinzipien des langsamen und schonenden Wachstums unserer Meute sind wir bis zum heutigen Tag nicht abgewichen.

Das Jahr 1983 brachte einige Veränderungen mit sich. Klaus wollte "aussteigen" und benötigte den bisher als Kennel dienenden Teil seines Hofs selbst. Aber die kleinen Hunde mit dem großen Herzen hatten inzwischen schon so manches menschliche Herz erorbert, und so fanden sie in Graf Bentzel Sturmfeder zu Horneck einen Gönner, der sich nicht nur mit mir die Kosten des Unterhaltes teilte, sondern darüber hinaus in seinem

Freizeitpark Schloß Thurn ein großes Areal zum Bau einer neuen und modernen Kennelanlage zur Verfügung stellte. Im Juli 1984 feierte die Meute ihren Umzug ins Nobelquartier mit einer richtigen, herrschaftlichen Einweihungsfeier. Im gleichen Jahr gründete sich dann auch die „Interessengemeinschaft Frankenmeute". Lauter jagdbegeisterte Reiter, die durch ihr Engagement halfen, die Frankenmeute in Schleppjagdkreisen begehrt zu machen.

Sicher gibt es noch den einen oder anderen, der bei Schleppjagd automatisch an Foxhounds denkt und nur ein sanftes, mitleidiges Lächeln für unser Beagle-pack übrig hat. Doch auch solche Zeitgenossen konnten wir eines Besseren belehren. Unsere braven Hunde nehmen es mit jedem Gelände auf, Feld- und Wiesenjagden ebenso wie reine Waldjagden. Bleibt nur das Problem der manchmal überlangen Strecken. Da es hier in unserem Gebiet nie unter 15 km abgeht, müssen wir unsere Zucht und natürlich auch das Training ganz darauf einstellen. Aber der Erfolg gibt uns auch hier Recht. So stellt sich die Meute ihrer Aufgabe stets in bester Kondition, exzellenter Spurtreue und Arbeitsfreude.

In der neuen Kennelanlage auf Schloß Thurn ging es mit der Meute beständig bergauf. 1986 konnten wir auf stolze 12 jagende Koppeln und 6 Welpen blicken. Die Hunde lebten alle zusammen, und so ergab sich automatisch, nach Festlegung der Rangordnung untereinander, ein einheitlicher fester Verband. Dies zeigte sich bei Jagden als besonders nützlich, denn die Meute hat keine Außenseiter, die sich während der „runs" absetzen und so die ganze Arbeit gefährden. Das Jagdfeld kann immer hinter einer geschlossen laufenden Meute geführt werden und erleichtert somit auch den Neulingen unter den Schleppjagdreitern den Einstieg in diesen schönen und traditionsreichen Sport.

Hatte die Frankenmeute in der ersten Zeit ihres Bestehens ihren Einsatz vorwiegend im Umland, hat sich ihr Jagdgebiet mittlerweile erheblich vergrößert. So kann man sie in Bayreuth genau so antreffen wie in Straubing oder Bad Kissingen. Zur liebenswerten Tradition gehören aber auch Jagden in der idyllischen Umgebung der mittelalterlichen Stadt Rothenburg o.T. oder in den sonnendurchfluteten Wäldern rund um den fränkischen Marktflecken Stadt Wendelstein. Ob Berg und Tal, Wiesen, Wald, Bäche oder kleine Seen, überall zeichnen sich die Beagles durch Freude an der Arbeit, Spurtreue und fast unerschöpfliche Laufstärke aus. Schon mancher Reiter hatte dabei Mühe, in Sichtweite der Meute zu bleiben. Fast könnte

der Verdacht aufkommen, die Stopps seien nur dazu da, auch solchen Teilnehmern die Möglichkeit zu geben, unauffällig den Anschluß zu halten. Schnell sind sie, unsere Beagles, und immer fröhlich wedelnd jagen sie mit hellem Geläut hinter dem Schleppenleger her. Wer weiß, vielleicht denken sie sich, ihn mit fleißigem Üben doch eines Tages zu erwischen.
Waren in den ersten 2 - 3 Jahren die Jagdtermine noch spärlich, so ist unser Terminkalender inzwischen, speziell während der Jagdsaison, regelmäßig ausgebucht. Allerdings kann man unsere Meute das ganze Jahr über anheuern. Gejagt wird bei jedem Wetter, bei Regen und Sonnenschein, bei Wind und Schnee. Unsere Hunde sind dank des guten und kontinuierlichen Trainings immer mit den Nasen auf der richtigen Spur. Sollte es dennoch einmal einem besonders kecken Hasen einfallen, die frisch gelegte Schleppe noch vor der heranstürmenden Meute zu kreuzen, so hat die gut eingespielte Equipage selten Mühe, das Pack zu sammeln und wieder auf den für seine Nasen speziell gemixten „Duft" zu bringen. Das ist sicher auch einer der Gründe, warum die Frankenmeute bei Jagdveranstaltern so begehrt ist. Ein anderer wichtiger Grund ist in der ehrlichen Arbeit zu finden, die die Meute leistet. Harte Arbeit steckt dahinter, die wochentags von Ludwig und Ulli Dietrich geleistet und an den Wochenenden durch die Equipagenmitglieder unterstützt und ergänzt wird.
Mit 4 - 5 Aktiven hat die Frankenmeute wohl die kleinste Equipage unter allen Meuten Deutschlands. Dennoch kann es vorkommen, daß die Hunde auch mal mit nur 2 Führern auskommen müssen. Doch dank ihres intensiven Trainings und der Zusammenarbeit der Hunde als Meute verlaufen selbst solche Jagden reibungslos. Es ist hier wie im Menschenverband: Arbeitseinsatz und Teamwork zahlen sich aus."

Es ist mir auf der Suche nach Kennels mit „Einliegerwohnung für Master und Familie" ähnlich ergangen wie Ludwig Dittrich:
„Wir suchten etwas Ausgefallenes: Für Hunde-, Pferde- und Menschenhaltung passende Baulichkeiten und speziell für die Vierbeiner den nötigen Auslauf dazu. Auch durfte es kein Millionen-Objekt sein, sondern es sollte sich in einem noch finanzierbaren Rahmen halten. Dankbar gingen wir deshalb jedem Hinweis nach, opferten viele Stunden der sowieso engen Freizeit und noch mehr an gefahrenen Kilometern. Als wir schon fast kapitulierten, so nach annähernd 50 Objektbesichtigungen, wurden wir zu einem Bauernhof in Wachenroth geschickt. Die erste Besichtigung rief nicht gerade Stürme der Begeisterung bei uns hervor, handelte es sich doch um

ein recht häßliches Wohnhaus aus den 50er Jahren. Daneben standen in nacktem Ziegelwerk ein Kuh- und Schweinestall, die ebenso wenig Euphorie auslösten. Romantik vermittelte einzig der alte Backofen im Hofraum, der aus einer noch älteren Bauperiode stammen mußte. Dafür war das dazu gehörende Gelände direkt ideal zur Erstellung einer großzügigen, modernen Kennelanlage und bot die Möglichkeit eines weitläufigen Freiraums für die Hunde. Auch wäre die gesamte Anlage direkt vom Wohnzimmerfenster einsehbar und, speziell bei Nacht, ohne weite Wege erreichbar. Ulli und ich waren uns einig, besseres würden wir so schnell nicht finden. Auch nachbarschaftlich würden wir keine Probleme erwarten müssen, denn das für den Kennel geplante Areal lag, von den Gebäuden abgeschirmt, am Ende der Ortschaft. Es war noch ein langer, nervenaufreibender Weg bis wir endlich unsere Namen unter den Kaufvertrag setzen durften, aber schließlich konnten wir daran gehen, Um-, An- und Ausbau in Angriff zu nehmen. Das Wohnhaus wurde „überarbeitet" und modernisiert, der Kuhstall zu geräumigen Pferdeboxen umgebaut und die Scheune als kleine Reithalle umfunktioniert. Langsam wuchs auch die Kennelanlage, modern und großräumig und natürlich mit allen nötigen Nebenräumen, wie Krankenstation, Zwinger für läufige Hündinnen, Kinderstube und Futterkammer. Stück für Stück kämpften wir uns vorwärts, aber endlich konnten wir dann doch die Hunde aus Schloß Thurn „nach Hause" holen. Nun sind wir alle unter einem Dach vereint, Hunde, Pferde und wir."

Kapitel 14
Lipperland-Meute
Wie es begann.

"20 Jahre Lipperland-Meute (1973 - 1993)". Als ich damals dieser Einladung folgte, traf ich aus der Gründerzeit nur noch Friedel Hoffmeister (inzwischen Präsident des Vereins) und Master Helmut Rottschäfer. Carl-Ernst Böckhaus war morgens mitgeritten, aber da war ich noch nicht im Lipperland. Aus der ersten Vorstandsriege war auch der damalige Geschäftsführer Vinkemeyer gekommen.
Zurück gingen die Gedanken an die Anfangszeit und die Zufälligkeiten, die damals zur Gründung dieser Meute geführt hatten. Es hatte alles damit begonnen, daß mir Franz Jandrey, der Besitzer und Master der Cappenberger Meute, den „Stuhl vor die Tür gestellt hatte". Die Geschichte wurde schon einmal erzählt [16]. Ich erspare mir hier die Wiederholung. Mich hat das damals mächtig geärgert.Ich zögerte deshalb nicht, als mich Frau Mette anrief und mir anbot, ihre Hunde einzujagen. Sie betreute im Raum Westerkappeln die Reste ihrer einstmals bekannten Artland-Meute. Diese Meute war früher ein gern gesehener Gast vor allem bei den studentischen Reitern und in Süddeutschland. Aus vielerlei Gründen war die Meute inaktiv geworden. Was ich dann allerdings im Kennel fand, war sehr traurig. Die Foxhounds, nicht alle reinrassig, waren selbst mit sanfter Gewalt nicht aus dem Kennel herauszubringen. Sie müssen wohl lange Zeit nicht mehr in Freiheit gewesen sein. Das war das eine Problem. Das andere war, daß es dort so gut wie keine Jagdreiter gab, erst recht keine Piköre, die mir hätten helfen können. Die Zeiten der Osnabrücker Schleppjagden mit einer eigenen Meute waren schon lange vorbei. Vor 1930 hatte der Osnabrücker Reiterverein eine Meute Foxhounds, über deren Verbleib aber nichts bekannt ist. Die Hunde waren damals im Landgestüt Eversburg untergebracht. Nach 1945 führten britische Offiziere (Master Major Spencer) im Osnabrücker Raum wieder Wildjagden durch. Deren Foxhounds entstammten vor allem der 1945 übernommenen „Verdener Meute". Wildjagden waren in Deutschland nach 1952 nicht mehr möglich, da mit den neuen Jagdgesetzen des Bundes und der Länder die alten Bestimmungen von 1934 wieder eingeführt wurden. Die Briten lösten ihre Meute in den folgenden Jahren auf. Die letzten britischen Hunde gelangten 1963 und 1964 zur Cappenberger Meute, die später im Osnabrücker Raum auch gelegentlich zu Schleppjagden eingeladen wurde.
Nach einigen Telefonaten bekam ich dann aber eine Mannschaft zusam-

men, teils aus Lage, teils aus Bünde. So machten wir uns an die Arbeit. Die bestand erst einmal in Gesprächen mit den anderen Foxhound-Meuten. Gern gaben sie mir einge ihrer Hunde, vielleicht auch deshalb, weil sie meinten, den alten Jandrey dadurch etwas ärgern zu können. Es wurden aber immer schon überzählige oder unwillige Hunde an andere Meuten gegeben. Dort, in anderer Umgebung, liefen diese Hunde meistens wieder ganz gut. Im Handumdrehen hatten wir eine Anzahl brauchbarer Hunde zusammen. Es war nicht gerade die Elite aus deutschen Landen, aber laufen konnten sie schon. Das hatte sich schnell herumgesprochen. Als wir mit den Übungs-Schleppen beginnen konnten, zeigten sich bald die ersten Jagdreiter-Aspiranten und auch einige britische Reitersleute aus dem Raum Osnabrück.

Es entstand schnell der Gedanke, einen deutsch-englischen Jagdclub zu gründen, was auch sehr bald geschah. Leider blieb es bei der Gründung. Das Projekt starb an ganz banalen Problemen. Vier Wochen brauchte ich damals, um meinen Umzug von Werne nach Haltern vorzubereiten und durchzuführen. In dieser Zeit hatten sich bei der Artland-Meute alle ganz hoffnungslos zerstritten. Was genau geschehen war, habe ich nie herausbekommen. Jedenfalls hatte Frau Mette meinen Leuten Haus- und Hofverbot erteilt und weigerte sich, ihre Entscheidung zu ändern. Was sollte nun werden? Ich war erst seit einigen Tagen in Haltern und hatte noch nicht einmal alles ausgepackt, da erreichte mich ein Anruf. Man wolle diejenigen Hunde, die beim Training gut gelaufen waren und von anderen Meuten stammten, von Frau Mette holen und mir vorbeibringen. Das ging nun aber beim allerbesten Willen nicht, denn es war gerade einmal der Stall für mein Pferd fertig.

Also ging man auf die Suche und wurde dann auch bald fündig. Auf dem Hofe Böckhaus in Lage war Platz. Der alte Reitersmann Carl-Ernst Böckhaus war auch bereit, die Meute aufzunehmen. Im Eiltempo wurde eine Kennelanlage erstellt. Die Hunde wurden abgeholt. Wir nannten die neue Meute „Lipperlandmeute".

Für mich begann eine Zeit langer Reisen von Haltern nach Lage und in die Senne, wo wir, mehr oder weniger gern gesehen, die Meute einzujagen begannen. Klar war mir dabei, daß dies nur eine begrenzte Zeit durchzustehen war, auch wegen der damit verbundenen hohen Kosten. Es zeigte sich bald, daß Helmut Rottschäfer das beste Händchen für die Hunde hatte. Ich begann deshalb, ihn als meinen Nachfolger aufzubauen. Das war auch logisch, da Helmut nahe am Kennel wohnte und deshalb als Kennel-

Huntsman („KH") die Betreuung der Hunde übernommen hatte. Ich kam ja nur am Wochenende und meist nur für einen Tag dorthin.
Es galt allerdings viele Komplikationen zu überwinden. Schwierig war zum Beispiel, daß der Rest der Mannschaft Frau Mette „Bares" überlassen hatte, die Hunde also praktisch gekauft hatte. Mein späterer „Anteil" wurde mit dem Fahraufwand verrechnet. Es bestand also gewissermaßen eine „Gesellschaft bürgerlichen Rechts" mit voller Haftung jedes Gesellschafters, natürlich ein Unding bei dem hohen Risiko einer Meutehaltung und einem geregelten Jagdbetrieb. Das nächste Problem ergab sich durch die vereinbarte Mitgliederbeschränkung auf die Gründer (Carl-Ernst Böckhaus, Karl Dreckschmidt, Eberhard und Wolfgang Gorontzi, Gerhard Kemminer, Wilhelm König, Helmut Rottschäfer) und die Gleichwertigkeit aller Stimmen. Es gab lange, gelegentlich nervenzermürbende Gespräche über den rechten Weg. Am Ende stand, wenn ich vieles weglasse, die Gründung des „Schleppjagdvereins Lipperland-Meute". Die Gründer und Besitzer brachten die Meute in den Verein ein und wurden dafür auf Lebenszeit Vereinsmitglieder. So bin ich immer noch stolzer Besitzer des Mitgliedsausweises Nummer 1. Es zeigte sich schnell, daß diese unter Schmerzen geborene Lösung sinnvoll war. Unter der Leitung von Dr. Hermann Schulze-Steinberg †, vielen auch als ambitionierter Distanzreiter bekannt, blühte der Verein auf. Es war auch das Verdienst von Helmut Rottschäfer, der das Masteramt von mir im Frühjahr 1976 übernahm, nachdem wir es vorher eine Zeitlang gemeinsam ausgeübt hatten. Nicht zu vergessen sind die Piköre - es waren die schon erwähnten Gründer der Meute -, ohne die der schwierige Haufen Hunde nicht zu einer Meute geworden wäre.

Alle damaligen Piköre waren übrigens (und fast natürlich) alte Cappenberger Jagdreiter, denen der alte Jandrey noch oft genug „die Leviten gelesen" hatte.
Für die, die mit Sprichwörtern nicht so recht vertraut sind, zitiere ich aus dem klassischen „Sprüchebuch" (Georg Büchmann, Geflügelte Worte, 1907, Verlag der Haude & Spenerschen Buchhandlung): *„Bischof Chrodegang von Metz (reg. 742-766) stellte um 760 zur Besserung der verwilderten Geistlichkeit eine Lebensregel, einen Kanon auf. Dieser Kanon verpflichtete sie, sich nach der Morgenandacht vor dem Bischof oder dessen Stellvertreter zu versammeln; dieser las ihnen ein Kapitel der Bibel, besonders aus dem 3. Buche Mose, Leviticus genannt, vor, das religiöse Gesetze, namentlich für Priester und Leviten enthält, und knüpfte daran die nötigen Rügen und Ermahnungen".*

Meine Bindung zur Lipperland-Meute lockerte sich danach. Im Herbst 1976 erhielt ich bekanntlich zum Aufbau meiner eigenen Meute 20 Koppeln Beagles der Vogelsberg-Meute nach Haltern, wo die Kennels gerade noch rechtzeitig fertig geworden war. Es waren auch bereits einige Pikör-Aspiranten vorhanden. Doch zur ersten Jagd am 11. September 1976 auf meiner neuen Jagdstrecke in Haltern-Hennewig bei Heinz Hubbert bestellte ich vorsichtshalber die Lipperland-Meute.

Kapitel 15
Beagle-Meute Münsterland

Kenntnisse in der Führung von Foxhounds hatte ich schon als Vice-Master der Cappenberger Meute und Master der Lipperland-Meute erworben. Als ich mein Master-Amt bei der Lipperland-Meute an Helmut Rottschäfer weitergab, dachte ich deshalb an den Aufbau einer Foxhoundmeute im Ruhrgebiet. Beginnen wollte ich ganz langsam mit ausgedienten Hunden aus dem Lipperland und der daraus fallenden Nachzucht.

Es kam aber ganz anders. Bei der Junghundeschau 1976 sprach ich auch mit den Mastern der damaligen Beagle-Meuten. Ich kannte bis dahin nur die aus meiner Ansicht zu kleinen Beagles aus Lübeck, die ich einmal zusammen mit Foxhounds bei einem Meutetreffen in der Lüneburger Heide gesehen hatte. Ich war seitdem sehr skeptisch, ob sich Beagles für unsere schwierigen Jagdstrecken in Wäldern mit starkem Bodenbewuchs eignen würden.

Im Hessischen hatte ich dann Gelegenheit, die Vogelsberg-Meute beim Training und auf der Jagd zu erleben. Sofort war ich von dem Jagdeifer und dem Geläut begeistert. Die Fähigkeit der Beagles, auf sehr engem Raum zu jagen, erschien mir als ein Vorteil auf unseren Jagdstrecken am Rande des Ruhrgebiets. Es hat sich dies später auch immer wieder bestätigt. Auf manchen der späteren Jagden zwischen Hauptverkehrsstraßen, Bahnstrecken oder Kanälen wäre ich mit Foxhounds oder „Franzosen" nicht gern unterwegs gewesen.

Es ergab sich dann rein zufällig, daß der wenige Jahre später verstorbene Master und Gründer der Vogelsberg-Meute, Herr Solzer, zu viele Hunde und zu wenig Mithelfer hatte, zumal die Bundeswehr den damaligen Huntsman zu den Fahnen gerufen hatte. Das schnelle Angebot, Hunde zu übernehmen, kam zwar etwas arg früh, weil ich in Haltern natürlich erst noch eine Kennelanlage schaffen und auch in der Familie wenigstens Duldung erreichen mußte. Doch im Herbst 1976 war es dann soweit. Ich holte einen Teil der Vogelsberg-Meute ab. Die Namensgebung erfolgte gewissermaßen ratenweise. Auf Wunsch des Besitzers sollte der Name „Vogelsbergmeute" erkennbar sein. Die ersten Ankündigungen sprachen dann auch von der „Vogelsbergmeute-Haltern" als einer Privatmeute, der man sich als Mitglied anschließen konnte (Subscriptionsmeute nennt man so etwas). Zur ersten Jagd am 31.10.76 lud ich ein nach Seeste bei Westerkappeln (Kennels der Artland-Meute), vorsichtshalber weit weg von den eigenen Kennels. Zu dieser Jagd kam auch Herr Solzer mit seiner Equipage und dem Stamm der Vogelsberg-Meute angereist, um mir zu helfen. Dabei zeigte sich, daß meine Hunde noch lange nicht fit waren. Ich hatte natürlich, um die Hunde überhaupt erst einmal kennenzulernen, mit Spaziergängen begonnen. Ein ausreichendes Einjagen zu Pferde war noch nicht erfolgt. Die Kondition reichte noch nicht aus. Meine Hunde liefen bald nur hinterher, aber sie sind damals alle brav am Halali angekommen. An diesem Tage erhielt ich eine sehr wichtige Information. Die Jagd sollte auch der Wiederbelebung des schon 3 Jahre vorher gegründeten Britisch-Deutschen Schleppjagdvereins (siehe Kapitel 14 über die Lipperlandmeute) dienen, der allerdings auch jetzt nicht in Schwung kam. Mit uns ritten einige britische Offiziere. Einer von ihnen war Master einer britischen Meute und gab mir den Tip, Eucalyptusöl als Duftstoff zu verwenden. Das tat ich dann auch mit großem Erfolg.

Die Namensänderung der Meute in „Münsterland-Beagles" nahm ich noch im gleichen Jahr vor; offiziell hieß es aber „Beagle-Meute Münsterland (Vogelsbergmeute-Haltern)". So stellte ich die Meute Anfang März 1977 auf der Equitana in Essen vor. Dort hatten wir auf unserem Stand immer 1 oder 2 Beagles dabei. Sie erweckten großes Interesse, und ich konnte eine Menge Jagdtermine vereinbaren. Das Gründungsjahr war mit 2 Jagden noch recht ruhig gewesen. Aber ab Frühjahr 1977 ging es dann schon stürmischer zu. Allein in den Monaten Februar bis April 1977 trafen wir uns 17mal zum Meutetraining, zu Übungsjagden, Spring- und Reittraining und zum ersten Pikörlehrgang. Ich selbst mußte auch erst noch lernen, mit Beagles umzugehen. Ich kannte bis dahin nur die größeren und vergleichsweise phlegmatischen Foxhounds. Vor allem aber brauchte ich Piköre, um die Hunde auch ausbilden und sicher führen zu können. Dem ersten Lehrgang Ende März 1977 folgte deshalb gleich noch ein zweiter im Mai. Gleichzeitig wurden Distanzritte von 20 bis 40 km Länge und auch Lehrgänge „Springen im Gelände" durchgeführt, damit meine damaligen Neu-Piköre und Neu-Jagdreiter geländefähig wurden. Die erste Frühjahrs-Saison dauerte so plötzlich übergangslos bis zum Beginn der Herbstjagden.

Der erste „Schleppjagdverein Münsterland" wurde auch noch im Jahr 1977 gegründet. Er spaltete sich schon 1979 wegen Meinungsverschiedenheiten mit mehr turniersportlich ausgerichteten Mitgliedern. Dieser überwiegende Teil taufte dann den Verein um in „Jagdreiter Westfalen" mit Sitz in Marl und konzentrierte sich mehr auf Turnierreiten und den Fahrsport.

Der kleinere Rest, praktisch eigentlich nur ein Teil der Piköre, blieb bei meiner nach wie vor privaten Beagle-Meute Münsterland. Erst 1984 wurde dann der „Schleppjagdverein Münsterland", heute „Schleppjagdverein Beagle-Meute Münsterland", neu gegründet. Bei beiden Vereinsgründungen hatten deren jeweils erste Vorsitzende (1977 Fr. W. Ringenberg, 1984 G. Cordes) einen hohen Anteil an der positiven Entwicklung der Meute. Ringenberg schuf die Verbindungen ins Münsterland, Cordes dagegen brachte uns die enge Zusammenarbeit mit britischen Offizieren, die für viele Jahre die jagdreiterliche Nutzung des NATO-Übungsplatzes Borkenberge (siehe Kapitel 11) ermöglichten.

Die Hunde der Vogelsbergmeute wurden schon Ende 1977 Herrn Solzer zurückgegeben. Herr Solzer hatte massiven Ärger aus den Reihen der Fachgruppe Jagdreiter im DRFV bekommen. Einigen Meuten paßte die neue Beagle-Meute anscheinend nicht. Von da ab bestand meine Meute nur aus selbst gezogen Hunden und aus geschenkten Privathunden. Später kamen noch 6 holländische Koppeln von den Neder-Beagles. (Deren Master Gregor Caspanni wollte in den Niederlanden das foot beagling auf der Schleppe einführen. Leider fand er nicht genügend daran interessierte „Langstreckenläufer". Die Meute wurde aufgelöst).

Mit diesem bunten Haufen wagte ich zum Jahresbeginn 1978 die erste Jagd in Senden, die aber fürchterlich daneben ging. Auf dem tiefen Boden war eine saubere Führung der noch sehr jungen und auch noch nicht ausreichend eingejagten Hunde nicht möglich. Sie machten sich schon auf der zweiten Schleppe selbständig. Da unsere Pferde im aufgeweichten Ackerboden nicht vorwärts kamen, war an ein Abschlagen nicht zu denken. Wir mußten sie mühsam einzeln wieder eingefangen, was ziemlich genau so lange dauerte wie das Jagdfeld brauchte, die Jagd ohne Meute zu reiten und zwischendurch noch bei Wilhelm Bertling, einem ambitionierten Freund der Beagles und großartigen Jagdhornbläser, zu frühstücken. Wir trafen uns erst wieder auf dem Rückweg zum Hof Kurzen, zum immerhin gemeinsamen „Halali".

Weihnachten 1978 erfolgte mein Umzug von Haltern nach Waltrop, wo Meute und Familie ihr neues Quartier auf einem etwas abgelegenen Kötterhof beziehen konnten.

Die ersten zwei Jahre hatten mir eine schlagkräftige Equipage beschert. Es waren Erwin Breloer †, Helge Breloer, Helmut Hermanig, Helmut Schürmann †, Klaus Venghaus † und Karl-Heinz Witzenhausen; eine zweite Gruppe waren noch Brigitte Jelinek (Kluth), Josef Mertmann,

Heinz Schülling und Max Legatzki. Noch 1978 kamen dazu Rolf Kleffmann, Klaus Scharf, Dr. Peter Curschmann, die Jugendlichen Ulrike und Ruth Breloer. Von Anfang an halfen meine Frau Ursula, die Kinder Elke und Wilhelm mit, während Roland meist als Fuß-Pikör dabei war.

Zum Tragen des Roten Rocks konnten noch im September 1978 die ersten drei Mitglieder aufgefordert werden, da sie die Bedingungen - 10 Jagden im 1. Feld - erfüllten. Karl-Heinz Witzenhausen schuf für uns das BMM-Logo. Erster Kennel-Huntsman war mein ältester Sohn Wilhelm. Meine Frau Ursula hat sich neben der Pikörarbeit vor allem als Schleppenlegerin bewährt, bis ein böser Sturz dem Jagdreiten ein Ende bereitete. Dafür übte sie ihr Amt als „Honourable Secretary" aus, bis die Meute 1989 in das Eigentum des Schleppjagdvereins überging.

Das erste Jahr mit eigenen Hunden brachte 18 Übungs- und Schleppjagden im Frühjahr, 5 Schauschleppen im Sommer, 9 Übungsjagden im Sommer und 19 Herbstjagden.

Die Leih-Meute hatte aus Rüden und Hündinnen bestanden, die sich durch sehr guten Gehorsam auszeichneten, aber natürlich nicht gerade die Kopfhunde der Vogelsberg-Meute waren. Dabei war auch „Pedro", der ein Jahr alte Champion der Junghundeschau 1976. Dessen größte Tat war, die auf dem Transport von Hessen nach Haltern heiß gewordene Hündin „Leika" zu decken.

Im Gelände war er nach echter Championsart weniger eifrig und ließ lieber andere arbeiten. Aber immerhin, er wurde der Ahnherr der Beagle-Meute Münsterland, deren A-Wurf im Dezember 1976 fiel. Aus diesem Wurf stammte Anne, die nach vielen eigenen Würfen fast 15 Jahre alt wurde. Der A-Wurf blieb die einzige reine Nachzucht aus Hunden der Vogelsbergmeute.

Mit dem B-Wurf wurde der erste „Traum"-Rüde zur Zucht benutzt. Henry, ein hochbeiniger Beagle, kam aus Cappenberg aus der Beagle-Zucht von Frau Jandrey. Sie züchtete die Beagles für Private, da sich die Foxhounds der CM weniger als Haushund eigneten. Auf dem Umweg über einen Privatbesitzer gelangte dieser sehr muntere Knabe mit knapp 9 Monaten zu uns. Sein Temperament ließ sich offenbar nicht haushundartig zügeln. Auch bei uns übernahm er sofort das Kommando. Seine ersten Nachkommen wurden zwar bei der nächsten Junghundeschau recht ordentlich bewertet, doch erst seine Tochter Babsi hatte mit ihren Nachkommen einen wichtigen Anteil an der Entwicklung der Meute. Mit dem dritten, dem C-Wurf war Henrys Karriere leider schon vorbei. Er, der sich hinter

Gittern nicht wohl fühlte und wie eine Katze klettern konnte, selbst am überkragenden Zaun hängend, gewann den Kampf gegen seinen Master und die immer mehr verfeinerten Einzäunungen einmal zu viel. Bei einem seiner Ausflüge in die Nachbarschaft geriet er einem für seine Schießwut berüchtigten Grünrock aus Haltern vor die Flinte.

Aus den vielen späteren Würfen gingen etliche Welpen in Privatbesitz, an Züchter und an andere Beagle-Meuten. Einige der Hunde wurden für Meutehunde ungewöhnlich alt. Jeremy etwa, der mit 15 Jahren eingeschläfert wurde, jagte mit 11 Jahren noch fröhlich mit. Die nicht mehr jagdtauglichen Hunde blieben im Kennel als Ruheständler, so auch der 1989 durch einen Pferdetritt lebensgefährlich verletzte Kopfhund Ulli. Begonnen wurde 1976 mit den relativ leichten Beagles der Vogelsbergmeute. Doch schon die ersten Privathunde, insbesondere der aus Amerika stammende Rüde Tany, der viele US-Champions unter seinen Ahnen hatte, waren über dem Beagle-Normmaß von 41 cm. Tany bekam über Tochter Nadja und Enkelin Yucca einen hohen Einfluß auf das Erscheinungsbild der Meute, die bald nicht mehr im Beagle-Standard stand, sondern Beagle-Harriers entsprach. Dies verwundert den Kenner jedoch nicht, da im Ursprungsland der Beagles, in Großbritannien, immer auch die größeren Harriers eingekreuzt wurden. Harriers hatten wiederum Foxhounds unter den Vorfahren (siehe Kapitel 3). Auch bei den historischen deutschen Meuten gab es Harriers und die Kreuzungen Beagle mit Harriers, wenn reine Beagles zu langsam waren (siehe Kapitel 7).

Bei den Junghundeschauen fanden meine Hunde wenig Beifall. Ich habe mich dann irgendwann auch nicht mehr beteiligt. Es hat mich später aber belustigt, wenn meine Hunde oder deren Abkömmlinge von anderen Meuten vorgestellt wurden und mit „gut" oder „Sehr gut" bewertet wurden. Offenbar störten sich die Richter weniger am „Gardemaß" meiner Hunde als an mir.

In den stürmischen ersten Jahren jagte die Meute häufig auch weit entfernt vom Kennel, schon 1978 in der Eifel und sogar bei Augsburg. Wir waren im Emsland, aber auch an der ehemaligen Zonengrenze, an der Elbe. Lange Jahre war ich mit der Meute Gast des Amazonen-Parforcehorn-Corps bei Wegberg, wo wir so manchesmal ungeplant auch in Holland landeten. Heute bleibt die Meute vorwiegend im Nahbereich des neuen Kennels in Marl. Master der Meute ist jetzt Josef Voß, der dieses Amt offiziell 1991 übernahm, aber schon im Herbst 1990 die Meute allein führte, nachdem ich durch eine schwere Knieverletzung zu Beginn der Jagdsaison ausgefallen war. Jt.Master ist seit 1995 Thorsten Witte (seit 1993 Kennel-Huntsman). Die Kennels wurden 1993 nach Marl verlegt, während in Waltrop die Althunde und einige Hündinnen verblieben und dort bis zu ihrem natürlichen Ende ihr Gnadenbrot erhielten.

Unter der Verantwortung des neuen Masters wurde die Fütterung umgestellt. Gefüttert wurde, auch bei der Welpenaufzucht, magerer Abfall aus Rindfleisch. Auf Schlachthofabfälle vom Schwein wurde verzichtet. Die Folge waren leichtere Tiere, wieder dem Beagle-Standard entsprechend. Privat gehaltene, mit Fertigfutter aufgezogene, Welpen aus denselben Würfen wurden deutlich größer. Kopfhund blieb der größte und kräftigste Rüde aus meiner Zucht, was im Vergleich mit den kleineren Beagles noch nachträglich meine Zuchtvorstellungen bestätigte. Dem Sport scheint die Umstellung trotzdem gut bekommen zu sein. Die Meute läuft schnell, laut und auch gehorsam, allerdings braucht sie auch nicht mehr, wie früher sehr häufig, in hohem Bewuchs zu jagen.

Bei den jährlichen Junghundeschauen schneidet die Meute wieder ganz gut ab. 1996 wurde bei den Beagles nur ein „sehr gut" vergeben, das an eine Hündin der BMM fiel. Championesse wurde aber eine vorher nur mit „gut" bewertete Hündin einer anderen Meute, was bei vielen fachkundigen Zuschauern Kopfschütteln verursachte.

Das stärker gewordene Interesse, vor allem im Nahbereich des Kennels am Nordrand des Ruhrgebiets zu reiten, führte zu neuen Jagdgebieten. Der Schwerpunkt liegt in einem Raum zwischen Werne a.d. Lippe im Osten, Marl im Westen, Wattenscheid im Süden und Coesfeld, Baumberge bei Münster im Norden.

Die Baumberge waren auch Schauplatz eines Jagdwochenendes zur Feier des zwanzigjährigen Bestehens der Meute. Rund 120 Beagles jagten gemeinsam im August 1996 von Nottuln aus in einer sehr abwechslungsreichen Landschaft am Südhang der Baumberge. Mit dem Gastgeber waren dabei die Böhmer Beagle-Meute, die Frankenmeute, die Odenwald Beagle-Meute, die Vogelsbergmeute mit ihren Hunden und Pikören, gefolgt von über 100 Gästen aus nah und fern.

Ehrungen der Privat-Meute: Ehrenpikör Max Legatzki,
Ehrenmitglieder Gregor Caspanni, Col.Lt. D. A. Gay, G. Cordes
Ehrungen des Vereins: Ehrenmitglied W. Homeier †

Abb. 28: Curée der Beagles

Abb. 29: Schauschleppe der Beagle-Meute Münsterland
im Westfalenpark Dortmund

Abb. 30: Sauerlandmeute (Foxhounds)
Ausladen am Stelldichein

Kapitel 16
Mit britischen Augen gesehen

Deutschland ist das Land der Schleppjagd. Natürlich wird auch anderswo „auf der Schleppe" geritten; meist jedoch jagen die Hunde Wild. Schleppjagden findet man in Europa noch in den Niederlanden, Belgien, Dänemark. In Groß-Britannien gibt es nur wenige Schleppjagdmeuten. Dort hat das fox hunting eine jahrhundertealte Tradition. Das hunting hat das britische Landleben geprägt. Zahllos sind die Bilder, Bücher und Anekdoten über die Fuchsjagd und die „Fuchsjäger", ungezählt auch die Karrikaturen zu diesem Thema.

Über die Schleppjagd, die im Englischen drag hunting genannt wird, findet man noch so gut wie nichts, ausgenommen ein kleines Heftchen von Jane Kidd [13].

Es ist sicher interessant, die Schleppjagd einmal aus britischer Sicht zu betrachten. Im Vorwort zu den 48 Seiten schrieb Ph. Kindersley, altgedienter Master der Mid-Surrey Farmers' Drag Hounds, einer der wenigen britischen Schleppjagdmeuten: *„Die Schleppjagd wird von Jahr zu Jahr beliebter. Ich freue mich über eine enger gewordene Zusammenarbeit zwischen den Schleppjagdmeuten und dem großartigsten Sport überhaupt - der Fuchsjagd"*. Und etwas später: *„Niemand ist der Auffassung, daß sie* (die Schleppjagd) *genau so schön wie das fox hunting ist, doch es ist das nächstbeste für diejenigen, die nicht mit guten Fuchsjagd-Meuten jagen können"*.

In ihrem Heft erinnert Jane Kidd an die englischen Ursprünge der Schleppjagd (Kapitel 2). Im britischen Raum war die Schleppjagd anfangs eher ein Sport für „beginners", aber vor allem, wie in Deutschland, ein wichtiger Teil der (professionellen) Kavallerie-Ausbildung.

Heute ist „drüben" die Schleppjagd auf dem Wege, die sportliche Alternative des Jagdreitens zu werden, wenn nicht politische Entscheidungen sogar zum Ende der Wildjagden auch in Großbritannien führen sollten.

Die alten britischen Schleppjagd-Meuten sind: (vor) 1855 Oxford University, 1855 Cambridge University, 1870 Staff College and Royal Military Academy, Ende 19. Jhdt. Jersey, (vor) 1939 Mid-Surrey Farmers. Einige Meuten wurden nach 1960 gegründet, etwa zur gleichen Zeit, als auch in Westdeutschland der Aufbau neuer Schleppjagd-Meuten begann.

Die Hindernisse weisen bei britischen Schleppjagden teilweise enorme Abmessungen und Schwierigkeitsgrade auf - während bei der Wildjagd nur dann gesprungen wird, wenn es ganz und gar nicht anders geht, um bei der jagenden Meute zu bleiben (außer natürlich für Master und Whipper-ins). Aber muß man schon springen, dann sucht man sich tunlichst die bequemste Stelle aus, um sein Pferd nach Möglichkeit zu schonen.
Britische Schleppjagden ohne Hindernisse scheinen weniger beliebt zu sein, auch im starken Gegensatz zu unseren Auffassungen. Bei uns liegt die Zeit schon sehr lange zurück, daß Schleppjagden fast „eine Sache auf Leben oder Tod" zu sein hatten. In jüngerer Zeit begreifen immer mehr Master und Jagdveranstalter, daß es viel wesentlicher ist, bei Schleppjagden die Arbeit der Hunde beobachten zu können. Man reitet endlich mehr „zu den Hunden" [16].
Die Briten setzen, ganz im Gegensatz zu hier, nur Foxhounds auf der Schleppe ein. Hinter Beagles zu reiten, ist dort noch undenkbar und wird meist als geradezu abartig angesehen. Die britischen Beagles sind zum „Hinterherlaufen" gedacht, zum foot beagling auf Hasen. Master und Whipper-ins versuchen, sehr sportlich bei den Hunden zu bleiben. Die „followers" sehen sich die Meutearbeit nach Möglichkeit von einer strategisch günstigen Stelle aus an. Französische Hunderassen sind für die Schleppjagd unbekannt.
Ein Sonderfall der Schleppjagd war immer schon die Jagd mit Bloodhounds, die einer menschlichen Spur, also „cleanboot", folgen.
In dem englischen Heft kann man das Erstaunen über unsere Beagle-Meuten gut nachempfinden:
„In Deutschland werden sogar Beagles eingesetzt, aber diese sind eigentlich zu langsam, um ihnen zu Pferde zu folgen".
Das ist ein Satz, der leider wenig Kenntnis unserer Meuten beweist. Englische Beagles sind häufig durch Einkreuzen von Bassets langsam gemacht worden. In Deutschland sind Beagles heute meist größer als ihre britischen Verwandten. Mit gelegentlich über 42 cm Widerristhöhe entsprechen sie sogar dem Standard der Beagle-Harriers. Deutsche Beagles sind sehr schnell und ausdauernd und für Schleppjagden hervorragend geeignet. Man sollte sich aber auch daran erinnern, daß im letzten Jahrhundert in Deutschland neben Harriers auch Beagles für die Hasenjagd eingesetzt wurden, denen man immer, wie vormals im „alten" England auch, zu Pferde folgte. Diese Beagles wurden als „groß" beschrieben und hatten damals um 40 bis 50 cm Widerristhöhe.

Interessante Anmerkungen findet Jane Kidd zur Disziplin im Jagdfeld. „*In Großbritannien wird die notwenige reiterliche Disziplin traditionell von einem sehr „energischen" (der Originalausdruck 'bellicose' bedeutet wörtlich kriegerisch, kriegslüstern) Master durchgesetzt, der auch das Recht hat, Leute notfalls einfach nach Hause zu schicken. Er kann ihnen sogar die Mitgliedschaft (und damit das Recht zu späterer Teilnahme an den Jagden) entziehen. Es hängt dabei weitgehend nur vom Master ab, ob man selbst im Recht ist oder nicht. In Deutschland wird das mehr auf der Basis von Geschäftsordnungen abgewickelt, in denen alles penibel aufgeschrieben ist, einschließlich der zu verhängenden Strafen*".

Jane Kidd bezieht sich dabei offensichtlich auf die alte preußische Jagdordnung (siehe u.a. Kapitel 26) und die neue deutsche Jagdordnung des DRFV [15, Seiten 241 - 249], die für die deutschen Meuten verbindlich ist.

Die Briten haben nun einmal den Vorzug einer sehr langen, fast schon uralten und durch nichts unterbrochenen Tradition, deren Regeln auch ohne schriftliche Form überliefert sind und eingehalten werden, was man bei etwas „guter Kinderstube" als eine gesellschaftliche Selbstverständlichkeit auch voraussetzen kann.

In Deutschland mangelt es - trotz Knigge und Jagdordnungen - daran leider erheblich.

Abb. 31: Jagdbild aus England

Abb. 32: (alt-) englischer Springstil

Kapitel 17
Jagden in Ostpreußen

1851 wurde die „Ostpreußische Hasenmeute" durch die Grafen Lehndorff-Steinort und Borcke-Stargordt) gegründet; die Hälfte dieser Meute ging 1863 nach Hinterpommern als Hinterpommersche Meute des Grafen Borcke-Stargordt [23, Seite 6].

Um 1890 war die Jagdreiterei in Ostpreußen bereits wieder zum Erliegen gekommen. Aus dem Buch „Reiterinnerungen" [26] zitiere ich (Seite 213): *„In Ostpreußen, dem Mutterland der edelsten Halbblutzucht, liegt dagegen der Reitsport auf dem Lande fast gänzlich danieder. Ich höre schon, daß man mir die schweren Zeiten, wirtschaftliche Notlage usw. vorhält. - Ja, gewiß, man kann etwas sehr teuer einrichten und auch nur teuer; es kommt ganz darauf an, wie man die Sache anfaßt...*

Der wahre Hemmschuh für die Entwicklung des Sportes in Rot liegt in unseren sozialen Verhältnissen. In England freut sich auch der Aermste und Geringste an dem Anblick eines Reiters, und dies doppelt, wenn derselbe einen roten Rock trägt.

In Deutschland sieht der kleine Mann in seinem Mitmenschen zu Pferde den „verfl... Aristokraten", der sich über ihn erheben will; jeder Sport, sobald er mit dem Pferde zusammenhängt, ist als Vorrecht der „oberen Zehntausend" bei uns von vornherein unpopulär. Wollten auch die kleinen Züchter sich an den Wildjagden beteiligen, ja, dann hätten wir gewonnenes Spiel".

Zu der damals erhofften Wende kam es erst nach der Gründung der Cappenberger Meute durch Franz Jandrey (1960) und der durch ihn initiierten „Demokratisierung" des Jagdreitens.

1907 wurde die „Trakehner Meute" durch den damaligen Landstallmeister Burchard von Oettingen gegründet. Sinn dieser Meutegründung war es, junge Trakehner Pferde im Gelände auszubilden und die Pferde-Auktionen zu beleben. Zum Jagdeinsatz kamen schon Dreijährige, das Militär kaufte nur dreijährige Remonten an.

Jetzt, 60 Jahre nach den letzten Vorkriegsjagden, ist es praktisch unmöglich, kompetente Zeitzeugen zu finden. Hieran scheitert eine realistische Darstellung früherer Jagden. Auch haben der letzte Krieg und seine Folgen schriftliche Belege fast vollständig vernichtet. Geblieben sind gelegentliche Berichte über meist nur einzelne Ereignisse, gewissermaßen Momentaufnahmen.

Für das Jahr 1921 hat Marissa Gräfin Sponeck Aufzeichnungen [49] hinter-

lassen. Dieser Bericht enttäuscht und zerstört Legenden. Der Gedanke an das Pferdeparadies Trakehnen ließ Pferdeliebhaber einst zurecht träumen. Die Trakehner-Jagden umschmeichelt die Erinnerung daran. Auch zurecht? Für unsere Alt-Vorderen war „Trakehnen" wohl entweder selbstverständlich oder ein eher unbedeutender Begriff, denn Meyer's Konversations-Lexikon von 1897 [45, Band 16, Seite 980] liefert nur eine kurze Eintragung:
„Trakehnen, Dorf im preußischen Regierungsbezirk Gumbinnen, Kreis Stallupönen, 5 km vom Bahnhof T. an der Linie Königsberg - Eydtkuhnen der Preußischen Staatsbahnen, hat ein königliches Hauptgestüt (1732 von Friedrich Wilhelm I. gegründet), zu dem 12 Vorwerke gehören, mit einem Areal von 4206 Hektar und 1070 - 1250 Pferden (darunter 15 Hauptbeschäler und 356 Mutterstuten), eine Ziegelei und (1895) 1850 Einwohner".

Bei Jagden in Ostpreußen denkt man heute meistens nur an die Jagden des Hauptgestüts Trakehnen. Es gab aber noch mehr Meuten in dieser Region, nämlich in Königsberg, Insterburg, Rastenburg, Tilsit, Masuren, und Danzig, über die heute nichts mehr bekannt ist.

In Trakehnen um das Hauptgestüt herum waren Jagdstrecken aufgebaut, deren Geländesprünge wir heute teilweise als schwer bezeichnen würden. Der Trakehner Grabensprung etwa wies einen im Grabentiefsten eingebauten Weidezaun in Form eines Ricks auf. Die offenen Gräben hatten beträchtliche Abmessungen (auf einer Abbildung werden 5,3 m genannt.) Doch, wer beispielsweise die „Vorfluter" in Spelle gesprungen ist, wird das nicht mehr so respektvoll betrachten. Es gibt auch einige gewaltige Unterschiede. Einmal waren die meisten damaligen Jagdteilnehmer, als Kavalleristen gewissermaßen von Beruf her Geländereiter, also durchaus professionelle Reiter. Auch die Damen hatten wohl weit mehr Gelegenheit zum Reiten, als es heutzutage Berufstätigen möglich ist. Aber der wesentliche Unterschied liegt in der Länge der Jagdstrecken: Die Jagden gingen - 1921 und nach allen erreichbaren Berichten - nur über wenige Kilometer. Von 60 beschriebenen Jagden 1921 war die längste Strecke 3,6 km lang. Die meisten Jagden waren um oder unter 2 km lang. Für die dreißiger Jahren werden Strecken von 4 - 5 km genannt. Das entspricht gerade einmal einem Geländeritt der unteren bis mittleren Kategorien.

Die heutigen Meuten würden auf diesen Entfernungen Junghunde einjagen. Schleppjagden werden heute über Strecken zwischen 10 und 30 km geritten. Kein Jagdpferd, und sei es noch so gut, würde bei diesen Strecken auch noch ständig über schwerste Hindernisse gehen können. Es ist das ja auch nicht der eigentliche Sinn der heutigen Schleppjagd. Man möchte Hunde bei ihrer

Arbeit erleben und sich daran erfreuen, nicht - wie damals - Gestütspferde testen oder Verkaufspferde vorreiten.

Jagdreiten auf ostpreußischen Wiesen oder Weiden, die man als so elastisch, weich und federnd beschrieb, daß Hufe und Sehnen der jungen Pferde fast nicht angegriffen wurden, ist nicht zu vergleichen mit den Querbeet-, Wald- und Gebirgsstrecken, auf denen heute Schleppjagden stattfinden. Daß man damals Dreijährige auf Jagden ritt, erscheint aus heutiger Sicht unverständlich. Heute würde kein erfahrener Jagdreiter auf die Idee kommen, dreijährige Pferde auf Schleppjagden zu reiten, noch nicht einmal im nicht springenden „Zuschauerfeld".

Die Anzahl der Jagdteilnehmer war - außer bei der Hubertusjagd - vergleichsweise gering. Man konnte sich seinen Platz im Jagdfeld nach Belieben aussuchen. Die zu überwindenden Hindernisse waren „unendlich" lang. Es waren entweder natürlich vorhandene Gräben oder Weidezäune. Heute werden auf den Jagden oft genug Hindernisse aufgestellt, über die man mit Ach und Krach gerade einmal zu zweit nebeneinander springen kann. So gesehen allerdings kann man von der Weitläufigkeit früherer Jagdstrecken nur noch träumen. 1936 zitiert die „Deutsche Reiterzeitung" Oberst v. Rauchhaupt:

„Wem es zu lange dauerte mit dem Jagdbeginn, der fuhr nach Trakehnen und ritt hinter der Meute des Hauptgestüts auf einem Dreijährigen eine der klassischen Trakehner Jagden... Der Jagdstall des Hauptgestüts bestand in diesem Jahre aus sechs volljährigen und 60 dreijährigen Pferden... Der feierliche Schluß dieser schon im Juli beginnenden Jagdperiode ist auch hier die Hubertusjagd".

Die Hubertusjagd 1938 war dann die letzte in Trakehnen.

Abb. 33: Beagle-Meute Lübeck; Master Joachim Martens

Kapitel 18
Zu den kleinen und großen Hunden reiten

Für die neuen deutschen Meuten standen nach dem letzten Krieg erst einmal nur Foxhounds zur Verfügung oder Hunde, die damals einem Foxhound ausreichend ähnlich sahen. Es waren einzelne, privat über den Krieg gerettete Hunde der Vorkriegsmeuten oder Meutehunde aus britischem Besitz. (1945 gelangten die meisten Meutehunde der alten deutschen Meuten - wie schon erwähnt - zu den Briten, so die Hunde der Kavallerieschule Hannover, der Verdener Meute, des Göttinger Schleppjagdvereins, des Rheinischen Parforce-Jagdvereins). Aber auch einige Beagles überließen britische Offiziere dem Rheinisch-Westfälischen Schleppjagdverein. Sie liefen zusammen mit den Foxhounds bis sie 1957 nach Lübeck gegeben wurden, um dort beim Aufbau der Beagle-Meute Lübeck dabei zu sein. Der Hamburger Schleppjagdverein, so konnte man es von Alt-Master Hans Giele vernehmen, nahm es mit der Reinrassigkeit anfangs nicht so genau. Die Niedersachsenmeute, durch Christian von Loesch im historischen Jagdgebiet der Kavallerieschule Hannover aufgebaut, führt ihren Anspruch auf die alte Tradition im Hannöverschen zurück und auf das Blut der dort einmal existierenden Meuten (die kgl. Meute vor 1866 bestand allerdings aus Harriers). Letztlich aber haben alle mit frischen Hunden von den britischen Inseln anfangen müssen, denn den Untergang des Reiches haben 1945 nur einige wenige Hunde überlebt und waren auch schon „in die Jahre gekommen".

Auch die Cappenberger Meute verfügte über Hunde, mit denen Briten ungeniert auf die Wildjagd gegangen waren. Diese Hunde waren natürlich keine „gelernten" Schleppjagdhunde. An die Cappenberger Rehjäger kann ich mich noch sehr gut erinnern. Wildsaubere Meuten konnte man in der ersten Aufbauzeit nicht erwarten. Es störte sich damals auch kaum jemand daran. Die Welt der Schleppjagd war klein, aber heil, überschaubar und gut aufgeteilt. Vor etwa 35 Jahren gab es nur vier Foxhound-Meuten und eine Beagle-Meute, für die in der damaligen Bundesrepublik überreichlich Platz war, und es gab auch genügend Leute, die schon einmal ein Auge zudrückten, wenn der Jagdtrieb der Hunde stärker als der Wille ihres Masters war.

Vom Typ her unterschieden sich die Foxhounds der damaligen Meuten noch sehr stark. Der Cappenberger Foxhound war eher ein Harrier, die Hamburger Foxhounds glichen bereits kleinen Kälbern; und so sehen Foxhounds heute alle aus. Die Niedersachsen versuchten später ihr Glück mit dem Einkreuzen von Bloodhounds, um die verlorenen Stimmen ihrer Hunde wiederzufinden.

Die Beagles von Dr. Martens in Lübeck blieben lange eine Besonderheit und die einzige Beagle-Meute. Sie sind seit damals klein, leicht, zierlich gezüchtet worden. Manchesmal erinnert man sich dabei an den alten englischen Ausspruch über Beagles des 19. Jahrhunderts [10, Seite 56] *„Sie sind so klein, daß man an jedem Wassergraben befürchten muß, sie würden darin ertrinken".* (Gemeint waren mit diesem Ausspruch allerdings „small" Beagles mit einer Höhe von etwa 25 cm). Mich verleitete damals der Anblick der Lübecker Beagles zu dem mir später, als ich selbst Beagles führte und sie zu schätzen gelernt hatte, oft vorgehaltenen Ausspruch: *„Eigentlich sehen sie aus wie Meerschweinchen".*

Die Engländer waren schon immer pragmatischer als wir Deutschen. Sie fanden schon sehr früh heraus, daß es zu jedem Gelände auch den passenden Hund geben sollte - wie es ja auch kein „Einheits-Jagdpferd" gibt. Es ist bezeichnend, daß man sich erst in der jagdlichen „Neuzeit" - 1886 - aufraffte, Abstammungen festzuhalten und Kennel-Bücher anzulegen. Das war dann der „offizielle" Beginn der Reinzucht von Meutehunden. Aber erst seit 1928 wurden in diese Kennel-Bücher keine Foxhounds mehr eingetragen, die nicht in einem anerkannten Kennel gezogen und ausgebildet worden waren. Nach 1955 wurde diese Einschränkung wieder weitgehend aufgehoben, weil die britischen Offiziellen erkannten, daß viele wichtige Zuchtlinien damit eliminiert worden waren. In der Tierzucht hängt der Wahrheitsgehalt aller Angaben jedoch ausschließlich von der Zuverlässigkeit der Züchter ab. Die Master der Meuten werden, mit oder ohne offizielle Liste, immer so züchten, daß sie über Meutehunde in der erforderlichen Qualität verfügen.

Um 1700 schrieb William Sommerville 5 Zeilen „The Chaace" [10, Seite 43]; die erste Zeile lautet *„A different hound for ev'ry diff'rent chace",* sinngemäß auf Deutsch: „Zu jedem Gelände der passende Hund".

Man kann es auch anders herum sehen. Zu einem bestimmten Meutehund-Typ gehört auch das passende Gelände. Früher, wie gesagt, war dies einfach. Von den Lübecker Beagles einmal abgesehen, gab es ja nur Foxhounds. Und die paßten zu allen damaligen Jagdstrecken.

Heute gibt es bei den 27 deutschen Meuten aber die ganze Vielfalt der Meutehunderassen - wenn man von den, auch im Ausland seltenen Jagd-Bassets und den Otterhounds einmal absieht. Auch von den besonders unterschiedlichen französischen Meutehunden jagen jetzt schon etliche in Deutschland. In den heute etwa 250 französischen Meuten erlaubt man sich aber den Luxus rein gezogener Sonderrassen, ähnlich wie auch die Briten schon einmal Meuten nur nach der Farbe zusammenstellen.

Was haben wir nicht alles:

Foxhound, Billy, Tricolore, Blanc et Noir, Poitevin, Bloodhound, Bloodhound-Foxhound-Cross, Black and Tan, Welsh Foxhound, Irish Foxhound, Beagles in allen Größen, Beagle-Harrier, Deutsche Bracke.

Es ist schon ein Unding, zu glauben, dafür gäbe es so etwas wie eine Einheits-Jagdstrecke. Ganz im Gegenteil, man muß die jagdlichen Eigenarten dieser Hunde, die alle ihren Ursprung in der Wildjagd haben, schon gut kennen, will man sie erfolgreich auch auf der künstlichen Spur laufen lassen. Nehmen wir zur Verdeutlichung die beiden Extreme, den Hund der Hirschjagd und den Beagle. Hirschhunde hatten ursprünglich Rotwild „par force" zu jagen. Vor der Meute fliehen Hirsche über große Entfernungen durch Wälder, Dickicht und Gewässer, bis sie sich (vielleicht) ermüdet stellen. Keine Meute würde dies durchhalten, kein Jagdpferd. Bei solchen Jagden wird selbst der ausdauernd galoppierende Hirschhund sich erschöpfen. Man jagt „im Relais", d.h. die gesamte Meute wird in drei Gruppen eingeteilt und jede Gruppe wird nach maximal 15 bis 20 km abgelöst. Dabei werden auch oft die Pferde gewechselt, will man die ganze Jagd bis zum Halali mitmachen. Das gerittene Tempo ist dabei sehr ruhig, es gibt viele Pausen. Jeder Teilnehmer kann nach Belieben Schluß machen. Die Jagdgesellschaft reitet meist auf Wegen oder Schneisen. Man verständigt sich untereinander mit den Signalen der Jagdhörner (der französischen Trompe [57]), die den Kenner über den Stand der Jagd informieren.

Beagles jagen (als Wildjagdmeute) fast nur den Hasen, aber überwiegend nur auf Grünland. Im Wald hätten sie gegen den Hasen nicht die geringste Chance. Sie müssen sehr beweglich sein, um bei möglichen Richtungsänderungen am Wild bleiben zu können. Sie reagieren also blitzschnell und müssen immer hellwach sein (was so mancher Beagle-Pikör schon leidvoll erfahren hat). Der Hase versucht, wieder zu seinem Ausgangspunkt (seiner Sasse) zurückzukommen. Bei der heutigen Hasenjagd mit Beagles setzt sich der Engländer deshalb erst gar nicht auf ein Pferd, sondern schaut sich das Ganze zu Fuß an ('footbeagling'). Das war auch in England früher aber anders. Da setzte man große Beagles, Beagle-Harriers oder die typischen Hasenhunde (die Harriers) ein und saß zu Pferde.

Beagles mögen keine langen geradeaus verlaufenden Jagdstrecken (etwa immer eine Kanalböschung entlang). Sechs bis acht einzelne Spurts über 1000 bis 1500 m mit vielen Winkeln und Abbiegungen sind ihnen angemessener.

Geradeaus, möglichst noch auf Sicht zur Beute laufen besonders gern alle Hunde mit sehr viel Windhundblut in ihrer Abstammung. Erkennbar sind solche Hunde auch für den Laien durch ihre elegante Schlankheit, ihre Größe, dem schlanken Kopf mit kleinen Behängen. In oft idealer Mischung findet man dies bei Hunden französischer Abstammung.

Schleppjagdhunde sind von ihrer Herkunft und ursprünglichen Bestimmung her typische Wildjäger. Erst Erziehung und Aufsicht führen zu wildsauberen Meuten. Die richtige Streckenplanung vereinfacht die Meuteführung. Mit meinen Beagles konnte ich problemlos auch in Wälder mit starkem Rotwild-Besatz reiten, aber direkt neben Maisfeldern voller Hasen und Kaninchen war es ungemütlich.

Der einzige typische Nicht-Wildjäger ist der Bloodhound, das „Vollblut" der Meutehunde. Die Bloodhounds haben von allen Meutehunden die beste Nase. Sie können einer bestimmten Menschenspur noch nach Stunden sicher folgen.

Nun hat es die Natur so gewollt, daß sehr gute „Nase" mit mäßigem Lauftempo, hohes Tempo mit schlechter Nase (also weniger gutem Riechvermögen) gepaart sind. Alle Mischungsversuche der letzten zwei Jahrtausende haben dieses Grundprinzip nicht verändern können. So gibt es in jeder Meute Hunde beide Extreme. Hunde, die mit sicherer Nase oft gemächlich, aber ungeheuer präsize laufen und die Überflieger, die es so genau wiederum nicht nehmen, aber immer dann vorn sind, wenn es geradeaus geht.

Lassen Sie es mich zusammenfassen.

Wollen Sie lange Geradeausstrecken mit mäßig schnellem, aber sehr langem Galoppieren, dann wählen Sie die eleganten französischen Hunde, zu denen aber nur die Jagdmusik mit der französischen Trompe stilgerecht paßt.

Wollen Sie quer durch den Busch, zickzack ohne lange Geradeausstrecken, so sind die großen Beagles oder die Beagle-Harriers richtig. Echte Harriers wären noch besser, leider gibt es sie aber nicht in Deutschland. Für

Strecken mit geringem Bewuchs tun es auch kleine Beagles.

In hohem Bewuchs, aber immer auch einmal um die Ecke, besonders aber auf freiem Feld fühlt sich der Foxhound wohl.

Haben Sie einen Berufs-Jogger in Ihrem Kreis, dann wählen Sie die Bloodhounds, denn die finden auch noch eine Menschenspur.

Nur, wenn Ihr Gelände von allem genug bietet, dann nehmen Sie die nächst gelegene Meute, deren Master dann gern die für seine Hunde besonders günstige Strecke aussuchen wird.

Das wichtigste einer sportlich anspruchsvollen Schleppjagd ist, daß Meute und Jagdstrecke zusammenpassen, daß die Jagdreiter möglichst häufig die Meute bei ihrer Arbeit sehen können. Jagdreiten ist schließlich das Reiten „zu den Hunden" und nicht etwa ein geführter Geländeritt mit der Meute als protzige Staffage.

Abb. 34: Foxhounds (HWS-Meute 1986)

Abb. 35: Black and Tans (HWS-Meute um 1990)

Kapitel 19
Meutehunde

Meutehunde werden von den Mastern oder Huntsmen selbst gezogen und wachsen als Gemeinschaft im Kennel auf. Die Junghunde leben bereits bald nach der Trennung von der Mutter, also etwa im dritten oder vierten Monat, regelmäßig mit den erwachsenen Meutehunden zusammen. Lediglich die Fütterung sollte anfangs gesondert erfolgen. Von Anfang an besteht zwischen den Hunden einer Meute eine starke soziale Bindung. Diese ist die entscheidende Voraussetzung für eine gehorsame und leichtführige Meute. Aus lauter erwachsenen Einzeltieren läßt sich keine Meute bilden, die man dann als geschlossene Gruppe in der freien Landschaft führen könnte. Allerdings dürfte dieses nur Beagles betreffen, die man häufig auch als Haushunde antreffen kann. Andere Meutehunde eignen sich, allein wegen ihrer Größe, kaum für die Wohnung. Privat gehaltene Beagle-Hündinnen lassen sich, wenn sie nicht älter als etwa 2 Jahre sind, oft ohne Schwierigkeiten in eine Meute integrieren. Bei Rüden sollte man mit der Gefahr schwerer Beißereien rechnen, da männliche Einzeltiere das im Kennel notwendige Sozialverhalten nicht zu kennen scheinen.

Die Auswahl der Elterntiere erfolgt nach ihren Leistungen auf der Schleppe. Man strebt eine Meute aus etwa gleich guten Tieren an, die „unter einem Bettuch" laufen können. Dieser historische Ausspruch soll den Idealfall einer ganz geschlossen laufende Meute beschreiben. In- und Inzestzucht sind nicht anzuraten. Zu leicht summieren sich schlechte, bisher unerkannte Erbanlagen und werden wieder auffällig. Typisch sind dann Afterzehen, offene Bauchdecken (Nabelbruch), Anfälligkeiten des Kreislaufs. Es gelingt leider nur selten, gewünschte positive Eigenschaften zu verstärken.

Für deutsche Meuten ist die inländische Zuchtbasis klein. Es hat sich bewährt, Hunde für die Zucht auszuleihen oder zu tauschen, um so der Meute „frisches Blut" zuzuführen. Das genaue Führen eines Kennelbuchs ist dabei eine ganz selbstverständliche Voraussetzung. Es wird auch benötigt für die Eintragung der Meutehunde in das gemeinsame Stammbuch, das die Fachgruppe Jagdreiter im DRFV in Zusammenarbeit mit dem Deutschen Jagd- und Gebrauchshunde-Verband führt.

In der Aufbauzeit nach dem letzten Krieg war die Ausgangssituation natürlich noch viel ungünstiger als heute. Die Meuten boten noch kein gutes, geschlossenes Bild. Die ersten Master wußten in erstaunlicher (aus heutiger Sicht kaum noch verstehbarer) Bescheidenheit, daß sie noch erheblich zu lernen hatten. Mitte der 60er Jahre begann man deshalb mit Junghundeschauen, für die Richter aus Großbritannien eingeladen wurden. Die Junghunde wurden nach britischen Standard beurteilt. In wenigen Jahren verbesserte sich das Erscheinungsbild der Meuten dadurch deutlich. Die Junghundeschauen, die immer an jedem 2. Samstag im Juli in Schwarzenstein bei Wesel (Kennel des Rheinisch-Westfälischen Schleppjagdvereins) stattfinden, haben später eher Wettbewerbs-Charakter erhalten. Zu verbessern gibt es nach mehr als 35 Jahren nicht mehr viel. Die ursprünglichen Zuchtziele sind seit langer Zeit erreicht. Ein Vergleich deutscher Schleppjagdhunde mit britischen Wildjagdhunden führt, wie etwa bei den Beagles, leicht zu zweifelhaften Urteilen.

Bei den ersten Meuteschauen war die wichtigste Note „zur Zucht geeignet". Heute werden Titel vergeben (Champions und Reserve-Champions), die beste Aufzucht wird prämiert. Dabei wird aber leider die Grundvereinbarung vergessen, jeweils den kompletten Wurf vorzustellen. So bestehen die vorgestellten Würfe oft nur aus wenigen Junghunden, wo doch jeder weiß, daß gerade Meutehündinnen ausgesprochen fruchtbar sind und leicht bis zu 12 Welpen werfen, die nach den geltenden Tierschutzgesetzen auch nicht getötet werden dürfen. Doch auch dem besten Züchter gelingt es kaum, einen Wurf absolut gleichwertiger Welpen zu erhalten. So findet man auf den Junghundeschauen fast nur Hunde, die von den Mastern als prämierungsverdächtig angesehen werden. Den Rest des Wurfs läßt man daheim. Interessanterweise kommen die Kopfhunde häufig genug aus dem „Rest".

Oft bestätigt sich dann die alte, häufig zitierte Bemerkung von Franz Jandrey: *„Sehen Sie den Hund da hinten? Das ist der Champion der Junghundeschau"*.

Die Beurteilung der jungen Hunde erfolgt aus organisatorischen Gründen natürlich nur nach Äußerlichkeiten und dem Verhalten im Ring. Eine Leistungsprüfung ist nicht möglich. In der „alten Zeit" fanden, allerdings sehr selten, noch Wettbewerbe jagender Meuten statt. In der jüngeren Vergangenheit führte man beim Meutetreffen 1966 in der Lüneburger Heide die letzten Vergleichs-Schleppen durch. Wegen der tagsüber extremen Hitze mußte man damals am sehr frühen Morgen beginnen. Wer erst gegen 8 Uhr beginnen konnte, fand sehr schlechte Bedingungen vor. Nur so war es damals zu verstehen, daß das von mir vorgestellte zweite pack der Cappenberger Meute wesentlich besser abschnitt als Jandrey mit unseren damaligen Cracks. Er hatte Pech und mußte in schon glühender Sonne reiten.

Das letzte Treffen der Meuten 1968 auf der Rennbahn Hamburg-Horn war nur noch eine Schau. Da brauchte man schon weiß getünchte Hetzpeitschen, um aufzufallen. Für einen Vergleich der vielen Meuten auf der Schleppe fehlt heute das geeignete Gelände und dort, wo es - wie beispielsweise in Mecklenburg - reichlich vorhanden wäre, mangelt es an geeigneten Veranstaltern und der erforderlichen Infrastruktur für die Unterbringung von Hunden, Pferden und Equipagenmitgliedern der vermutlich etwa 25 teilnehmenden Meuten. So kann eine kritische Beurteilung der Junghunde nur durch den Master erfolgen, der allein für die richtige Auswahl verantwortlich ist. Mancher Junghund wird dabei ausgesondert und im nächsten Jahr noch einmal erprobt oder vorher abgegeben, selten in privaten Besitz. Wie schon einmal erwähnt, kann ein schwacher Hund durch den Wechsel zu einer anderen Meute durchaus wieder zufriedenstellend laufen.

Ständiges Training macht die Meute fit für die Jagdsaison. Im Idealfall bedeutet das den täglichen Ausritt mit der Meute. Dazu muß man auch außerhalb der Jagdsaison sowohl die geeigneten Ländereien besitzen als auch ausreichend Hilskräfte zur Verfügung haben. Beim alten Militär war das kein Problem, bei den Gestütsmeuten genau so wenig. Aber wo ist das heute noch möglich?

Eine Alternative sind im ländlichen Bereich Fahrradausflüge, wobei die Hunde meistens nicht frei laufen, sondern an der Leine geführt werden. Bei ruhigem Tempo, etwa bei 12 bis 14 km/h, und insgesamt 8 bis 10 Kilometer weit mit einigen kurzen Spurts kann man - sehr modern - den Hunden eine gute Kondition verschaffen (auch den radfahrenden Jagdreitern schadet es nicht). Bei großen Hunden allerdings braucht man eine Menge Hilfskräfte, denn bei mehr als einer Koppel Foxhounds kann es kritisch werden. Mit Beagles gibt es keine Probleme, auch nicht mit drei bis vier Koppeln, wenn man etwas Übung und keine Angst hat. Besser ist es natürlich, wenn die Hunde frei laufen können, wie es jetzt bei meinem Nachfolger Josef Voß geschieht.

Sind später im Jahr die ersten Felder frei, kann das reine Konditionstraining durch Gehorsamkeitsübungen mit der frei laufenden Meute ergänzt werden. Hierzu sind erfahrene Piköre auf hundegewohnten Pferden unerläßlich. Junghunde können schnell durch einen Pferdetritt oder Schlagen mit der Hetzpeitsche verdorben werden. Die Hetzpeitsche sollte auch später grundsätzlich nur zur „Signalgabe" verwendet werden. Der Schlag mit der Peitsche auf den Hund muß immer der Ausnahmefall bleiben, etwa bei Beißereien. Ständiges Schlagen mit der Hetzpeitsche ist schlecht und stellt der Meuteführung ein miserables Zeugnis aus. Die leider häufig zu beobachtende Knallerei mit der Hetzpeitsche mag den Unkundigen vielleicht beeindrucken, sie ist aber eher Zeichen von Nervosität ungeübter Piköre - oder einfach Angeberei.

Nicht Gewalt, sondern Lob und Vertrauen machen eine gute Meute.

Und: Master wie Piköre müssen ihr Handwerk verstehen, was letztlich bedeutet:

Reiten muß man können und es auch wollen, gleich wohin die Reise geht.

Die große Zeit der Jagdequipagen beginnt mit dem Einjagen der 9 bis 12 Monate alten Junghunde. Dies geschah früher im Frühjahr und im frühen Sommer. Es wurde auch entsprechend gezüchtet. Heute gibt es oft nach der Frostperiode eine zweite Jagdsaison, die dann etwa bis Ende April oder gar bis Anfang Mai dauert. Wenn im Mai das Rehwild setzt, muß man mit der Meute in jedem Fall aus der Landschaft bleiben. Die Junghunde können zu Pferde dann erst in der Stoppelfeldzeit - also Mitte bis Ende des Sommers - eingejagt werden. Dabei läßt man die Junghunde zusammen mit einigen zuverlässigen Althunden auf der Schleppe laufen. Das früher einmal übliche Koppeln von unsicheren Junghunden an Althunde ist heute verpönt. Zu leicht kann ein Junghund mitgeschleift und gewürgt werden.

Das „Einjagen" der Junghunde ist schon der Auftakt der Jagdsaison und für erfahrene Jagdreiter oft der schönere Teil davon. An den Junghunde-Schleppen dürfen nur ausgewählte Gäste auf ganz sicheren und hundefrommen Pferden teilnehmen.

Das sorgfältige Konditionstraining einer Meute hat - ganz selbstverständlich - für die spätere Ausdauer auf den langen Jagdstrecken eine entscheidende Bedeutung. Was aber genau so wichtig ist: Nur sehr gut trainierte Meutehunde vermögen bei voller Geschwindigkeit - „pace" heißt das, wenn man es vornehmer ausdrücken möchte - auch noch „aus vollem Hals Laut zu geben". Unerreichbar schön ist allerdings immer das „Geläut" einer jagenden Beagle-Meute. Das Geläut der Hunde ist unerläßlich, weil es in unübersichtlichem Gelände den Zusammenhalt des Meuteverbandes erst ermöglicht.

Über die Meutehundrassen wurde schon berichtet (siehe Kapitel 3 und 18). Die Foxhounds sind zweifellos die bekanntesten Meutehunde. Sie stellen mit den französischen Hunderassen den weitaus größten Teil aller Meutehunde in der Welt.

Schon vor mehr als 90 Jahren konnte man lesen [26]: *"Was den zweiten Punkt, die Hunde, anbetrifft, so würde ich aus folgenden Gründen stets englische Fuchshunde jedem anderen Hunde vorziehen. Der erste und Hauptgrund ist der, daß der Fuchshund, falls er schon auf Fuchs gejagt hat, diese Fährte jeder anderen vorzieht, also Hasen, keine Regel ohne Ausnahme, im allgemeinen verachtet. Dies ist in unseren meistenteils hasenreichen Gegenden von großer Wichtigkeit. Ich bereite dem Fuchshunde also eine Schleppe aus Fuchslosung und kann ganz sicher sein, daß er sie mit mehr oder weniger Eifer an- und aufnimmt. ... Ein weiterer Grund ist folgender. Eine alte Erfahrung lehrt: Je größer der Hund, desto verständiger und desto ruhiger sein Temperament. Der Fuchshund ist größer als der Harrier, oder auf Deutsch „Hasenhund", und daher verständiger und ruhiger, was bei Schleppjagden von großer Wichtigkeit ist, da diese jeden Hund auf die Dauer wild machen und der ruhigere Fuchshund immer noch zu regieren ist, während der Hasenhund schon vor Beginn der Schleppjagd sich so aufregt, daß man fortwährend gegen ein zu frühes Fortbrechen zu kämpfen hat. Dieses ist überhaupt ein großer Übelstand der Schleppjagden. Man kann leider, will man dies vermeiden, die Hunde nie öfter wie vielleicht zweimal hintereinander auf derselben Stelle anlegen. Sie haben ein zu gutes Gedächtnis und merken sich die Stelle genau, wo sie das erstemal auf die Fährte gebracht worden sind. Eine weitere Folge hiervon ist, daß sie bekannte Schleppen nicht mehr nach der Nase, sondern aus dem Gedächtnis jagen, was man ja, falls die Hunde nicht zu sehr verdorben werden sollen, vermeiden muß. Das einzige Mittel hiergegen ist, stets neue Schleppen auszusuchen, und fehlt hierzu das Terrain, den Versuch zu machen, mit einer fremden Schleppmeute, wenn auch nicht alle Hunde, so doch die zwei oder drei Kopfhunde auszutauschen. Dieselben werden dann in einem fremden Terrain wieder vorzüglich zu brauchen sein. Durch geschicktes Heranführen der Hunde zu den Anlegestellen kann man sich aber immer noch eine Weile helfen, bevor man zu diesem letzten Aushilfsmittel sich gezwungen sieht".*

Dieser Aussage kann jeder moderne Master nur voll und ganz zustimmen. Insbesondere trifft die Beurteilung des Harriers auch auf die Beagles zu. Das Erinnerungsvermögen der Meutehunde ist in der Tat hervorragend. Sie finden einmal gelaufene Strecken noch nach Jahren. Wenn sie dann „nach dem Gedächtnis" jagen, geschieht das mehr oder weniger stumm. Meuten, die viel auf Reisen sind, haben es besser; sie jagen kaum auf genau derselben Jagdstrecke.

Aus demselben Buch möchte ich noch weiter zitieren: „*Herr von Hammerstein (Meute des Fürsten Adolf zu Schaumburg-Lippe) hat mit glänzendem Erfolg in seiner Meute Foxhounds und Harriers miteinander gekreuzt; ...Die Hunde jagen mit großem Elan (ein Erbteil von Foxhounds), sind aber vermöge des „harrier-cross" eher imstande, die Windungen einer Schleppe besser auszuarbeiten, ohne zu überschießen, als der ungestüme Foxhound. Schnelligkeit, Geläut und Nase sind durch die Beimischung von Harrierblut verbessert, wohingegen Kopf, Schulter und Läufe des Harriers in seiner Nachzucht sichtlich gewonnen haben*".

Hundefutter

Meutehunde mit fertigem Hundefutter zu versorgen, ist für viele Meuten zu teuer. Leider finden sich nur selten Futterhersteller als Sponsoren. Die Jagdreiterei eignet sich zu wenig als Werbeträger. Die Suche nach preiswertem Futter kann zu einer Überlebensfrage werden. Was möglich ist, zeigt meine eigene Erfahrung:

Für meine etwa 60 Beagles brauchte ich im Monatsdurchschnitt etwa 200 DM, wobei die Hauptnahrung aus klein geschnittenem Abfallfleisch vom Schlachthof bestand. Dazu kamen Weizenkleie, etwas Melasseschnitzel und körniges Legemehl, gelegentlich auch Trockenmilch. Das ergab ein hochwertiges, gut verdauliches und preiswertes Futter, bei dem ich in der Ruhephase der Meute höchstens mit der Gefahr des Übergewichts meiner Hunde zu rechnen hatte. In den kalten, jagdlosen Wintermonaten ersparten mir meine gut genährten Beagles dafür aber die Tierarztkosten.

Allerdings sollte hier warnend darauf hingewiesen werden, daß im Nacken- und Kopffleisch von Schweinen erhöhte Hormonanteile vorhanden sein können. Die Folgen sind erhöhtes Wachstum und Krebsrisiko. Auch bei Fertigfutter muß damit gerechnet werden.

Zum Vergleich, wie man es vor 100 Jahren machte [27]:

„*Es ist zu beachten, daß die Hauptnahrung der Hunde immer noch Fleisch ist, Fleisch und Milch, aber Vollmilch, im Sommer saure Milch oder dicke Milch, wie sie in vielen Orten genannt wird. Dann kommt in zweiter Linie Haferschrot und auch Hafergrütze. Das grobe Haferschrot mit Schalen ist auch allein ein ganz besonders gutes Futter, wenn man vorübergehend kein Fleisch hat. Die Schalen des geschroteten Hafers regen die Verdauungstätigkeit ganz vorzüglich an. Ich ziehe daher Haferschrot der Hafergrütze oder dem Hafermehl vor. Außerdem ist Haferschrot billiger. Als drittes Nah-*

rungsmittel nehme ich Reis. Ebenso wie beim Hafer nehme man zum Hundefutter den gröbsten Reis, den man bekommen kann, also den dunklen, rauhen und nicht den feinen, weiß polierten. ... Kartoffeln, Maismehl, und alle Gemüse haben nur geringen Nährwert; Schwarzbrot, altes, hartes hat mehr Wert als Weißbrot.

Die Meute in Hannover wurde mit Abfällen vom Schlachthof gefüttert, die täglich geholt wurden. Diese Abfälle, Pansen, Lungen, auch Knochen usw., wurden mit Maisschrot etwa 5 Stunden gekocht, dann erst kam Haferschrot hinzu. Wenn dann auch dieses rund eine halbe Stunde gekocht hatte, war die schöne Suppe fertig. Niemals durfte diese Suppe heiß gereicht werden, sie mußte so abgekühlt sein, daß man am Finger keine Wärme fühlte, wenn man ihn in die dicke Suppe steckte. Sehr gefährlich ist es, in die Meute einen großen Knochen zu werfen, da sofort eine grauenhafte Beißerei entsteht, bei der es oft Tote gibt. Dagegen ist sehr zu empfehlen, Hundekuchen in nußgroßen Stücken in Menge zu geben. Kein Hund kann einem anderen ein so kleines Stück wieder wegnehmen".

Nun ja, mit dem preiswerten Personal eines Militärinstituts (siehe auch Kapitel 6) konnte man sich diesen Aufwand leisten. Ich möchte auch bezweifeln, ob nach 5 bis 6 Stunden Kochen noch viel Nährwert übrig geblieben war.

Abb. 36: Spaziergang mit Beagle-Welpen

Abb. 37: Meutetraining der Beagle-Meute Münsterland

Kapitel 20
Die Meute macht Pause

Die ersten stärkeren Bodenfröste beenden mit Rücksicht auf die Pferdebeine die Jagdsaison. Nur, wenn man über mit Laub bedeckten Eichen- oder Buchenwaldboden reiten kann, lassen sich dann noch Schleppjagden veranstalten. Die Meute würde gerade jetzt mit sehr viel Freude weiterjagen, denn sie ist jetzt in bester Kondition.
In Großbritannien beginnt um diese Jahreszeit erst die eigentliche Jagdsaison. Das milde Klima ermöglicht dort das Jagdreiten ohne Unterbrechungen bis zum Frühjahr.
Bei uns bedeutet ein plötzlicher Wintereinbruch den Abbruch der Jagdsaison und „höchste Alarmstufe" im Kennel. Es beginnt eine kritische Phase mit Beißereien, die oft zum Verlust von Tieren führen. Lebt das Kennel-Personal ständig direkt bei der Meute, kann es schnell eingreifen. Meine Beagle-Meute war auf meinem Anwesen untergebracht. Es waren nur wenige Schritte bis zu den Hunden. Fast immer war auch jemand anwesend. Doch selbst unter diesen sehr günstigen Umständen war eine „Rund-um-die-Uhr-Wache" unmöglich. So verlor auch ich in dieser Zeit immer wieder einen meiner Hunde. Schlimm ist es aber, wenn niemand in Reichweite ist, die Kennelanlage also einsam und verlassen liegt.
In dieser sehr kritischen Zeit kann ein Sattfüttern mit ballastreichem, aber energiearmen Futter helfen. Einfacher zu halten sind die früher häufig anzutreffenden „Lady-Meuten", da Hündinnen im Regelfall weniger streitsüchtig sind als Rüden. In gemischten Meuten sind Machtkämpfe zwischen den Rüden leider unvermeidbar, wenn man nicht den - heute bei vielen Meuten üblichen - Weg der Kastration wählt.
Die Problematik bei den Beißereien besteht darin, daß sie nicht - wie in freier Wildbahn - lediglich zwischen zwei Rivalen stattfinden. Angewölft ist den Hunden die Untergebenheitsgeste. Der Unterlegene liegt auf dem Rücken und bietet dem Sieger die Gurgel an. Leider haben fast alle domestizierte Hunde diese Eigenart beibehalten. Sie wirkt in der freien Wildbahn als Beißsperre. Die Kämpfe zwischen den Rüden gehen dann meist ohne tödliche Verletzungen aus.
Im Kennel sind aber viele Tiere zusammen. Die Beißsperre wirkt in dem Gedränge einer Beißerei nur bei den in Kopfnähe stehenden Angreifern. Irgendeiner der anderen Hunde aus dem Rudel beißt doch zu und trifft

dann immer die ungeschützte Bauchpartie. Selbst eine nur geringfügig erscheinende Stichwunde ist an dieser Stelle tödlich wegen der schnell eintretenden Sepsis. Tierärztliche Hilfe kommt immer zu spät.

Eine sehr interessante Beobachtung konnte ich einmal machen, als eine zugelaufene Katze in den Hundeauslauf geriet. Sie floh sofort in eine Zaunecke und verteidigte sich keifend mit ihren Klauen. Sie blieb ohne eigene Verletzungen, ganz im Gegensatz zu mir. Als ich sie aufhob, um sie über den Zaun zu setzen, wurde ich als ihr Retter erst einmal mächtig zerkratzt.

Als beste Vorbeugungsmaßnahme gegen Beißereien hat sich weiteres Konditionstraining bewährt, wenn die Fütterungsumstellung wegen noch vorgesehener, späterer Jagdtermine noch nicht ratsam ist. Da auf dem gefrorenen Boden Ausritte meistens nicht möglich sind, bleibt nur Radfahren als Alternative. Lassen die Jagdnachbarn dies zu, kann man auch Fußschleppen durchführen, für Beagles wäre es die artgerechteste Lösung (diese Möglichkeit scheitert aber meistens wegen der in dieser Zeit üblichen Treibjagden).

Für Master und Piköre bedeuten Fußschleppen: Bequeme Schuhe anziehen, geistige Umstellung auf Jogger-Mentalität, reichlich Trockenfutter einstecken, Hetzpeitsche mit kurzem Schlag wählen, damit man nicht sich selbst oder den Nachbarn erwischt, und ... mit leicht klopfendem Herz die Kenneltore öffnen. Mit einer ungehorsamen Meute allerdings sollte man es besser lassen, denn Meutehunde wissen sehr genau, ohne Pferd sind Piköre „lahme Enten". Aber mit guten Hunden und einer guten Equipage kann es Freude machen. Ist der Master mit dem Rufhorn ausgerüstet und kann er es auch korrekt blasen, sind die Voraussetzungen für das „foot dragging" gegeben.

Eine wildsichere Meute kann man durchaus auch ohne Pikörbegleitung auf die Schleppe lassen. Ich habe das einmal während des großen Stops auf einer Schleppjagd in wildreichem Jagdgelände demonstriert. Im Raum Haltern wollte ich den sachkundigen Reitern des Vereins „Jagdreiter Westfalen" und einigen meiner ehemaligen Piköre die Zuverlässigkeit meiner Hunde beweisen. Der Schleppenleger hatte den Auftrag, weitgehend im Wald zu bleiben, um Begegnungen mit Fußgängern zu vermeiden. Die Meute wurde angelegt - wir, Equipage und Jagdfeld, blieben alle stehen. Zu sehen war natürlich nichts, denn die Hunde verschwanden sofort zwischen den Bäumen. Sehr gut konnten wir an dem in der Ferne fast verschwindenden und dann wieder lauter werdenden Geläut die Arbeit der

Meute verfolgen. Das Geläut blieb sehr zu meiner Beruhigung gleichmäßig in derselben Tonlage. Am sehr viel höheren Hetzlaut hätte ich unschwer erkennen können, wenn die Meute auf Wild gegangen wäre. Nach etwa 10 Minuten waren die Hunde wieder da, die letzten 100 m natürlich leise, denn da ging es auf Sicht zum Jagdfeld zurück.

Ist die Jagdsaison endgültig zu Ende, kann man der Meute die verdiente Ruhe geben. Auch Master und Piköre hätten jetzt Zeit zu einem Urlaub, denn bald beginnt die Ausbildung junger und bisher noch nicht eingesetzter Hunde.

Die heikelste Aufgabe in jeder Meute ist das Einjagen der Junghunde. Schon die ersten Minuten können entscheiden, ob aus dem Junghund der mutige und unverdrossene Kämpfer in der Meute wird. Doch ein falscher Schlag mit der Hetzpeitsche oder gar ein Pferdetritt schaffen ein Sensibelchen, das vielleicht niemals Meutehund wird. Andererseits zeigen sich schon auf den ersten Metern die Ausnahmeerscheinungen.

Aus meinem dritten Wurf (dem C-Wurf von 1977) stammte die Junghündin Cenzi. Ich schrieb (1978) über sie:

„Sie ist ganz wie ihr Vater Henry im gleichen Alter. Immer vorne weg, immer neugierig und nicht kaputt zu kriegen. Sie sollte in der nächsten oder übernächsten Saison Kopfhund werden".

Sie wäre wohl auch einer meiner besten Kopfhunde geworden. Doch eine Hündin hat es unter Rüden schwer. Sie wurde von den männlichen Kollegen immer wieder abgebissen, wenn sie an die Spitze wollte, bis sie irgendwann resignierte. Aber sie blieb eine absolut sichere Hündin und war immer in der Kopfhundgruppe zu finden.

Die Technik des Einjagens ist einfach, wenn man einige gute und gehorsame Althunde hat. Es werden kurze Schleppen gelegt. Erst wenige hundert Meter geradeaus und mit viel Trockenfutter als Lohn. Dann verlängert man die Strecken und legt Bögen an. Alles geschieht außerhalb des Waldes. Jedoch braucht man einige Hecken oder kleine Baumgruppen, damit sich der Schleppenleger verstecken kann. Sonst jagen die Hunde auf Sicht, was natürlich bequemer ist, statt „mit der Nase". Es muß alles sehr ruhig zugehen, kein Peitschenknallen, kein unnötig lautes Wort, viel Lob, viel Leckerli als Belohnung. Immer werden die Hunde dabei mit ihrem Namen angesprochen. Gelingt der erste Ausflug zu Pferde mit den jungen Hunden, hat man gewonnen.

Kapitel 21
Probleme mit dem Stammbaum

Meutehunde haben das besondere Glück, von Leuten beachtet und geachtet zu werden, denen es vor allem um ihre Leistung bei den Schleppjagden geht und die sich nur sehr selten für die Abstammung interessieren. Bei manchen Pferdeleuten beschlich mich recht häufig ein eigenartiges Gefühl, wenn sie von ihren Rössern sprachen und dabei ihre faszinierenden Kenntnisse über Pedigree, Abstammung der Eltern, Groß- und Urelterm und deren Urahnen zum besten gaben. Anfangs hatte ich schon einige Komplexe wegen meiner erbärmlichen Unkenntnisse, verglichen mit dem nahezu unerschöpflichen Reichtum an solcherlei Informationen. Später lernte ich, in stiller Heiterkeit mit meinem Unwissen umzugehen. Noch später fand ich dann: Groß war ihre Theorie, klein dagegen die Praxis. Nicht der erfahrene Züchter warf so mit Daten um sich, sondern eher der bloße Angeber. Reiten konnte er meist perfekter im Pedigree als im Sattel. „In die Büsche", also in die freie Landschaft, traute er sich sicherheitshalber ohnehin nöchstens im Schritt.

Doch will ich gern gestehen, daß ich in die Papiere meiner Pferde, so sie welche hatten, auch hineingesehen hatte. Nun brauchte ich weder den großen „Kracher" über die Knüppel noch ein As für die Dressur. Und, ob die Vorfahren Angst vor auffliegenden Fasanen hatten oder vor jedem Matschloch stehen blieben, steht nun leider nirgendwo. So pflegte ich meine Pferde unter dem Sattel zu erproben und ließ mir auch kein „Hoffnungspferd" für viel Geld andienen.

Mit den Meutehunden ist es ganz anders. Es kennen ohnehin nur Master oder Huntsman die Abstammung der Hunde, vorausgesetzt natürlich, daß sie selbst gezogen wurden und daß sich, was leichter gesagt als in jedem Fall getan ist, die Hündin an die Spielregeln hielt und brav nur den Rüden erhörte, der für sie auserkoren war. Kniffliger wird es schon, wenn man, etwa aus Mitleid, Hunde von Dritten übernimmt. Ich machte meine eigenen Erfahrungen, als noch mancher unbequem gewordene Privathund in meiner Meute aufgenommen wurde. „Jockey" kam mit guten Papieren an. Einige Zeit später gesellte sich ein weiterer Rüde dazu, dessen Stammbaum bescheinigt war. Doch groß war meine Verblüffung, als dann noch eine Hündin hier eintraf. Alle drei hatten laut ihrer Abstammungsnachweise denselben Großvater „Rianza the Cannon", was im ersten Augenblick nicht überraschte. Bei genauerem Studium der Papiere stellte sich aber

Erstaunliches heraus. Einmal war er „Baujahr" 1972, dann wieder 1975. Dieser wundersame Rüde hatte - die Papiere belegten das mit Unterschrift und Siegel des Zuchtbuchführers - eine noch erstaunlichere Tochter, die „Hulla of Rianza". Diese muß das Wunder vollbracht haben, kurz hintereinander zwei Würfe zu haben, einen in Sassenberg (Westfalen) und den zweiten in Holland (Tilburg). Auf beiden Abstammungsnachweisen befand sich auch noch dieselbe Unterschrift, nur war es am 5.2.76 ein Herr Ostermann und am 24.10.75 ein Herr Sander v. d. Velden. – Es sei hier ausdrücklich erwähnt, daß es sich nicht um den seriösen Beagle-Club Deutschland handelte, sondern um einen eher dubiosen Zuchtverband.

Auch für Meutehunde gibt es natürlich „Papiere". Da aber Meutehunde keine Verkaufsobjekte sind, kann man sich auch richtige Angaben leisten. Es ist später wichtig zu wissen, wie sich eine Zuchtlinie entwickelte, ob sich gute Meuteeigenschaften vererbten oder nicht. So erhielten auch meine eigenen Hunde Ahnentafeln, die mit den gesicherten Daten begannen, nämlich mit dem Datum ihres Wurftages und dem Hinweis auf die Elterntiere. Im Laufe der Jahre kam dann ein kompletter Stammbaum zusammen.

Doch wie das so mit dem Züchten ist. Es dauert lange, bis aus einem vortrefflichen Rüden und einer ebenso vortrefflichen Hündin ein Wurf gleich guter oder noch trefflicherer Nachkömmlinge fällt. Ich habe es in 16 Jahren leider nicht erlebt. Gewiß, es waren immer sehr gute Hunde dabei. Doch es wurde nicht einer wie der andere, glücklicherweise. Bei jedem Wurf kam irgendeine noch nicht bekannte Eigenart der Ahnen zum Vorschein, was sich auch erklären läßt.

Deutsche und englische Beagle-Züchter mühten sich erfolgreich, die Hunde für den jeweiligen Zweck passend zu züchten. Vor 100 Jahren etwa wurden in Deutschland, wie schon erwähnt, Harriers eingekreuzt, wenn man die Schnelligkeit und Ausdauer verbessern wollte. Wurden den Briten Beagles zu schnell, bewährten sich Bassets als „Bremse". Deren Nachkommen sind wieder kleiner, langsamer und haben „eine Rippe zuviel". So ein Kerl war Jockey. Als Henry, sein wesentlich besserer Kollege, nach kurzer Zeit in der Nachbarschaft erschossen wurde, durfte er für Nachkommen sorgen. Seine unklare Abstammung konnte ich erst später erkennen. Er wurde einer der beiden Stammväter meiner Meute und prägte sie so nachhaltig, daß seine genetischen Spuren immer noch erkennbar sind. Alle Nachkommen wurden um die eine Rippe zu lang. Doch Jockey hat dafür seine „Traumnase" vererbt. Er war absolut sicher auf der Spur, und er sang bei der Arbeit eindrucksvoll mit einem tiefen Baß. Natürlich war er mit seinen relativ kurzen Läufen nicht sehr schnell, aber eben unerschütterlich genau im Verfolgen der von ihm ausgemachten Spur. Leider war er, wie die meisten privaten Beagles, wohl recht lässig erzogen worden. So stand sein Sinn häufig mehr nach Kaninchenfährte als nach der Kunstspur. Er hat nie mit Erfolg gejagt. Aber es machte ihm offenbar ungeheuren Spaß. War er dabei zu weit von der Meute weggeraten, drehte er um. Irgendwie war er beim Halali wieder da, sehr stark und selbstbewußt. Eigentlich brauchte man damals nur darauf zu achten, daß seine Genossen schön brav zusammenblieben. Seine Nachkommen haben sein starkes Wesen geerbt. Drei seiner Kinder waren 1992 noch im „Altersheim", im alten Waltroper Kennel. Heros '79, Igor '80, Quirin '80 waren damals noch munter wie eh und je. Igor wurde 14 Jahre alt, Quirin bei guter Gesundheit sogar fast 15. Nach Jockey, Vater von 8 Würfen, wurde Rocko Deckrüde. Er stammte väterlicherseits von einem Rüden ab, den ich von einer aufgelösten holländischen Meute übernommen hatte. Diesen Rüden hatte ich einem Züchter überlassen, weil er in der Meute keine Freude zu haben schien. Sein Sohn wurde so etwas wie der Traumhund. Nicht nur als Vater von 7 Würfen und Großvater einiger Würfe mehr, sondern wegen seiner überragenden Führereigenschaften. Er kam im Alter von 9 Monaten und glücklicherweise unverdorben durch Privathand zu uns. Schon bei der ersten Übungsschleppe war er vorn, so als hätte er immer schon Eucalyptus als große Leidenschaft empfunden. Er hatte, ganz im Gegensatz zu Jockey, aber auch noch eine „Traumfigur", hochbeinig, schlank und gazellengleich in seinen Bewegungen. Noch nicht 1 Jahr alt, wurde er Kopfhund und blieb es bis er achtjährig bei einer schlimmen Beißerei im Kennel tödlich verletzt wurde. Zu dieser Zeit hatten Rockos Söhne Ulli '82 und Yellow '83 schon die Führungsaufgaben mit ihrem Vater geteilt. Ihre gemeinsame Mutter war eine meiner besten Hündinnen, Nadja '80, unter deren Vorfahren den Papieren nach auch der ominöse „Rianza the Cannon" war. Wichtiger aber wurde das Erbe eines anderen, ungewöhnlich guten Rüden. Zu dessen Ahnen gehörten preisgekrönte nordamerikanische und britische Beagles. Tany '74, offiziell „Interims Sir Bravo Badder", hat leider nur einmal gedeckt. Es wurde der K1-Wurf. Dann geriet er an einem Hindernis unter ein Pferd und erlitt einen schweren Trümmerbruch am rechten Hinterlauf. Nach Wochen intensivster Pflege und Krankenlager auf dem Wohnzimmer-Sofa konnte er zwar wieder laufen, aber an einen Einsatz als Meutehund war nicht zu denken. Ich habe ihn, was sich als ein großer Fehler herausstellte, als

Zuchtrüden abgegeben. Seine Enkelin Yucca brachte dann den A2-Wurf, der fast komplett an andere deutsche Beagle-Meuten verschenkt wurde. Sie wurden alle Kopfhunde. Nadja und ihre Tochter Yucca prägten das neue Bild der Meute. Beide Hündinnen sind leider nicht alt geworden. Wie fast alle Hündinnen, ob in der Zucht oder nicht, sind sie im Alter von weniger als 10 Jahren an Krebs eingegangen.

Nur die Stamm-Mutter Anne '76 starb erst kurz vor ihrem 15. Geburtstag. Auch sie litt an einem Geschwulst, das ihr aber erst ganz am Ende Beschwerden bereitete.

Nadjas Sohn Ulli wurde zum wohl bekanntesten Hund der Meute. Seinen ersten großen Auftritt hatte er bei einer Schauvorführung beim Turnier der Sieger in Münster. Noch nicht ganz 1 Jahr alt und deshalb noch reichlich verspielt, untersuchte er auf den Westerholt'schen Wiesen jeden Hindernisständer und markierte ihn in froher Rüdenmanier. Mehrmals mit Namen gerufen, ignorierte er das große Ereignis „Schauschleppe der Beagle-Meute Münsterland" zum Jubel der vielen Besucher aber beharrlich und so stur, wie es nur ein junger Beagle kann. Man verzieh es ihm mit großem Beifall und alles rief im Chor „Ulli, Ulli". Immerhin, beim Verladen war er wieder dabei.

Ulli wurde wie selbstverständlich auch Kopfhund. Er brachte in schwierigen Situationen die Meute immer wieder auf die Schleppe zurück. Dieser Eifer wurde Ulli später zum Verhängnis. Bei einer gemeinsamen Jagd mit der Warendorfer Meute in Haltern geriet ausgerechnet er bei der Suche nach der richtigen Spur an einen Jagdgast, dessen Pferd zielsicher zuschlug. Ulli blieb mit schweren Kopfverletzungen liegen und überlebte nur dank des großen Einsatzes der Tierärzte Dres. Olivier aus Haltern, wohin er besinnungslos zum Einschläfern gebracht worden war. Er wurde nach wochenlangem Bemühen, auch anschließend im Kranken-Kennel, zwar wieder weitgehend gesund und sogar zeugungsfähig, aber nie wieder meutetauglich. Besagter Jagdgast übrigens lehnte jede Schadensregulierung ab. Solche Jagdgäste wünscht sich keine Meute. Schlagende Pferde gehören nicht in ein Jagdfeld.

Ulli lebte danach noch fünf Jahre bei mir im „Altenheim" und hat mich anfangs auch gelegentlich noch bei Ausritten begleitet.

Der einstige Star unserer Meute wurde dann plötzlich sehr schwach und mußte im Alter von 12 1/2 Jahren eingeschläfert werden.

Abb. 38: Bavarian Beagles jagen 1975 in Österreich

Kapitel 22
Tiere finden zurück

Aus einem Buch von R. O. Becker [50, Seiten 103 - 107] zitiere ich auszugsweise:

„Einige höhere Organismen haben einen frappierenden Wanderungs- und Orientierungssinn. Am häufigsten hat man das Verhalten der Brieftaube untersucht. Dr. William Keeton (Cornell-University) war 1971 auf den Gedanken gekommen, daß die Tauben vielleicht wie Verkehrsflugzeuge über mehr als ein Navigationssystem verfügen.
Er mutmaßte, daß sie sich meistens nach dem polarisierten Licht der Sonne orientierten,... .Dazu käme noch ein „Kartensinn"...(Sichtflug)...
Keeton postulierte darüber hinaus noch ein drittes System, das als Bereitschaftssystem nur dann benutzt würde, wenn die beiden anderen versagen, wie zum Beispiel bei dichtem Nebel".

In dem Buch werden dann die Forschungen beschrieben. Nach deren Ergebnissen darf man annehmen:

„Die Tauben haben mehrere Navigationssysteme, und eines davon beruht auf der Fähigkeit, das Magnetfeld der Erde wahrzunehmen und Richtungsinformationen abzuleiten".

Es folgen weitere Hinweise über die Suche nach dem *„inneren Magneten"*. Es gelang der Nachweis, daß sich in bestimmten Bereichen der Gehirnoberfläche Magnetkristalle befinden, die über Nervenfasern mit dem Gehirn der Tauben verbunden sind.

„Nach Dr. Charles Walcott (State University of New York) haben viele Wissenschaftler diese Untersuchungen fortgesetzt, so daß wir heute über erstaunlich detaillierte Informationen über die enorme Empfindlichkeit dieses Systems verfügen - es ist weit empfindlicher als unser allerbester magnetischer Kompaß. Wir wissen auch, daß das System sich bei fast allen Arten lebender Organismen - also wohl auch beim Menschen - findet. Mein Lieblingstier, der Salamander, hat zwei getrennte magnetische Navigationssysteme. Das eine dient einfach als Kompaß, so daß der Salamander, wenn er querfeldein wandert, immer den direktesten Weg einschlägt (das ist wichtig, weil er nicht lange ohne Wasser auskommt). Das andere System ermöglicht es ihm, zur Paarung und zum Eierlegen genau an den Punkt zurückzukehren, wo er ausgebrütet wurde".

Ich habe diese Hinweise auf Forschungsergebnisse natürlich nicht grundlos an den Anfang dieses Berichts gestellt. In vielen Jahren fiel mir immer wieder das erstaunliche Orientierungsvermögen von Pferden auf. Viele Reiter werden die Erfahrung bestätigen können, daß sich der Mensch relativ leicht in unübersichtlichem Gelände verirren kann, weil uns wohl die Fähigkeiten der Urahnen verloren gingen, aber das Pferd mit großer Sicherheit zurückfinden wird, wenn man nicht mehr lenkend eingreift.

Ein reiterloses Pferd findet seinen Stall wieder, sogar, wie schon erwähnt (Kapitel 11) in vollständig unbekannter Umgebung den Stellplatz des Pferdetransporters. Dabei ist natürlich immer vorausgesetzt, zivilisatorische Hindernisse wie Stacheldrahtzäune verhindern dies nicht, und das Pferd befindet sich nicht in einer Panik-Situation. Ich habe dies bei einem abendlichen Ausritt in einem mir weniger bekannten Teil der Borkenberge vor vielen Jahren auch einmal selbst nutzen können. Es war so neblig geworden, daß ich weder Weg noch Richtung erkennen konnte. Ich ahnte nur noch, wo ich mich ungefähr befand. In dieser ziemlich unangenehmen Situation erinnerte ich mich daran, was ich über den Orientierungssinn von Pferden schon gehört hatte. Ich gab dem Pferd die Zügel hin, und nur einmal mußte ich korrigieren, als wir vor dem Stacheldrahtzaun einer Viehweide landeten. Den Rest machte das Pferd allein und so exakt, daß es sogar den einzigen Zugang zu der dort damals noch vorhandenen Steverbrücke fand. Allerdings ging der Ritt querbeet durch Wald, Buschwerk und freie Landschaft, keineswegs etwa auf dem nahe gelegenen Reitweg.

Von unseren Meutehunden gibt es viele vergleichbare Geschichten. Im Laufe der Jahre geht bei jeder Meute immer einmal ein Hund unterwegs verloren. Oft ist es eine Verletzung, die das Tier daran hindert, das Tempo der Meute zu halten. Im Regelfall trifft dann der Hund mit einiger Verspätung, meistens innerhalb von 1 bis 2 Stunden, am Halali ein. Dort braucht man nur geduldig zu warten, will man ihn wieder mitnehmen. Die obligatorische Nachsuche von Master und Pikören ist eigentlich nur sinnvoll, wenn die Jagdstrecke sich in einem risikoreichen Gebiet befindet, etwa in der Nähe von Verkehrswegen. Meistens läßt man aber nur deshalb „suchen", weil etwa der Revierbesitzer dies möchte oder zu viele Unkundige das Abwarten nicht verstünden.

„Ein guter Hund findet allein zurück und schlechte nimmt man nicht mit", pflegen Master gerne zu sagen. Sie haben natürlich recht.
Meutehunde sind mit einer exzellenten Nase ausgerüstet, die es ihnen

möglich macht, auch noch nach sehr langer Zeit dem Duftstoff der Schleppe zu folgen. Meutehunde sind dabei fast allen anderen Hunderassen weit überlegen. Dies ist leicht zu verstehen, denn man hat schließlich mehr als zweitausend Jahre lang nach Geruchssinn und natürlich Schnelligkeit selektiert.

Es versteht sich aber von selbst, daß ein Hund nur dann schnell zurückfinden wird, wenn die Duftspur einigermaßen erhalten ist. Ein Jagdfeld, das korrekt auf der Schleppe geritten ist, stellt kein Problem da, obwohl Hunderte von Pferdehufen den Boden umgewühlt haben. Schwierig wird es aber, wenn herumlaufende Zuschauer den Duftstoff in alle Richtungen verteilt haben. Auch Fahrzeuge, die auf der Schleppspur fahren, werden mit den Fahrzeugrädern die Duftnote in eine vollkommen falsche Richtung mitnehmen. In solchen Fällen kann es lange dauern, bis der Hund zurück zum Beginn der ersten Schleppe findet. Sollte dann die Meute bereits abgereist sein, ist das Tier auf sich selbst angewiesen. Junge und unerfahrene Hunde pflegen im Bereich der Jagdstrecke zu bleiben. Sie suchen dort oft tagelang nach dem Meutefahrzeug. Man hat bei der Nachsuche in der Regel sehr gute Chancen, das Tier dort irgendwo wiederzufinden. Am leichtesten gelingt dies, wenn man zu Pferde mit einigen sicheren Hunden die Gegend abreiten kann. Alte, sehr erfahrene Burschen marschieren auch gern zum nächsten Bauernhof und harren dort der Dinge.

Interessant war das Verhalten von „Marco". Am nördlichen Stadtrand von Dortmund blieb er in einem Maisfeld verschwunden. Da Waltrop nicht sehr weit entfernt liegt und im Dortmunder Raum einige unserer Freunde wohnten, fuhr ich nach der Jagd ohne große Sorgen ab. Marco stand am nächsten Morgen in Dortmund-Kurl vor dem Kirchenportal und schaute sich die Kirchgänger an.

Er hatte Glück, einer der Reiter vom Vortag erkannte ihn.

Immer wieder kann man aber auch Hunde beobachten, die sich auf den Heimweg machen, also zum heimatlichen Kennel. Jeder Meutehalter wird das irgendwann einmal erlebt haben. Ich will über einige solcher Fälle berichten, die mir in Erinnerung geblieben sind, weil sie besonders eindrucksvoll waren.

Das erstemal war es der Rüde „Nordpol" aus der Cappenberger Meute, der bei einer Schleppjagd im Raum Osnabrück nicht wieder auftauchte. Das war am Anfang meiner Masterzeit. Ich hatte noch keine Erfahrung, was zu tun war. Auch kannte ich die Gegend viel zu wenig, um in der Dunkelheit noch etwas Sinnvolles unternehmen zu können. Also fuhr ich mit der Meute und den Pferden nach Cappenberg zurück. Die Osnabrücker Gastgeber hatte ich um „offene Augen" gebeten. Von einem Landwirt kam dann auch bald die Nachricht, daß der Hund gesehen worden war. Den Rest „erledigte" Frau Fründ mit ihrem Schäferhund, und bald hatten wir den Rüden wieder im Kennel. Er befand sich aber keineswegs mehr im Bereich der Jagdstrecke nordöstlich von Osnabrück, sondern weit entfernt davon im Süden, an der Autobahn in Richtung Münster - also in der allgemeinen Richtung nach seinem Zuhause, dem Cappenberger Kennel. Wir hielten es für einen schönen Zufall und freuten uns darüber (Kapitel 32 „Randa, der Schränker").

Nachdenklich wurde ich erst viel später, als mir mit meinen Beagles Ähnliches widerfuhr [16, Seite 105]. „Quirin" blieb im April 1983 bei Kaldenkirchen nahe der holländischen Grenze verletzt irgendwo im Wald liegen. Trotz tagelanger Suche war der Rüde unauffindbar. Am fünften Tag erhielt ich von dem zuständigen Revierförster einen Anruf mit der Bitte, sofort zu kommen. Quirin war aufgetaucht. Irgend wie war es ihm gelungen, in ein streng bewachtes Munitionsdepot der US-Army zu gelangen, wo er sich mit den Wachhunden anzufreunden begann. Zwischen der Jagdstrecke und dem Fundort kurz vor der Autobahnauffahrt, von der wir abgefahren waren, lagen etwa 25 km Luftlinie. Quirin war dieselbe Richtung zurückgegangen, die wir auf der Hinfahrt genommen hatten. Vermutlich hatte er dabei nicht die Landstraße benutzt, sondern das Waldgebiet an der deutsch-holländischen Grenze. Für mich wurde es schwieriger, wieder aus dem Lager zu kommen. Vielleicht hatten die amerikanischen Bewacher das ganze für einen üblen Trick und Quirin für einen östlichen Spion gehalten. Seitdem bin ich in den CIC-Akten „auffällig".

Im Oktober 1986 war dem damals 2 Jahre alten „Zambo" mit einigen anderen Hunden auf einer endlos langen Geradeausstrecke auf staubigem Sand die Geschichte wohl zu dumm geworden. Als wir damals nach etwa 2 Kilometern den Kiefernwald bei Wietze an der Aller durchquert hatten und in der Staubwolke nach dem Rest unserer Hunde Ausschau hielten, fehlte ein nicht geringer Teil. Beagles mögen nun einmal gerade Strecken nicht und Staub schon gar nicht. Nach längerem Stop an der Neuen Wietze fehlte schließlich immer noch Zambo. Auch am Sonntagmorgen tauchte er nicht wieder auf, als wir noch einmal im kleinen Kreis, aber dieses Mal querbeet jagen konnten. Später berichteten uns Kinder aus dem Dorf, daß sie versucht hätten, Zambo einzufangen, der am Jagdtag zum Transporter zurückgelaufen war. Zambo war dabei wohl in Panik geraten und wieder im Busch verschwunden. Einige Tage später bekamen wir Nachricht aus dem Tierheim in Hannover. Die Autobahnpolizei hatte ihn abgeliefert. Er war noch am Abend nach der Jagd auf dem Mittelstreifen der Autobahn Hannover-Hamburg gefunden worden, genau westlich von der Jagdstrecke, bei der Autobahnabfahrt Berkhof. Er wäre zwar nie in Waltrop am Rande des Ruhrgebiets angekommen, die Richtung aber stimmte.

Vor der „Haustür" ging auf seiner ersten Jagd der Junghund „Custor" verloren. Wir jagten, 1987, in Datteln-Klostern. Die Meute konnte am ersten Stop der Versuchung nicht widerstehen, auf Hasenjagd zu gehen. Wir hatten die Meute auf einer Weide schon abgelegt, als kurze Zeit später mitten aus der Meute ein Hase hochsprang, der dort an einem Strommast im tiefen Gras gelegen hatte. In wilder Jagd ging es durch den nächsten Bauernhof, die Asphaltstraße entlang bis zu einem Maisfeld. Als wir unsere Hunde nach einigen Minuten wieder zurückgerufen hatten, fehlte noch Custor. An diesem Tage, es war die Auftaktjagd der Herbstsaison, war ich nicht gerade in Hochform. So gewissermaßen direkt vor der Haustür, in der Luftlinie sind es keine 6 km, hatte ich die Veranstaltung wohl nicht so ganz ernstgenommen. Es hatte schon beim Verladen angefangen. Nicht alle Hunde hatten den Weg in den Hänger gefunden, und so brachte mir meine Frau einen Rüden, der einen kleinen Ausflug gemacht hatte und wieder eingefangen worden war, gerade beim Abfahren nach. In Gedanken nicht bei der Sache, registrierte ich ihn nicht als Nummer 21, sondern hatte meine von mir verladenen Zwanzig im Sinn. In Datteln angekommen, merkte ich kurz vor dem Abreiten, daß mein Roter Rock noch in Waltrop war. Obgleich es recht warm war, zum Master gehört der „Rote". Eilende Boten machten sich auf den Weg und mit etwas Verspätung ging es los, erst einmal aber in die falsche Richtung, weil uns genau beim Anreiten Hase Nummer 1, den der Schleppenleger aufgestöbert hatte, direkt entgegen kam. Als sich endlich alles in die geplante Richtung bewegt hatte, trat der schon erwähnte Hase Nummer 2 in Aktion. Beim Nachzählen am Maisfeld waren, wie bei allen Jagden früher, alle 20 Hunde dabei. Sie hatten sich ausgetobt und jagten nun ohne weitere Probleme auf der Jagdstrecke. Daß es 21 hätten sein müssen, hatte ich ganz einfach vergessen. Auch erst leise, dann deutlichere Hinweise meiner Piköre, Custor würde fehlen, berührten mich nicht im Mindesten. Das einzige was ich dabei dachte und wohl auch gesagt hatte, war etwa „alles da, alles in Ordnung". Ich war der Meinung, Custor kann man doch nicht übersehen und die Piköre hätten sowieso keine Ahnung (was Master ja auch sonst gern denken). Ich muß gern eingestehen, erst als ich am Abend die Hunde wieder im Kennel ausgeladen hatte, ging es mir wieder durch den Kopf. Ist Custor nun dabei oder nicht? Er war es natürlich nicht. Die nun viel zu späte Nachsuche stöberte nur seine Pfotenabdrücke im lehmigen Bachgrund auf. Der Kerl selbst blieb verschwunden. Der Revierinhaber fürchtete noch tagelang um sein Rehwild und war der festen Meinung, ihn dort die ganze Woche laut jagend gesehen zu haben, was noch heute, 11 Jahre später, von seinen Nachfolgern immer wieder und mit zunehmender Überzeugung behauptet wird (wie das unter Jägern halt so ist). Custor aber war zu diesem Zeitpunkt schon lange über alle Berge. Er hat sich wohl daran erinnert, daß die Fahrstrecke kurz gewesen war. Zum Kennel konnte es also nicht weit sein. So muß er sich sehr bald aufgemacht haben, den Heimweg zu Fuß zu finden. Das muß für ihn nicht so einfach gewesen sein, denn zwischen der Jagdstrecke in Klostern und dem süd-östlich davon im Norden Waltrops gelegenen Kennel liegen erst einmal das Stadtgebiet von Datteln, eine sehr verkehrsreiche Straße, der Dortmund-Ems-Kanal, der Wesel-Dortmund-Kanal und das „Dattelner Meer", alle mit steilen Spundwänden. Custor hatte sich dann wohl entschieden, das Stadtgebiet Datteln westlich zu umgehen. Wo genau, das blieb zwar sein Geheimnis, aber rekonstruieren kann man es beim Studium der Landkarte trotzdem. Klostern liegt ziemlich genau nördlich von der westlichen der beiden Dattelner Kanalbrücken, während die Kennels einen Kilometer südlich der östlichen Kanalbrücke liegen. In diesem Bereich befindet sich das „Dattelner Meer", eine große Wasserfläche, die durch das Zusammentreffen mehrerer Kanäle gebildet wird. Im Westen bietet südlich des Kanals eine große Mülldeponie ein gutes Nahrungsangebot. Und genau dorthin muß er sich zur Nachtzeit durchgemogelt haben. Drei Tage nach der Jagd bekam ich die erste genaue Nachricht. Custor war am Tag davor in der Nähe der Mülldeponie gesichtet worden. Ich fand ihn dann am 4. Tage wieder etwa 1 km weiter südlich. Er war zu diesem Zeitpunkt nur noch weniger als 1000 m Luftlinie westlich vom Kennel entfernt. Am Rand eines Maisfeldes lag er wohlgenährt in der Sonne, fröhlich und gar nicht in sonderlicher Eile, zu mir zu kommen. Er ließ sich schon sehr bitten, etwa als wollte er sagen, die paar Meter nach Hause hätte ich auch allein geschafft. Im Klosterner Revier bellte zu dieser Zeit entweder ein Phantom oder der Nachbarhund.

Kapitel 23
Tod eines Meutehundes

Frau Petra Uttlinger war Co-Mastress der Bavarian Beagles, als sie sich die Trauer über den Tod des von einem unachtsamen Jagdteilnehmer überrittenen Kopfhunds „Factor" von der Seele schrieb:

„Ich - Factor, der Kopfhund - belle mir noch die Seele aus dem Leib! Ein einsamer, aber traumhafter „cry" - für den Master, aber was nützt es uns beiden. Das gesamte pack ist auf der falschen Spur - damned! Wenn es wenigstens ein echter Fuchs wäre, was sie da drüben jagen ... Aber nein, lächerlichen Hufspuren folgen sie wie toll. Man sollte nicht meinen, daß das die Bayrische Beagle-Meute ist. Na, wenigstens ich als Engländer weiß Bescheid. Alone, Alone I must go. - Den rechten Spaß bringt's eigentlich nicht. Obwohl das hier eine 1a-Schleppe ist. Hat die Mastress gelegt, die weiß, wann sie mal mehr oder weniger den Schleppkanister aufdrehen muß. Und diese Winkel und Bögen. Wonderful! Wie der Hase läuft. Was ist jetzt, kommen die bald rüber? Es ist nicht zu fassen! Hier jage ich meisterhaft und die lassen sich durch meinen lockenden cry nicht rüberziehen. Schuld hat bestimmt wieder Eldest - dieser Babbler! Muß ich doch glatt abbrechen und die Meute holen. Zu schade, was wäre das wieder für eine schnelle Jagd geworden! Klar, daß der Master das Rufhorn bläst - und das wütend! Nicht nur meine Nase ist gut, sondern auch meine Ohren. Den feinen Unterschied höre ich heraus. „Collecting hounds" - nichts richtet des Masters Ruf aus. Wenn die BB's nicht mein englisches Blut dazwischen hätten, verloren wären sie, verloren - gone with the wind...
Himmel, was ist das? Pferdehufe donnern heran ... Nicht der Master, nicht die Equipage. Eine Horde Reiter - die followers in Massen. Master, help! - ich bin unter einem Pferd. Es wird mich nicht treten - das weiß ich vom Masterschimmel. Dieses verhält nicht! Merkt der verdammte Reiter nicht, was passiert? Wild schlagende Hufe. Ein furchtbarer Schlag. Aus. Ich bin getroffen. es wird still ... ich kann mich nicht mehr rühren ... ganz leise, fern, höre ich das Horn des Masters. - „Jagd aus"... Für mich? Memories... Jugendzeit in England bei den Aldershot Beagles. Für einen jungen Hund wie mich sind alle Kennels gleich und der Master Roy Clinkart hatte noch nicht den gebührenden Einfluß auf mich. So schlossen sich mein Bruder Farrier und ich gern diesem bayrischen Master Uttlinger an. Als wildes Gerangel in einer Reisetasche ist mir der Flug nach München in Erinnerung. Und daß mein Bruder keine besondere Hilfe

ist, merke ich da das erste Mal, weil er unseren exclusiven Stammbaum mit mir verwechselte. Shocking!
Im ländlichen Fürholzen bei München war es dann großartig. Wir beide hatten zunächst einen (rosenumkränzten) Kennel ganz für uns allein, und auf den großen Koppeln konnten wir ohne Aufsicht herumtoben. Die Bayrische Beagle-Meute durften wir lange Zeit nur von weitem begucken und uns über diese Typen lustig machen - was waren da für Brocken darunter - nichts elegantes, feines - so wie wir! Was für beispielhafte Jäger darunter waren, merkten wir erst später. An unserem 1. Geburtstag wurden wir in die Meute integriert. Das war dann weniger lustig, und ich schlotterte vor Angst, zeigte bebend mein Gebiß, schmiß mich auf den Rücken hin vor dem Oberhund Biff. Als der uns aber genügend berochen und anscheinend für gut befunden hatte, akzeptierte uns auch der Rest der Meute. Mein Bruder gewöhnte sich sehr schnell ein, er bezauberte im Nu alle Hundedamen; sein Weg als Playboy der Meute war gemacht. Ich selbst war von Anfang an mehr auf Distanz bedacht, und wenn ich meinen berühmt snobistischen Ausdruck trug (Augen gelangweilt halb geschlossen, Lefzen nach unten gehängt), mußte jeder von diesen bayrischen Rüpeln merken, daß ich ein englischer gentleman war! Also, wie gesagt, sehr zurückhaltend, „scheu" meinten die Menschen. Selbst die schönsten Leckerbissen, die der Master hin und wieder verteilte, brachten mich nicht zu einem wilden Hupfgejohle. Und siehe, mir wurde hintenherum etwas gereicht, so etwa auf einem „silbernen Tablett". Freundschaft verband mich eigentlich nur mit Huntsman Ernst, der fair war - immer und grundsätzlich zu uns Hunden - und mit des Master's wife. Gern blinzelten wir uns zu, und von ihr ließ ich mich wieder einfangen, wenn ich vor fremden Leuten über Zaun und Tor geflüchtet war - oder, wenn die Jagdstrecken kein Ende nehmen wollten.
Ach die Jagden. Die seasons. Ich hatte sofort begriffen, um was es hier ging. Kein Wunder, bei der Abstammung. Erst lernte ich bei „Anne", das war eine alte, erfahrene Meutehündin. Ihre Spurensuche war beispielhaft exakt, sauber; nie überschoß sie irgendwo. Andererseits war sie bei so viel Exaktheit auch etwas betulich. So schloß ich mich bald „Brooker" und „Evening" an - das war ein pfeilschnelles Gespann. Evening, eine Tochter von Anne, war manchesmal etwas wuselig, aber Brooker, mannhaft und stark, mit tiefer Stimme, war eine show. Von allen lernte ich - und führte eines Tages das pack sicher und schnell auf allen Schleppen. Nie vergaß ich das ungläubige Staunen in den Augen des Masters, als ich

seinen Lieblingshund Broomer als Kopfhund ablöste. Such is life. Bald galt ich als das Aushängeschild der BB. Schön, schnell und traumhaft sicher auf der Schleppe. Das war was. Große Hoffnung also bei meiner Herrschaft, als wir zur Junghundeschau nach Schwarzenstein fuhren. Doch wer ausgerechnet war dort als Richter? Roy Clinkart, der Master der Aldershot Beagles. Wollte der mich etwa zurückhaben? Da galt es, sich im Ring schön ängstlich zu zeigen. Wie atmete ich auf, als ich nur die Note „gut" erhielt; oder war es britische Fairness?

Natürlich blieb mir der berüchtigte BB-Biß nicht erspart, „Brandzeichen" der Bayrischen Beagle-Meute sozusagen - eine tiefe Narbe an der Hinterkeule. Irgendwann beim Auslauf auf der Koppel gab der Kennelboß das Signal zum Angriff (vielleicht glaubte er, ich wollte ihm seine Herrschaft streitig machen durch mein wahrhaft königliches Geschau). Jedenfalls war ich fassungslos. In Panik, entsetzt, als die ganze Meute über mich herfiel und 30 Gebisse nach mir schnappten... Sogar die süße Dolly kniff genußvoll in meine Schenkel. Aber da war auch schon brüllend und peitschenschlagend Huntsman Ernst zur Stelle, packte mich und warf mich über den Koppelzaun. Ich dankte es in meinem Schrecken schlecht und biß arg in seine Hand. Doch er nahm es nicht übel, sondern pflegte mich die ganze Woche lang. Das vergaß ich nie. Doch ich hatte die große Narbe und sie blieb mein Leben lang. Ein Leben lang? Ein kurzes Leben nur. Noch immer liege ich am Wegesrand. Der Huntsman ist bei mir. Er beugt sich über mich. Entsetzen in seinen Augen. Noch nie ist so etwas bei den bayrischen Beagles passiert. Wir Hunde waren den Jagdreitern aus nah und fern lieb und teuer; Geschöpfe, jeder einzelne, auf die man immer Rücksicht nahm.

Einer springt vom Pferd, es ist der Tierarzt Dr. Hopf. Vorsichtig untersucht er mich und schüttelt nur traurig den Kopf. Whip Kochinka kniet bei mir und ruft nach dem Jagdherrn, der Jäger ist...

Mein Master streicht mir leise über den Rücken, wendet sich ab. Er pflückt einen Eichenbruch... für mich.

Ich fühle mich schwach, elend und traurig. Aber es ist keine Angst in mir, als ich das Gewehr an meinem Kopf fühle. Erlösung. Weine nicht, Mastress."

Kapitel 24
Jagdpferde

'Wer möchte nicht ein Pferd kaufen, das im Schritt fünf Meilen (gemeint ist die Britische Meile = ca. 1600 Meter) *die Stunde, achtzehn im Trabe und zwanzig im Galopp macht?' - so soll eines Morgens Lord Barrymore, ein bekanntes Original, vor seinem Stalle in Newmarket unaufhörlich gerufen haben; und als alles herbeiströmte, um sich um den Besitz des Wundertieres zu reißen, da erhielt jeder zur Antwort: 'Sollte ich jemals ein solches Tier finden, dann – kaufe ich es selbst!' – 'Und noch heute,' fügt der Herzog von Beaufort dieser Ankedote hinzu, 'ist das gesuchte Ideal wohl von keinem Jagdreiter gefunden worden.' Nach unseren Begriffen kommt jedoch das englische Jagdpferd, der sog. 'Hunter', diesem Ideal am nächsten.* [23, Seite 13]

Jagdreiter sind eine verglichen mit dem „normalen" Reitbetrieb kleine Gruppe, wenn auch nicht mehr so exclusiv wie früher. In den deutschen Meute-Equipagen dürften etwa 120 Damen und Herren als Master, Huntsmen und ständige Piköre im Einsatz sein. Die Anzahl der Jagdteilnehmer ist nur zu schätzen. Ständig an Jagden nehmen etwa weitere 2000 bis 2500 Reiter teil. Die Zahl der nur gelegentlich teilnehmenden Reiter liegt natürlich weit darüber, vielleicht bei 25000. Alle diese Leute brauchen natürlich für die Jagd geeignete Pferde. Master und Piköre sollten wenigstens ein gleichwertiges Reservepferd besitzen. Für diese etwa 200 bis 300 Equipagen-Pferde erwartet man eine Qualifikation wie für M- oder S-Geländepferde. Auch die aktiven Jagdreiter werden gerne mehr als ein einsatzfähiges Jagdpferd besitzen und hohe Ansprüche stellen. Diese „Elite-Jagdpferde" brauchen naturgemäß nicht im Dressurviereck zu glänzen. Sie müssen auch keinen Rennbahn-Galopp absolvieren. Für unsere Jagdpferde stellt sich also nicht die bekannte Problematik deutscher Vielseitigkeitsreiter, die nur selten einen passenden Inländer zu finden scheinen.

Jagdreiter auf den britischen Inseln haben es leicht. Dort richtet sich die Pferdezucht primär nach dem Bedarf der Jagdreiter. Dabei fallen dann auch genügend Pferde für die Vielseitigkeit und offenbar auch noch ausreichend für den kleinen und großen Turniersport an.

In Deutschland ist seit dem Verschwinden der Kavallerie das Interesse an der Zucht von Geländepferden verloren gegangen. Die Nachkömmlinge der sagenhaften Trakehnerpferde wären, sofern sie nicht durch zu viel Vollblut verdorben sind, zwar sehr gut geeignet, aber für den Durchschnitts-Verdiener leider nicht bezahlbar.

Was braucht man als Jagdreiter aber überhaupt für ein Pferd? In erster Linie natürlich ein ausgewachsenes, absolut gesundes Pferd im Alter von deutlich mehr als 6 Jahren, das, wenn es zu diesem Zeitpunkt noch wirklich heil auf den Beinen ist, dann gut und gern 10 bis 15 Jahre lang Jagden gehen kann. Mein Masterpferd „Caesar" kam als 6-jähriger und ging 14 Jahre lang jede Jagd und jedes Meutetraining mit. Er wurde allerdings in den beiden ersten Jahren schonend eingesetzt. Mit 25 Jahren ist Caesar noch immer wohlauf.

Also, ein Jagdpferd braucht stabile und heile Knochen und natürlich einen funktionierenden Kreislauf ohne Lungen- oder Herzprobleme. Kehlkopfpfeifer etwa können riskant werden. Bei einer Verengung im Kehlkopfbereich wird die Sauerstoffversorgung möglicherweise nicht für einen Dauereinsatz im Jagdfeld ausreichen. Irgendwann ist mit einem Herzversagen zu rechnen, vor allem bei längeren Galopps in schwülwarmer Witterung. Für einen Gelegenheits-Jagdreiter wäre ein solches Pferd weniger problematisch. Der Reiter hätte sogar den Vorteil, daß man ihn kaum überhören könnte.

Rasse und Abstammung eines Jagdpferdes sind eher unwichtig. Man reitet im Sattel und nicht auf dem Abstammungsnachweis. Beim Geschlecht der Pferde ist das schon deutlich anders. Stuten sind im Jagdfeld oft recht unbequem, wenn sie rossig sind. So manche Stute verwechselt dann eine Schenkelhilfe mit der Attacke des Lieblingshengstes. In solch einem Fall kommt man nur mühsam voran. Hengste im Jagdfeld sollten natürlich nicht unbedingt zu den rossigen Stuten geritten werden, wohin es sie aber meist von ganz allein zieht.

Eine Mär ist der Glaube, wirkliche Jagdpferde gäbe es nur in Irland. Nun gibt es dort und in England, aber auch in Frankreich, wegen des riesigen Bedarfs Jagdpferde in Hülle und Fülle. Doch die Iren, die ich in unseren Jagdfeldern erlebt habe, waren eher Irre. Käufer solcher Pferde sollten nicht nur an Ort und Stelle die Pferde selbst hinter einer Meute ausprobiert haben, sondern auch daran denken, daß hier bei Schleppjagden ganz anders geritten wird, nämlich in Gruppen auf sehr engem Raum. Und drittens sollte man daran denken, daß ausländische Jagdpferde im Gelände ihre Kondition erhielten. Es reicht nicht aus, solche Pferde unter der Woche nur im Viereck oder in der Halle zu bewegen. Jagdpferde brauchen zur seelischen Ausgeglichenheit viele Kilometer unter den Hufen, und zwar täglich!

Sie brauchen aber auch Reiter mit leichter, weicher Hand. Fehlt es nur an einem, hat man sehr schnell einen Puller, dem so leicht die Puste nicht ausgeht.

Ich selbst habe so ziemlich alles geritten und als Master-, Pikör-, Schlepp- oder einfach als Jagdpferd eingesetzt: Trakehner, Polen, Holländer, Holsteiner, Oldenburger, Hannoveraner, Hessen, Vollblüter, Traber. Doch muß ich gestehen, die beiden zuverlässigsten Jagdpferde waren Westfalen. Ein Glück für mich, da ich meine Hunde vorwiegend in Westfalen geführt habe. Ein Zufall war das natürlich nicht. Wenn ich wählen konnte, nahm ich ein westfälisches Pferd.

Beim Kauf von Jagdpferden hielt ich mich strikt und mit Erfolg an die Ratschläge meines Lehrmeisters Franz Jandrey: *„Kaufen Sie nur erwachsene Pferde"*.

Einige meiner Pferde waren „sauer" gerittene Parcourspferde, die wieder zu sich selbst fanden, als sie in der Landschaft frei galoppieren durften und den Unterschied zwischen festen Geländehindernissen und losen Turnierstangen begriffen hatten. Manche meiner Pferde waren beim Kauf schon 10 Jahre oder älter. Aber sie hatten immer einwandfreie Beine. Ich habe mir jedesmal eine Probezeit von wenigstens 4 Wochen ausbedungen. Pferdebeine sind auch später noch heil, wenn sie es nach Ablauf der Probezeit immer noch sind. Die Wirkung von Spritzen und Pülverchen wäre nach dieser Zeit verflogen.

Am wenigstens kommt es beim Jagdpferd auf die Farbe an, wenn auch ein Schimmel als Master- oder Jagdherrenpferd sehr attraktiv wirkt. Nur zum Schimmel gehört ein ständiger Pferdepfleger, will man nicht auf einem „Gelbschimmel" reiten. Ein Fuchs, der sich kurz vor Jagdbeginn noch einmal gewälzt haben sollte, wird jedenfalls immer noch halbwegs sauber ausschauen. Ich habe mit zwei Ausnahmen den pflegeleichten Füchsen und Braunen den Vorzug gegeben. Übrigens lassen sich auch Rappen vergleichsweise leicht pflegen.

Bei der Größe eines Pferdes sollte man vorsichtig sein. Eine mittlere Größe (Stockmaß 1,65 bis 1,70 m) reicht vollkommen aus, wenn man selbst nicht über ungewöhnlich lange Beine verfügt. Ein nicht zu großes Pferd hat nämlich zwei Vorteile:

Man ist schneller und vor allem leichter im Sattel, denn für das Jagdreiten werden die Bügel wesentlich kürzer geschnallt als für das Reiten in der Bahn.
Mittelgroße Pferde sind ausgesprochen „kurvengängig".

Pferde-Riesen sehen imponierend aus. Aber sie sind meist nur auf Geradeaus-Strecken sicher auf den Beinen und nur selten, wenn es flott in die Kurve geht. Über die Jagdhindernisse, die ja selten über 1 m hoch sind und nie über 1,30 m, kommt selbst ein Reitpony ohne Mühe. Früher sagte man gern: „...*springt auch eine Kuh*".
Wir hatten einmal eine Meutevorführung auf der Dortmunder Galopp-Rennbahn. Damals gab es dort noch die „dicken" Jagdsprünge. Eine sehr junge Amazone ritt auf ihrem Reitpony mit. Das Pony ging über die Bürsten ohne zu wischen, wie es die Steepler machen. Wir haben es damals kontrolliert. Die Reiterin konnte im Sattel sitzend nicht über Wall und Bürste sehen. Zwischen Absprung und Landestelle lagen etwas mehr als 8 Meter.
Wichtig ist aber, soll es ein ordentliches Bild geben, daß Pferd und Reiter zusammenpassen.
Eine Warnung (siehe auch Kapitel 32) für den unerfahrenen Käufer eines „Jagdpferdes" erscheint mir angebracht. In Verkaufsanzeigen werden gern Pferde für die Jagd angepriesen, etwa mit dem Hinweis *„als Jagdpferd besonders geeignet"*. Dahinter verbirgt sich meist ein schlimmer Puller, den auch ein sehr, sehr erfahrener Reiter kaum bändigen kann. Auch pflegt sich der Neuzugang ganz anders zu verhalten, wenn er im neuen Stall den ersten Sack Hafer gefressen hat. Verkäufer sparen gern an den Rationen, was sich beim Ausprobieren positiv für den Verkäufer auswirkt. Probieren Sie eine Neuerwerbung auch nie allein aus. Erst im Gruppengalopp werden Sie wissen, was sie „unterm Hintern" haben.
In unserem Land sind die Zuchtziele anders gestellt. Reine Jagdpferde haben noch nie deutsche Züchter interessiert. Aber auf unseren heutigen Jagdstrecken können auch die eher „schönen" Pferde gut bestehen. Wir sind weit entfernt von den irrsinnig erscheinenden Anforderungen vor etwa 100 Jahren.
Reinhold von Eben schrieb in seinem Buch [27, Seite 26]: *„...geschah es, daß wenige Minuten nach Schluß einer 18 km langen Schleppjagd drei Pferde an Lungen- oder Herzschlag tot umfielen. Es war im Monat Juli, ein schwüler, heißer Tag"*.
Bei dieser Jagd wurde ohne einen längeren Stop geritten. Die Meute wurde

aber jeweils nach 6 km gewechselt. Es handelte sich sogar um eigentlich gut trainierte Kavalleriepferde. Zu jener Zeit machte man sich noch keinerlei Gedanken über den Tierschutz.

Wir haben aus eigenen und meist traurigen Erfahrungen lernen müssen, daß die Voraussetzungen des Schleppjagdbetriebs von heute andere sind. Schleppjagden sind jetzt ein Teil der Freizeitgestaltung und dienen nicht der „Wehrertüchtigung" von Kavalleristen. Heutige Jagdreiter können weder sich noch ihre Pferde nach Maßstäben der Kavallerieschulen trainieren. Weder haben sie dazu die Zeit, noch können sie es sich leisten, ihre Gesundheit in ernsthafte Gefahr zu bringen.

Genau so sind auch die Jagdequipagen nicht mit ihren Vorgängern zu Beginn dieses Jahrhunderts zu vergleichen, die praktisch alle aus professionellen Reitern bestanden. Trotzdem gelang es auch damals nicht, Meutehunde weiter als etwa 6 km ohne Pause laufen zu lassen. Die Rücksichtnahme auf die realistischen Möglichkeiten heutiger Jagdpferde zwingt zu einer Beschränkung der Jagdstrecken, wovon auch unsere Meutehunde profitieren. Im Ergebnis bleiben Jagdpferde und Meutehunde länger einsatzbereit. Und man könnte fast zynisch ergänzen, auch mancher Jagdreiter lebt länger, der sich sonst mit einem erschöpften Pferd vermutlich das Genick bräche, wenn es zum Ende einer überlangen Jagd noch einmal über die ganz dicken „Knüppel" ginge.

Man braucht also für den normalen, an die Realitäten angepaßten Jagdbetrieb keine „besonderen" Pferde mehr.

Abb. 39: Fridericus Rex (genannt Freddy) in Bad Salzuflen

Abb. 40: Caesar auf der Trabrennbahn Recklinghausen
mit Beagle-Meute Münsterland

Kapitel 25
Meine Jagdpferde

Von den vielen eigenen Pferden, die ich in 30 Jahren bei Meutejagden ritt, seien einige besonders erwähnt:

FRIDERICUS REX (geb. 1958)
v. Florett a.d. Schätzchen, Fuchs, Westfale
(Züchter Wilhelm Köster, Wörderfeld bei Detmold)
Masterpferd 1968 bis 1972

Für „Freddy", wie Fridericus Rex schnell genannt wurde, endete die Karriere als Turnierpferd ruhmlos. Für „S" war er wohl nicht gut genug. So kam er in immer neue Hände, nach Holland und ins Lippische. Dort mochte er auch keine einfachen „Jugendspringen" mehr gehen. Eines Tages stand er zum Verkauf bei Albert Ronne in Melle-Gesmold, wo ich gern meine Pferde kaufte. Ich war mit Master Jandrey auf der Suche nach einem Reservepferd. Als Letzter wurde Freddy vorgestellt. Er zeigte seinen ganzen Frust und räumte unter dem Bereiter gleich einen Riesen-Oxer ab. Über ein schlichtes, eher jagdähnliches Rick von etwa 1 m Höhe flog er aber hinüber. Jandrey meinte, das wäre auch ausreichend, den Rest könnte er wieder erlernen. Mich interessierte das eigentlich wenig, denn Freddys Ausstrahlung faszinierte mich sofort. Ich ritt ihn dann durch Ronnes Sprungstrecke. An den festen Hindernissen und in der freien Natur gab es keine Probleme.
Freddy hatte ein spektakuläres Aussehen, was ihm zwei Spitznamen eintrug. Er war ein Fuchs, wie es sich für Westfalen gehört, aber mit erheblichen Pigmentfehlern um die Augen (Brillen-Freddy), aber auch am „Auspuff" (Muffen-Freddy). Bei letzterem blieb es, denn die meisten Mitreiter sahen ihn nur von hinten. Erstens wurde er schnell Masterpferd und zweitens hatte er es immer sehr eilig, zu den Hunden zu kommen. Die Beine waren gesund. Sie blieben es bis zu einem bösen Ausrutscher im Spätwinter 1972. Kaputt aber waren die Kinnladen. Wie gesagt, er war „turniersauer". Die Vorbesitzer dürften versucht haben, seinen Willen durch „Insterburger" von brutalster Härte zu brechen. Gebrochen waren aber beide Unterkiefer. Erst nach beidseitigen Operationen klangen die Schmerzen ab. Mit einer Wassertrense blieb er trotzdem unreitbar. Das Hackamore war damals noch nicht am Markt. Ich versuchte es schließlich mit der Springkandare, bei uns hieß sie damals auch „Tiedemann-Kandare". Die lag günstig im Maul und drückte nicht auf die verletzten Stellen. Er ließ sich gut dirigieren, wenn

man ausreichend weich in der Hand war. Zwangsläufig wurde so aus ihm ein Masterpferd, denn „an der Tete" konnte er sich frei entfalten. Ein „normales" Jagdpferd wurde Freddy nie. Einmal versuchte ich es im Jagdfeld, als Gast in Schwarzenstein bei der Rheinisch-Westfälischen Meute. Seitdem hatte ich Verständnis für ganz schnelle Reiter, wenn sie gelegentlich einmal vorn bei mir auftauchten.
Freddy war schon eine ganze Saison als Masterpferd gegangen, als wir zum Abschluß der Junghundeschau eingeladen wurden, an einer Jagd mit den Hunden des Rheinisch-Westfälischen Schleppjagdvereins teilzunehmen. Damals war das noch üblich, heute werden nur noch Schauschleppen veranstaltet.
Master Jandrey durfte bei der erweiterten Equipage mitreiten, mir als den damaligen Vorsitzenden des Cappenberger Schleppjagdvereins wurde die Ehre angetragen, das erste Feld zu führen. Im Feld war auch noch Freddys Freundin dabei, mein Ersatzpferd „MARA", eine ganz brave, alte Schimmelstute. Ein Cappenberger Freund, der leider schon verstorbene Manfred Schäfer aus Bünde, ritt sie, weil sich sein Pferd verletzt hatte. Die Jagd begann direkt am Wasserschloß „Haus Schwarzenstein", wo sich der Kennel der RWS befindet. Schleppenleger, Meute, Equipage waren schon unterwegs. Dann durfte ich mit Freddy anreiten, ausnahmsweise vor dem Jagdherrn, der begründete Sorgen vor dem ersten dicken Graben hatte. Beim Sprung über dem Graben erspähten wir dort zwei Reitersleute, einer war Master Jandrey, der beim Anreiten behindert worden war und mit seinem Pferd in den Graben gerutscht war. Freddy störte das nicht. Die Meute war lauthals nicht weit vor uns. An der nächsten Ecke, es war ein mächtiger Baum, war ich meine Reitkappe los, die damals noch locker und elegant getragen wurde. Der heute übliche Kinnsz war zu jener Zeit noch nicht „in". Beim vergeblichen Versuch, den Verlust zu verhindern, waren mir die Zügel entglitten. Freddy verstand das als Signal zum Spurt. Mühelos gewann er Meter für Meter, flog am letzten Pikör vorbei, am Rest der Equipage Sekunden später. Dann passierten wir den Master, was bekanntlich ein schlimmes Vergehen bei einer Schleppjagd ist. Freddy schoß unbremsbar weiter zur Meute hin. Ich hatte ihn mit großer Mühe wenigstens ganz weit nach außen dirigieren können. So befand ich mich seitlich neben der Meute, als eine Triplebarre auftauchte. Die wollte ich - jetzt schon deutlich vor Master und Pikören - nun aber auf keinen Fall springen, weil ich dann mitten in die Meute geraten wäre. Von weitem sah ich eine Lücke zwischen Hindernis und dem seitlichen Stacheldrahtzaun. Dort wollte ich durchreiten. Kurz

dahinter war die erste Schleppe zu Ende. Freddy hatte in der Zwischenzeit sein Tempo noch erhöht. Er fühlte sich ganz in seiner normalen Aufgabe als Masterpferd - immer dicht bei den Hunden. Daß ich heute nur Gast war, konnte er nicht wissen. So brausten wir auf die „Lücke" zu, die aber zu meinem Entsetzen keine war. Vorn und hinten auf Triplebarren-Tiefe war Stacheldraht. Das Hindernis war über einen Weidezaun gebaut. Bei der erlesenen Teilnehmerschar hatte man eine Öffnung des Zauns für unnötig erachtet. Zum Bremsen wäre es selbst mit einem „normalen" Jagdpferd viel zu spät gewesen. Wie ein Blitz schoß mir der Gedanke durch den Kopf „das war's wohl, Freddy." Doch Freddy sprang mit einer Sicherheit über die Drähte, als wäre es ganz selbstverständlich. Wir sind später noch oft über Drähte gesprungen, wenn es der kürzere Weg zu den Hunden war oder ich einfach etwas angeben wollte. An diesem Tag war meine Lehrstunde noch lange nicht zu Ende. Eigentlich fing es danach erst richtig an. Ich kam mir vor wie ein Anfänger auf seiner ersten Jagd. Zunächst einmal wurde die übrige „Welt wieder in Ordnung gebracht". Master Jandrey war aus dem Graben heraus und wieder als Gast bei der Equipage. Meine Reitkappe hatte ich auch wieder. Huldvoll wurde ich von meiner Rolle als Feldführer entbunden. Ich begab mich an das Ende des ersten Feldes. Koste es, was es wolle, nahm ich mir vor, vorn landest du an diesem Tag nicht mehr. Irgendwie gelang das auch auf der nächsten nicht sehr langen Schleppe. Dann wieder ein Stop. „Wer hat nur diese Stopps erfunden", dachte ich mir, „warum nicht endlich Halali, wie weit wollen die nur noch reiten?". Ich faßte einen Entschluß: Ich warte auf Schimmelstute Mara. Bestimmt geht Freddy dann manierlich.
Also wartete ich. Mara kam aber nicht. Mir schien, als sei das Jagdfeld schon fast vollständig abgeritten. Freddy gefiel die Warterei immer weniger. Da kamen die letzten Reiter - und jeder saß auf einer „Mara", also auf einem Schimmel. Nur Mara war nicht dabei, die war natürlich von Anfang an im ersten Feld, was ich aber nicht bemerkt hatte. Ein gewaltiger Ruck ging nun durch Freddy. Bis ich das erstemal die Zügel wiederhatte, hatte ich schon öfters „Entschuldigung" gemurmelt. Unaufhaltsam ging es auf schmalen Waldwegen vorbei an zu Recht verärgerten Rheinländern. Links und rechts des Weges stand ein Baum an dem anderen. Es wurde ein wilder Ritt bis vor zur Equipage. Einige Wortfetzen lang blieb ich neben Jandrey. „Weg, weg, seitlich ins Holz, bloß nicht noch einmal zu den Hunden", mehr konnte er nicht raten. Aber wie sollte ich heil zwischen den Bäumen durchkommen? Ein paar Jahre Jagdreiten und Masteramt hatte

ich noch eingeplant. Da wurde der Wald für eine kurze Strecke auf meiner Seite etwas lichter. Mit großem Getöse ging es in vollem Tempo durch das zerbrechende Unterholz. Freddy sah die Meute nun ganz nah vor sich, die auf einem Querweg zu meiner Seite hin abgebogen war. Dann, urplötzlich, wurde Freddy ganz ruhig und blieb vor einem Weg stehen. Was war passiert? Die „Fußkranken" der gastgebenden Meute hatten keine Lust mehr und waren auf dem Heimweg direkt vor uns. Freddy hatte „seine" Meute. Im ruhigen Trab ging es nach Hause zum RWS-Kennel. Wir waren gerade noch rechtzeitig dort, um unsere Beute beim Master abliefern zu können. Ich habe Freddy danach nie wieder im Jagdfeld geritten.

Freddy ging rund achtzigmal als Masterpferd. Er ist in dieser Zeit nur einmal nicht über einen Sprung gekommen. In seiner letzten Saison landete er nach langer Bergaufstrecke im tiefen Boden des Teutoburger Waldes auf einem Holzstoß.

Im Sommer 1972 mußte er getötet werden. Er hatte sich von einer schweren Sehnenverletzung in der Schulter nicht mehr erholt. Beim Ausreiten im Januar hatte ich ihn leichtsinnig über ein kleines Rick hüpfen lassen. Beim Landen rutschte Freddy mit den Vorderbeinen aus.

CAESAR (geb. 1973)
v. Cyran a.d. Abdera, Fuchs, Westfale
(Züchter Johann Beckmann, Gladbeck)
Masterpferd von 1978 bis 1991
Gnadenbrot seit 1996, Weihnachten 1998 wegen schwere Herzanfälle eingeschläfert

Caesar kam im Frühjahr 1979 zu uns nach Waltrop. Sein erster Besitzer war Jagdhornbläser. Caesar wurde schon als junges Pferd im Gelände geritten. Er hatte aber auch Dressur gelernt. Im Springen war er jedoch unerfahren. Das war verständlich, denn mit dem Parforcehorn über der Schulter ist Springen riskant. Ich habe es selbst gelegentlich probiert bis ich mit einem fremden Pferd einmal kopfüber auf dem Acker landete. Das Jochbein war beschädigt. Mein Parforcehorn ähnelte danach eher einem Korkenzieher, bis es viele Jahre später von einem Instrumentenbauer wieder „auf neu" hergerichtet wurde.

Springen war also noch nicht Caesars starke Seite. Das merkte ich, als sich ihn erstmals auf einem Geländeritt testete. Der erste Sprung war eine lange und hohe Kiste, einem Bienenstock nachempfunden. Caesar ging nicht gerade mit Begeisterung darauf los, doch irgendwie kam er darüber. Danach wurde er etwas flotter. Er brauchte zum Springen in der ersten Zeit noch viel Schwung. Ich war zufrieden mit ihm.

Aus den Umgang mit vielen Jagdpferden davor hatte ich schon lange begriffen, daß man Pferde schonend auf den Job eines Jagd- oder Masterpferdes vorbereiten muß. Caesar wurde zwar sofort Masterpferd, doch nicht auf allen Jagden. Masterpferde gehen beim Training und auf Jagden jährlich mindestens fünzig- bis sechzigmal über Stock und Stein und über viele künstliche und natürliche Hindernisse. Seine Lehrzeit im Gelände hatte Caesar unter meiner Frau, die damals noch Jagden mitritt und entweder Schleppe legte oder als Pikör mithalf. Einer von Caesars wenigen Stürze beendete ihre Jagdreiterkarierre.

Wir waren zu Gast bei der damals noch jungen HWS-Meute (Master und Besitzer H.W. Steinmeier). Meine Frau ritt Caesar, ich ein sehr erfahrenes Jagdpferd, das notfalls auch aus dem Schritt heraus über Hindernisse springen konnte. Deshalb blieb ich hinter meiner Frau, damit Caesar sich seinen Weg und sein Tempo selbst suchen konnte. Beim Einbiegen in einen schmalen Hohlweg war ich dann aber versehentlich doch vorn. Die Jagdgesellschaft hatte einige Sprünge schon arg demoliert, sodaß ich sehr vorsichtig an die Überreste heranritt. An den hinter mir gehenden Caesar dachte ich dabei nicht. Caesar brauchte, wie gesagt, anfangs viel Schwung. Er wurde etwas schneller. Beide Pferde sprangen gleichzeitig. Beim Landen kam Caesar auf der Böschung auf und überschlug sich.

Später war Caesar, im Gegensatz zum legendären Freddy, eigentlich immer für kleine Überraschungen gut. Er konnte springen wie ein angehender Weltmeister. Gelegentlich aber muß er meine Antipathie gegen „zuschauer-gerechten" Hindernisaufbau gespürt haben und blieb „kopfschüttelnd" stehen. - Jagdgerechte Sprünge sind meistens dort, wo Zuschauer schlecht hinkommen. Die Show-Sprünge aber stehen mitten auf einem Acker oder gar längs der Straße, damit man bequem vom Auto aus zuschauen kann. - Caesar ließ sich immer angenehm im Jagdfeld oder als Pikörpferd reiten. Er ist, wenn auch mit etwas hannöverschem Blut, ein echter Westfale geblieben, eher unauffällig, aber sehr, sehr zuverlässig und sehr aufmerksam. Seine Aufmerksamkeit bewahrte mich am Ende meiner Masterzeit davor, bei einer Jagd in den Baumbergen bei Münster über die Kante eines Steinbruchs zu stürzen. Ich konnte diese Stelle nicht sehen, weil sie von Buschwerk verdeckt war, in dem meine Beagles verschwunden waren. Die meisten sind rund 15 Meter tief gefallen, ohne daß sich einer ernsthaft verletzte. Caesar blieb noch rechtzeitig stehen.

SCHUT (geb. 1958)
v. Schütze (Hann.) a.d. Hann. Stute, Rappe, Hannoveraner
(Züchter H. Tiemann, Uffeln)
1964 Pikörpferd

Mein erstes Jagdpferd war „Schut", der für dreitausend Mark aus dem Raum Bramsche in den Cappenberger Jagdstall wechselte. Der Sechsjährige wurde 1964 als Turnierpferd eingetragen, meine Karriere als Jagdreiter hatte noch nicht begonnen. Der Verkäufer hatte sehr überzeugend behauptet, der Rappe sei turniererfahren. Er war es auch, allerdings ganz anders, als ich es verstanden hatte. Das Pferdehändler-Deutsch mit seinen Feinheiten war mir noch nicht geläufig. Schut haßte jede Art bunter Stangen. Den Rekord mit 3 überquerten Hindernisse der Klasse A erreichte einmal Harry Klugmann, damals noch nicht Olympiade-Reiter, sondern junger Bereiter in Jandreys Diensten. Gesichert war eine weitere Botschaft, Schut wäre auch im „Einspänner" gefahren worden. Es fehlte nur der Zusatz, daß es sich dabei um einen Kohlenkarren mit Ibbenbürer Anthrazit gehandelt hatte. Der Vorbesitzer war nämlich Kohlenhändler. Er betrieb auch die Dorfkneipe. Erst viel später, als Schut schon und leider viel zu früh im Pferdehimmel war, erfuhr ich die ganze Wahrheit. Schut hatte eine besondere Angewohnheit. Wenn es ihm nach einem „Zuckerchen" gelüstete, konnte er sehr spontan „Männchen machen". Ob ich noch im Sattel war oder ob er frei herumlief, war gleichgültig. Beim erstenmal schreckte es mich ganz gehörig, so unvermittelt höheren Reitkünste ausgesetzt zu sein. Später machte es richtig Spaß. Damit ich das aber nun nicht übertrieb, verschwieg mir Jandrey die Vorgeschichte. Schut war nämlich Kneipengänger. Sein früherer Besitzer hatte ihm zum Gaudium seiner Gäste beigebracht, durch den Schenkeneingang bis zur Theke zu gehen. Dort stellte er sich zirkusreif auf die Hinterbeine. Als Belohnung gab es einen Eimer Bier.
Für Schut schaffte ich mir dann auch ein Transport-Fahrzeug an. Pferdehänger waren noch weitgehend unbekannt. Der typische Pferdetransporter war ein mehr oder weniger geschickt umgebauter, ausgedienter Möbelwagen mit niedriger Pritschenhöhe. Das erste Verladen klappte einigermaßen, doch Schut stieß kräftig an der Zwischenwand an. Am nächsten Tag erinnerte er sich sehr genau daran.
Mit keinem der mir damals bekannten Tricks vermochte ich ihn zum „Einsteigen" zu bewegen. Nun sind Jagdtage aber auch völlig ungeeignet, das Verladen von Pferden zu üben. Dazu braucht es viel Zeit und noch mehr

Geduld. Damals haben wir Schut mit einiger Mühe in ein anderes Fahrzeug mit flacher Rampe gelockt. Wieder zu Hause angekommen, habe ich geduldig geübt. Mit dem später gekauften ersten Pferde-Anhänger sind wir dann weit herumgekommen - von Norderney bis Salzburg.

Salzburg - 1965 - war eine besondere Jagd. Man brauchte dort ein tapferes Pferd, das die Jagdstrecke auch ohne reiterliche Hilfen bewältigen konnte. Die Gastfreundlichkeit der Salzburger war überwältigend. Das Problem war, daß man bei dem relativ warmen Wetter sehr durstig wurde. Zur „Erfrischung" stand aber nur Slibovitz zur Verfügung. Der Einfachheit und des enormen Durstes wegen hatte man auch gleich Wassergläser mitgenommen und immer wieder hieß es dann: „Brüderchen, nun trink noch eins."

Ich habe von dem zweiten Teil der Jagd leider nur noch eines in Erinnerung. Die Meute war in einem Klostergarten gelandet, und aus allen Fenstern winkten uns Nonnen voller Begeisterung zu. Sie schienen ganz und gar nicht böse darüber zu sein, daß sich plötzlich Hunde und Pferde in ihrem Klostergarten tummelten.

Beim Halali wurde es dann sehr, sehr stilvoll. Der Gastgeber, Baron von Mayr-Melnhof, hatte einen Bediensteten neben sich stehen mit einem gewaltigen Schwert, auf dem ein großer Eichenast befestigt war. Brüche wurden - wie es sich gehört - auch wirklich gebrochen, und wieder gab es - Slibovitz. Lange danach stand ich sehr allein im roten Rock auf der Landstraße. Es stoppte ein schneidiges Sportcoupe und eine Stimme erlöste mich in meiner Einsamkeit: „Sie wollen doch auch zum Schloß?"

Dort, zur Nachfeier, wurde es dann richtig romantisch. Auf einer Steintreppe des alten Gemäuers standen Baron und Baronin, beleuchtet von Fackeln. Als Willkommenstrunk gab es - natürlich - Slibovitz.

Später im Hotel versuchte ich mit einigem Erfolg Haltung, Frische und Fitness für den Rest des Abends wiederzuerlangen. Denn noch stand uns der große Reiterball in Hellabrunn bevor. Dafür hatten wir extra den „feinen Zwirn" eingepackt. Doch wie es so geht. Der Abend wurde so richtig öde. Die Kondition war trotz der Kneipp'schen Anwendungen auch nicht mehr ausreichend. Die Equipage löste sich bald auf und verschwand in den Federn. An die Rückreise mußten wir schließlich auch noch denken. Wir waren schon eine ganze Woche mit Pferden und Hunden im Süden unterwegs gewesen. Von Salzburg aus hatte es sogar zu einem Ausflug nach Wien und bis zur ungarischen Grenze gereicht.

Als Pikörpferd war Schut der beste von allen, nicht nur in der verklärenden Erinnerung. Wie er ja auch seine anderen Spezialitäten gelernt hatte, so war dies auch bei der Pikörarbeit nicht anders. Hunde zurückholen wurde so etwas wie sein Hobby. Da konnte er so richtig loslegen, aber nur bis er vor den Hunden war. Dort reagierte er wie ein gelerntes Cowboypferd. Wendung nach links und Stop, damit man in Ruhe die Hetzpeitsche knallen lassen konnte. Schut stand wie ein Denkmal. Als er an Hoppegarten-Husten erkrankte, dämpfig wurde und getötet werden mußte, lernte ich mit seinen Nachfolgern echte Masterpferde kennen, nur wenige waren aber auch gute Pikörpferde.

Ein solches Masterpferd war der Rappe „CID" (geb. 1959) v. Condor a.d. Oldenburger Stute. Vom Typ war er eher ein mittelschweres Wagenpferd. Von seinem Vater, einem Halbblüter, hatte er die Schnelligkeit geerbt. Sein Springvermögen war enorm; es verhalf mir zu einem unverhofften Sieg bei einem L-Springen in Lüdinghausen. Da uns die ländlichen Reiter immer wieder damit „aufgezogen"hatten, wir könnten nur im Busch reiten, hatten wir zu unserem Spaß bei einigen Turnieren gemeldet. Cid hat dann unter einem Turnierreiter noch eine ganze Reihe von Schleifen in Springen bis „M" gewonnen. Seine ganze Stärke bewies er aber mit gewaltigem Springvermögen im Gelände. Sein Problem waren aber die Pferdehänger-Transporte. Er beanspruchte einen Zweipferdehänger für sich allein.

Polnische und andere Pferde
Warum nicht auch einmal polnische Pferde unterm Jagdsattel, dachte ich. Um es vorweg und ehrlich zu sagen, mich reizten vorwiegend die bescheidenen Einkaufspreise. Es liegt jetzt schon lange Jahre zurück. Die Preise für halbwegs ordentliche deutsche Pferde begannen für Jagdreiter irrsinnig zu werden. Jagdreiter sind echte Amateure, also Leute, die für ihre sportlichen Leistungen nicht nur nichts bekommen, sondern auch noch kräftig zuzahlen. Der durchschnittlich verdienende Jagdreiter möchte möglichst preiswert beritten sein. Gelegentlich ist die Suche erfolgreich und man findet ein Pferd, das schon für den Sauerbraten eingeplant war, weil es entweder „ausgesiegt" hatte oder mit irgendeiner Macke behaftet war. Die „Macke" der Polen war primär natürlich, daß sie keine Inländer waren. Damals entstanden zusätzliche Kosten, wenn daraus ein „eingetragenes Turnierpferd" werden sollte. Auch ihre Größe war in der Regel nicht so imponierend, eher bescheiden. Sie waren eigentlich als Wagenpferde gezüchtet worden. Als Geländepferde waren sie trotzdem brauchbar. Ich besaß drei Pferde mit polnischer Abstammung, alle etwa zu gleichen Zeit: „FABAT", „MAREK", „SCIROCCO". Der stabilste und ungeschickteste war Fabat. Er machte hier

eigentlich nur die damals gerade in Mode gekommenen ersten Distanzritte mit. Auf Jagden stellte er sich ziemlich dämlich an. Beim Springen kam erst die Vorderpartie, dann nach „kurzem Nachdenken" der Rest. So machte es natürlich keinen Spaß. Also beschloß ich, einem mir gut bekannten Bereiter zu einem kleinen Zubrot zu verhelfen. Ich gab ihm das Pferd zur Springausbildung. Springen konnte Fabat zwar im Prinzip anschließend, doch die Vorderbeine hatten das Training leider nicht ausgehalten. Mit der Springerei war es dann doch nichts mehr.

Seine Nachfolgerin wurde die braune Stute „MANUELA" (geb. 1958) v. Miracolo xx a.d. irischen Halbblutstute (Züchter Theo Ribhegge), die aus der großen Vielseitigkeit kam. Ich kaufte sie, trotz der Warnung des Pferdehändlers, der sie als unfallträchtig bezeichnete. Sie war einfach zu schön, und einmal wollte ich auch ein richtig schönes Pferd unter dem Sattel haben. Manuela war sehr flott und mit imponierender Sprungkraft ausgestattet. In meiner Lipperland-Meute-Zeit hat sie mich über viele, viele Gräben und Stangen mitgenommen. Bei ihrem ersten Einsatz landeten wir allerdings in einem Graben, da ich die rechte Handhabung ihres Bremssystems noch nicht erforscht hatte. Leider hatte der Verkäufer doch recht, wie sich bald zeigte. Wenn im Umkreis von einem Kilometer nur eine Glasscherbe im Sand versteckt war, trat sie mit Sicherheit hinein. Eine Jagd in den Borkenbergen, deren Erlös für einen guten Zweck bestimmt war und deshalb nicht ausfallen sollte, wurde ihr dann zum Verhängnis. Auf dem nachts durchgefrorenen Boden brach eine alte Griffelbeinverletzung auf.

„Scirocco", ein mittelgroßer Brauner, war zur Hälfte der Abstammung polnischer Trakehner. Er war von seinem turnierfreudigen Vorbesitzer gut geritten worden und konnte sofort im Gelände eingesetzt werden. Mit sechs Jahren begann seine Laufbahn als Masterpferd bei der Lipperland-Meute. Eigentlich hatte er nur ein Problem. Auf weichem Boden reichte seine Sprungkraft oft nicht aus, um noch elegant über hoch-weite Hindernisse springen zu können. Ein Masterpferd ist hier in einer mißlichen Lage, denn Master pflegen nahe bei den Hunden zu reiten. Um die Hunde an den Sprüngen nicht zu gefährden, muß man oft das Tempo sehr verringern. Masterpferde müssen auch heikle Hindernisse notfalls sogar aus dem Schritttempo springen können.

Siroccos große Zeit wurde später das Einjagen meiner eigenen Hunde von der Beagle-Meute Münsterland. Die ersten Jahre mit den Beagles sahen ihn meistens ganz vorn, gelegentlich abgelöst durch den Polen Marek oder durch Manuela und später durch den Hannoveraner Rappen „DARIUS" (geb. 1965) v. Drusus a.d. Elbrune (Züchter Fritz Nordmann, Egenhausen bei Diepholz). Irgendwann muß sich Scirocco erkältet haben. Als der Husten überstanden war, behielt er einen leichten „Ton". Nach bösen Erfahrungen mit einem Kehlkopfpfeifer, der mitten in einer Jagd an Herzversagen eingegangen war, glaubte ich, ihm die Strapazen eines Jagdpferdes ersparen zu müssen. Wahrscheinlich war meine Entscheidung richtig, obwohl ich auf eines meiner angenehmsten Jagdpferde verzichtete. Scirocco lebte als Freizeitpferd dann doch noch gut 15 Jahre.

Der Dunkelbraune „RAMZES" war das letzte Jagdpferd, das ich kaufte. Er kam aus einem britischen Reitstall in Dortmund. Dort war er einst ein herausragendes Geländepferd mit Erfolgen auf den Cross-Country-Strecken der Rhine Army. Ramzes sollte Schulpferd werden, als sein britischer Reiter verlegt wurde. Bald hatte er aber alle Tricks gelernt, Kinder und Muttis im Gelände loszuwerden. Ein flotter Galopp auf freiem Feld, ein kurzes Zögern vor einem kleinen Graben, und schon war der Rücken frei. Ramzes marschierte eilig und allein zum Stall zurück. Diese Methode verschaffte ihm ein Maximum an ruhigen Weidejahren und äußerst gesunde Beine, die ihn auch mit etwa 25 Jahren noch frisch wie in seinen besten Jahren erscheinen lassen. Als er den Briten lästig wurde und zum Schlachter sollte, übernahm ich ihn als Reserve-Masterpferd. An sein Geburtsjahr und seine Abstammung konnte sich niemand mehr erinnern. Er war irgendwann von den Briten gekauft worden, aber keiner wußte das noch ganz genau. Irgendwie ähnelt er einem kräftigen Polen. Er ist sehr wendig und ungeheuer trittsicher selbst in schwierigstem Gelände. Im Jagdfeld zeigt er sich gern als Masterpferd, das sich am wohlsten an der Spitze fühlt.

Kapitel 26
Regeln der Schleppjagd

Das Jagdreiten mit einer Meute ist nur dann eine ungetrübte Freude, wenn sich alle an die geschriebenen und ungeschriebenen Regeln halten. Bei der alten Kavallerie gab es - wie schon früher erwähnt - hierfür Dienstvorschriften. Der damalige Master der Niedersachsenmeute, Christian von Loesch, übernahm diese Regeln sinngemäß für seine Meute.
Seit 1971 gelten sie für alle deutschen Meuten [15, Seiten 242 - 249] und für alle Jagdteilnehmer.

Daneben gibt es sechs Grundregeln:

1. Beim Warten werden Pferde so gestellt, daß sie immer mit dem Kopf zu den Hunden stehen.
Nur meute- und jagdgewohnte Pferde werden nicht erschrecken, wenn plötzlich ein Hund oder gar die ganze Meute von hinten auftaucht. Dies kann beim Überschießen oder Verlieren der Schleppe leicht geschehen, denn die Hunde suchen dann im Kreis, bis sie die richtige Spur wiederfinden. Unfälle durch schlagende Pferde kann man vermeiden, wenn man auch die Hunde achtet. Notfalls muß man durch Wegreiten oder Rückwärtsrichten den Hunden Platz machen. Die Jagdordnung legt fest, daß für geschlagene Hunde voller Ersatz zu leisten ist. Kopfhunde haben einen Wert von einigen tausend DM.

2. Für Teilnehmer an Schleppjagden ist der Abschluß einer Tier-Haftpflichtversicherung Pflicht.
Auch eine persönliche Haftpflichtversicherung sollte man abgeschlossen haben. Darüber hinaus verlangt es der Anstand, dafür zu sorgen, daß ein Schaden auch reguliert wird.

3. Schlagende, beißende, tretende Pferde gehören nicht in ein Jagdfeld.
Auch Puller gehören nicht in ein Jagdfeld. Geländereiten in der Gruppe setzt gut gerittene, regulierbare Pferde voraus. Ganz besonders gilt das, wenn „zu den Hunden" geritten werden darf. Das bedeutet, daß sich jeder seinen eigenen Weg im Gelände sucht, um so nahe wie möglich bei den Hunden zu sein, daß man ihre Arbeit auf der Schleppe beobachten kann. Auf großen Feldern oder Wiesen ist das gut möglich. Schlechte Erfahrungen mit den Teilnehmern veranlaßen aber viele Feldführer zu einem

„Gänsemarsch"-Reiten, immer brav hinter dem Vordermann. Den soll man als „Notbremse" benutzen, wenn sich das Pferd das gefallen läßt und nicht auskeilt.

4. Auf einer Schleppjagd über freie Flächen haben nur Reiter etwas zu suchen, die dort neben einem Nachbarpferd, also Bügel an Bügel, ruhig galoppieren können.

Zum Üben gibt es gelegentlich Jagdreiter-Lehrgänge oder Ausritte in der Gruppe mit einem sehr erfahrenen Ausbilder. Einen Ausweg bilden Jagstrecken quer durch Wälder. Dicke Bäume wirken besonders erzieherisch.

5. Sollte Ihr Pferd mehr als 3 „Vorwärtsgänge" besitzen, dann verwenden Sie nur die ersten drei: Schritt, Trab, ruhiger Galopp.

Ein ruhiger Galopp, englisch „canter" ist ein Tempo, das ein trainiertes Jagdpferd mindestens 5 bis 6 km ohne Ermüdung übersteht. Schnellere Gangarten braucht man nur auf der Rennbahn oder gelegentlich als Pikör, wenn man nicht aufgepaßt hat und die Meute schon aus der Kontrolle geraten ist.

6. Bei einer Meutejagd bestimmt nur der Master, was richtig ist.

Niemand, weder Jagdherr, Mäzen noch Sponsor hat ihm etwas vorzuschreiben. Mit dem Ausladen der Meute übernimmt der Master das Kommando und behält es bis der letzte Hund wieder verladen ist. Er trägt damit allerdings auch die volle Verantwortung. Was zu bestimmen ist, muß vor Beginn der Jagd abgesprochen sein.

Die „DEUTSCHE JAGDORDNUNG" besteht bei einigem Nachdenken eigentlich aus Selbstverständlichkeiten, die kurz gefaßt auch so auszudrücken sind:

„Jeder hat sich bei einer Schleppjagd so zu verhalten, daß nicht nur niemand geschädigt oder, nach den Umständen unerläßlich, belästigt wird, sondern daß die Schleppjagd für alle zu einem frohen Erlebnis wird".

Zur Ergänzung der Grundregeln auszugsweise noch einiges aus der Deutschen Jagdordnung:

Die Jagden sollen der Jahreszeit entsprechend 9 - 18 km lang sein und mit 10 bis 30 Hindernissen besetzt werden. Eine Unterteilung in 3 bis 5 Strecken ist angebracht und der Wildjagd entsprechend. Wasser für die Meute muß am Ende jeder Strecke sein.

Wie erkennt man die einzelnen Jagdchargen?
Die Armbinden werden am linken Oberarm getragen; nur der Master trägt die Armbinde am rechten Oberarm.
Nicht eingeteilte Piköre tragen die Hetzpeitsche mit aufgewickeltem Schlag. Piköre, denen eine Armbinde auf Lebenszeit verliehen wurde, dürfen diese auch dann tragen, wenn sie keine Funktion übernommen haben oder als Gast mitreiten.

Master weiße Armbinde, Rufhorn, Hetzpeitsche offen

Pikör grüne Armbinde, Hetzpeitsche offen

Jagdherr weiß-schwarz-weiße Armbinde

Jagdherr-Vertreter schwarz-weiß-schwarze Armbinde

Feldführer grüne Armbinde

Schließender rote Armbinde

Strafgelder:

Überreiten des Masters	DM 50,-
Überreiten des Jagdherrn, Feldführers u.ä.	DM 20,-
Anreiten oder Schlagen eines Hundes	DM 10,-
wenn nötig, voller Ersatz:	
Meutehunde etwa sechshundert DM	
Kopfhunde mehrere tausend DM	
Kreuzen im Jagdfeld	DM 10,-
Mitbringen eines eigenen Hundes	DM 10,-

Nach einem Versammlungs-Protokoll des „Vorpommerschen Schleppjagdvereins" wurden im Februar 1934 Strafgelder bestimmt für *„Anreiten eines Hundes, Vorbeireiten am Master, Verlieren der Kopfbedeckung, Nichtausziehen des Handschuhs am Halali, Erscheinen beim Empfang des Bruchs mit dem Pferd oder in Handschuhen, Durchlaufen zwischen Hunden und Curée, Reiten über Saat (auch dann, wenn nicht besonders auf solche Stellen aufmerksam gemacht worden ist), unberechtigtes Tragen von sonstigen*

Vereinsknöpfen am roten Rock, Nichttragen des verliehenen Knopfes, Erscheinen ohne Bruch an gesellschaftlichen Abendveranstaltungen des Jagdtages, Aufsitzen ehe Signal ertönt".

An dieser Aufzählung kann man erkennen, daß früher gründlicher an den Inhalt der Jagdkasse gedacht wurde.

Einige Anmerkungen zur korrekten Jagdkleidung sind hier erforderlich:
Ein roter Jagdrock wird, soll er stilgerecht sein, lang getragen. Er endet etwa eine Handbreit über den Knien. Die Berechtigung zum Tragen eines solchen Rocks erwirbt man sich durch die aktive Teilnahme an mindestens 10 Jagden hinter einer Meute. Man sollte die Aufforderung des Masters abwarten.

Für 10 Jagden hinter derselben Meute erhält man einen (vergoldeten) Knopf dieser Meute verliehen. Früher erhielten ihn nur Mitglieder der Meute, heute gelegentlich auch ständige Gäste einer Meute ehrenhalber.

Eigentlich drücken aber Meuteknöpfe (franz. Boutons de Chasse) die Zugehörigkeit zu einer bestimmten Meute aus. Sie werden vom Halter der Meute gesponsort. Nur der Master einer Meute hat das Recht, diese Knöpfe zu verleihen. Wenigstens in Deutschland sind sie nicht käuflich zu erwerben. Der erste goldene Meuteknopf wird meist am Revers der schwarzen Reitjacke getragen, wenn man nicht gerade auch schon einen roten Rock erwerben durfte. Früher war es bei deutschen Meuten üblich, daß nur die Jagdteilnahme im ersten, also springenden, Feld gewertet wurde, heute sieht man das aber nicht mehr so eng.

Kapitel 27
Jagdreiter-Erfahrungen

Meine Cappenberger Jahre haben mir unendlich viele und schöne Erlebnisse um Reiter, Pferde und Hunde gebracht, an die ich mich gerne erinnere. Sie haben aber auch meine Auffassungen über das Reiten im Gelände gefestigt, wie ich es in Cappenberg bei Master Jandrey lernte. Seine Ratschläge haben sicherlich dazu beigetragen, daß ich in mehr als 25 Jahren hinter den Hunden nur zwei Stürze zu verzeichnen hatte, die richtig weh taten. Beim erstenmal vergaß ich alles und galoppierte in vollem Tempo in ein zugefallenes Schützenloch, weil ich beim Meutetraining unbedingt einen Hund zurückholen wollte und nicht des Weges achtete. Beim zweitenmal war es am Stop zu fröhlich zugegangen.

Wenn ich heute den Reitstil der vielen, meist jungen Reiter bei Ausritten und auf Jagden beobachte, stimmt mich das traurig.
Von einem „leichten Sitz" haben sie entweder nie etwas gehört oder sie trauen sich nicht, den „Hintern aus dem Sattel" zu heben. Sie reiten wieder wie vor hundert Jahren.
Die Briten nennen das in ihrer angeborenen Vornehmheit dann höflich „Old Farmers' Style".
Die Ursache ist wohl, daß in den Reitbetrieben nur noch Sandkasten-Reiten geübt wird. Nur wenige Reitlehrer machen sich die Mühe, mit den Reitschülern auszureiten. In der Landschaft reitet man anders als auf dem umzäunten Turnierplatz. Ohne ausreichende Schulung haben diese Neu-Reiter draußen einfach Angst, was man auch verstehen kann. Dazu kommen leider auch noch diejenigen, die sich durch Betrachten von Cowboy-Filmen im Westernstil „reiterlich weitergebildet" haben. Ich habe nichts gegen das „Westernreiten" als Reitstil, den zu beherrschen mindestens so viel Unterrichtung und Training erfordert wie der klassische Reitstil. Wer aber die Mühe scheut, „klassisch" reiten zu lernen, wird dies auf Westernart auch nicht schaffen. Es reicht dann noch zum Après-Western, mit dem schicken Outfit im Western-Look für sich und die Rösser.
Vielleicht gibt es noch eine Erklärung: „Leichter Sitz" im Westernsattel geht nicht, also braucht man es auch nicht zu erlernen. Vom Springen ist bei genauer Betrachtung eines Western-Sattels auch besser abzuraten.

Lassen Sie mich hier aus einem Reitklassiker [51, Seite 149] zitieren:
"Das Leichttraben ist eine wesentliche Erleichterung für Reiter und Pferd. Es wird deshalb vor allem beim Geländereiten angewandt".
Etwas härter ausgedrückt heißt das aber, wer im Gelände nicht im leichten Sitz trabt oder galoppiert, belastet sein Pferd unnötig.

Da Müseler selbst auch begeisterter Jagdreiter (er sorgte 1919 für die Wiederbelebung des Parforcejagd-Clubs Berlin) war, gelang ihm in seinem Buch auf Seite 171 noch der Satz:
"Durch keinen Zweig des Reitens wird die Begeisterung für die Schönheit des Reitsports mehr geweckt und gehoben als durch das Jagdreiten".

Weniger begeistern können mich allerdings die Bemerkungen Müselers zum Martingal, das er auch beim Jagdreiten als nützlich empfindet. Und Generationen von Reitern zitieren immer wieder gleich, was sie lasen oder im Reitunterricht hörten:
"...und außerdem davor geschützt wird, daß ihm eventuell der Pferdekopf ins Gesicht schlägt" [51, Seite 176].
Diese Begründung halte ich für falsch. Ein Pferd schlägt nur dann mit dem Kopf, wenn es mit harter Hand geritten wird oder miserabel ausgebildet wurde. Solche Pferde gehören aber nicht in ein Jagdfeld. Man wird sie dort auch mit dem Martingal nicht dirigieren können. Der Kopf des Jagdreiters gehört ebenfalls nicht zwischen die Pferdeohren, wie man es bei Springreitern, heute sogar schon in Jugendspringen, beobachten kann. Jagdreiter sollten beim Springen über Hindernisse ihren Kopf „oben" behalten. Der erfahrene Jagdreiter befindet sich mehr oder weniger senkrecht über dem Sattel, bei heiklen Sprüngen eher etwas nach hinten als zu den Pferdeohren geneigt. Vom „schlagenden Pferdekopf", wenn das nun wirklich einmal eintreten sollte, ist der richtig sitzende Jagdreiter weit entfernt. Will er sein teuer erworbenes Martingal aber unbedingt benutzen, dann muß es wenigstens lang geschnallt sein, damit sich das Pferd beim Springen oder Stolpern unbehindert ausbalancieren kann.

Dem Pikör oder gar Master stellt eine Zäumung mit Martingal aber ein Armutszeugnis aus. Von diesen Leuten kann man eigentlich erwarten, daß sie nicht nur hervorragend ausgebildete Pferde reiten, sondern selbst erstklassige Geländereiter sind.

Was man aber wirklich gut gebrauchen kann, ist ein Vorderzeug, das ich einstmals auf einer Jagd im Südwesten arg vermißte. Ich war damals mit Jandrey und seinen Cappenberger Hunden im hügeligen Südwesten unterwegs. Jandrey wußte, was er an seinen Pikören hatte, und ritt deshalb häufig recht sorglos durch die Landschaft. Kritisch wurde es gelegentlich, wenn er Jagdherrn oder Schleppenlegern seine Geschichten erzählte. So war das auch damals. Der „Alte" reagierte auf keine Zurufe, sondern ritt mit seinen Hunden direkt auf ein Buschwerk unterhalb eines dicht bewaldeten Abhangs zu. Dort hatte sich der „Hase vom Dienst" versteckt und auf die Meute gewartet. Er sauste direkt vor den Hunden weg. Auch die „wildsauberen" Cappenberger reagierten nach Hundeart, zumal Jandrey sie nicht zum Bleiben aufforderte. Jede Reaktion wäre auch viel zu spät gekommen. Nur Moni, eine Hündin, die kurz vorher dringend zur Ordnung gerufen worden war, blieb brav beim Master. Der Rest verschwand bergauf zwischen den Bäumen. Ein rechter Pikör erwartet natürlich nichts sehnlicher, als endlich seine Reitkünste demonstrieren zu können. Zu dritt galoppierten wir durch das Buschwerk nach oben. Dort kamen nur noch zwei an. Ich hing schon nach wenigen Metern mit dem Pferdehals in einer Astgabel. Zu dieser Zeit benutzte ich noch keine ledernen Sattelgurte, die sich nicht längen. Mein Pferd war auch etwas schlanker geworden. Die Textil-Sattelgurte waren zu lang und ließen sich nicht mehr stramm genug anziehen. Das war auf der Steilstrecke fatal. Mein Sattel rutschte nach hinten und dem Pferd in die Flanken. Schon für den Reiter ist diese Position unpraktisch und selbst sonst sehr brave Pferde reagieren wie beim Rodeo. Vorn ging es nicht weiter und hinten kitzelten Sattel und Gurt an der empfindlichsten Stelle. Ich verließ den Sattel erst einmal fluchtartig, was auf dem glattem Waldboden und am Abhang nicht sehr elegant gelang. Dann galt es, den Pferdehals aus der Astgabel zu befreien. Das war nicht einfach und dauerte seine Zeit. Es mußte natürlich neu gesattelt werden. Als ich schließlich wieder einsatzbereit war, stand ich einsam und verlassen in der Landschaft. Jandreys Kommentar dazu war kurz, aber rittmeisterlich präzise: *„Vorderzeug kaufen"!* Auf meine schüchterne Frage, da ich das auch im Schrank hatte: *„Kein Martingal?"* kam die Antwort noch präziser: *„Nein"*. Dabei ist es dann geblieben, bis heute.

Jandrey hat für das Anfänger-Problem „Festhalten am Zügel = Hochwerfen des Pferdekopfes" später eine pragmatische Lösung gefunden. Er konstruierte einen Hilfsriemen mit einem Griff oben. An dem kann man sich in kritischen Augenblicken festhalten.

Noch etwas habe ich damals am Anfang meiner Cappenberger Jahre gelernt – und erst später begriffen, als ich problematischere Pferde unterm

Sattel hatte. Jandrey hatte für seine Geländereiter eine spezielle Zügelhaltung im Übungsprogramm. Im Gegensatz zum Dressur-Reiten bleibt immer eine Hand auf dem Pferdehals abgestützt. Man verhindert dadurch, daß bei ungeplanten Bewegungen das Pferd im Maul gestört wird. Auch ergibt sich mit festem Knieschluß im leichten Sitz eine „Dreipunktlagerung". Läßt man den Zügel dann auf einer Seite fest anstehen, kann durch leichtes Drehen der freien Zügelhand eine sehr weich wirkende „halbe Parade" erreicht werden. Voraussetzung hierfür ist aber, daß die Zügel kurz genommenen werden.
Mit „Schockemöhle-Fahrleinen", wie wir das damals nannten, funktioniert es natürlich nicht.
Wenn der Reiter dann noch zu einer leichten Schenkelhilfe in der Lage ist, geht das Pferd mit wunderschöner Anlehnung und in idealer Kopfhaltung. Sieht man sich die Sitzposition eines erfahrenen Jagdreiters genau an, wird man erkennen, daß der Oberkörper aufgerichtet ist und der Kopf sich deshalb etwa oberhalb des Sattels befindet. So gewinnt man einen optimalen Überblick über das Geschehen auf der Jagdstrecke und erkennt nicht nur einen vielleicht gerade kreuzenden Meutehund rechtzeitig, sondern auch Löcher oder Gräben, bevor man drin liegt.
Der Reitstil eines Jagd- oder Geländereiters unterscheidet sich deutlich von dem, was in anderen Sparten der Reiterei üblich, erforderlich und sinnvoll ist. Dem Jagdreiter wird daran gelegen sein, gesund und heil durch schwieriges Gelände zu kommen. Man möchte auch mehr sehen als nur die galoppierenden Vorderbeine seines Pferdes. Der Turnierreiter will gewinnen oder wenigstens placiert sein.

Der Zweck möge also die Mittel heiligen, wie es im Sprichwort heißt. So falsch wie der Jagdreitersitz mit kurz geschnallten Bügeln in der Dressurprüfung wäre, so falsch sind eben auch Dressur- oder Springreitersitz im Gelände.

Dort gilt:
Kurze Bügel - Kurze Zügel.

Abb. 41: „Im Gleichgewicht": Schleppenleger Charly Brütt †, Cappenberger Meute 1972 Norderney

Kapitel 28
Master, Huntsman, Pikör, Halali und Curée

In vielen Berufen gibt es ganz besondere Ausdrücke. Für die Jagd und das Jagdreiten gilt dies auch. Dieses „Fachchinesisch", wie man das gern bezeichnet, wird dann sehr sorgfältig gepflegt. Man kann sich damit von der großen Masse abgrenzen. Je vornehmer man sich dabei fühlt, um so mehr wird aus einer fremden Sprache übernommen.

Das gilt auch für die Schleppjagd. Für einige Begriffe haben sich deutsche Bezeichnungen aber nicht durchsetzen können. Selbst in der Zeit zwischen 1933 und 1945, wo Fremdartiges als ungut galt, blieben die althergebrachten Begriffe Master, Huntsman, Pikör, Halali und Curée. Das englische „drag hunt" allerdings war schon seit langer Zeit durch „Schleppjagd" ersetzt worden. Ein, vor allem britisches, Jagdpferd nennt man aber immer noch gern "Hunter".

Master

Erinnert man sich an vergangene Zeiten, muß man sich wundern, daß aus dem englischen „Master" nicht die direkte deutsche Übersetzung „Meister", „Herr" oder gar „Führer der Hunde" wurde. Vor etwa dreißig Jahren versuchte sich ein Master in den wenigen Jahren, die seine Meute Bestand hatte, mit „Rüdemeister". Dieses Wort ist in der einschlägigen Jagdreiter-Literatur aber nicht zu finden. In der Zeit der deutschen Parforcejagd war die wichtigste Person natürlich der Jagdherr oder der „Jagdgebieter". Ihm gehörten Land und Jagdrechte. Für die praktische Durchführung der Parforcejagd (Hirsch- oder Saujagd) gab es den „Befehlshaber" oder „Commandanten" [17, Seiten 121 bis 123].

Die historischen Master der deutschen Meuten, also bis 1945, waren meist „Standespersonen", die eher zu repräsentieren hatten. Mit der Hundezucht und -haltung hatten sie nichts zu tun. Dafür hatte man bezahltes Personal. Man kann sich ja nicht gut vorstellen, daß etwa der deutsche Kaiser als „Master" seiner preußischen Meute im Kennel herumgelaufen wäre, sich um die Zucht, den Nachwuchs oder die tägliche Fütterung und Haltung gekümmert hätte. Bei den Militärmeuten waren die jeweiligen Kommandeure meist auch die Master der Meute.

Master der modernen deutschen Schleppjagdmeuten führen nach englischer Tradition die Abkürzung MFH (Master of Foxhounds) oder MH (Master of

Hounds), dem Namen nachgesetzt. Ebenso benutzt man den Zusatz „ret.", also beispielsweise MH ret., wenn man (nach langer Amtszeit) das Masteramt abgegeben hat.

Aktive Master führen bei Schleppjagden, neben der Hetzpeitsche, das Rufhorn (hunting horn [58], Hifthorn [57]), das zur Verständigung mit den Hunden dient. Die Bedeutung des Horns entspricht den historischen Bräuchen, wie sie Frevert [52, Seiten 16 und 17] beschreibt: *„Eine bedeutende Rolle spielt auf der Jagd das Horn. Es war bis zum Beginn des 19. Jahrhunderts Zeichen des gerechten Jägers. Die Jagdbediensteten trugen das Horn aus Ochsen- oder Büffelhorn, während die Edlen ein Signalhorn aus Elfenbein an der rechten Seite zu tragen pflegten. Im Altfranzösischen wird dieses Elfenbeinhorn Olifant genannt. ... Das Jagdhorn galt als unantastbar".*

Das hunting horn (aus Messing) ist in seiner Ausführung bescheidener, aber es ist ebenfalls ein „Standeszeichen", das man nicht aus der Hand gibt. Es gebührt auf der Jagd nur dem, der tatsächlich die Hunde führt; in der Regel also dem Master.

Bei der französischen „Grande Vénèrie" heißt man Maître (d'équipage). So bezeichnen sich auch einige Master deutscher Schleppjagdmeuten mit französischen Hunden, die der französischen Tradition nahestehen. Das Rufhorn nennt sich dann „Huchet" oder „Corne d'appel" [53, Seiten 106, 303],

Huntsman

Diese Bezeichnung ist eigentlich nur beim britischen „fox hunting" sinnvoll. Der Huntsman ist für den jagdlich richtigen und nach Möglichkeit auch erfolgreichen Ablauf der Jagd auf den Fuchs zuständig. Er muß in erster Linie (reitender) Jäger sein. Bei den kleineren britischen Meuten ist häufig der Master gleichzeitig auch Huntsman.

Bei dem wesentlich größeren Personalbedarf der fürstlichen Parforce-Jagden kannte man in Deutschland auch Jagdjunker, Jagdpagen, während der „Oberjäger", auch „Erzpiqueur" oder „Oberpiqueur" genannt, am ehesten noch dem Huntsman gleichzusetzen wäre.

Die ursprüngliche Aufgabe des Huntsman gibt es bei der Schleppjagd nicht. Diese Bezeichnung ist also eigentlich überflüssig. Sie wird heute gelegentlich benutzt, wenn man sich nicht entschließen kann, den Mastertitel zu vergeben. Auch der Vertreter des Masters erhält schon einmal den Titel „Huntsman", richtiger wäre aber „Co-Master", „Joint-Master" oder „Vicemaster".

Pikör

Ein „Pikör" ist in der englischen Sprache als „whipper-in" zu bezeichnen. Der Name erinnert an sein „Handwerkszeug", die Hetzpeitsche (englisch „whip"). In der französischen Sprache ist es der „Piqueur". Zwischen britischen und französischen „Pikören", wie es eingedeutscht heißt, besteht ein ganz wesentlicher Unterschied: Der Franzose muß das französische Jagdhorn, die „Trompe de Chasse" [15, Seiten 208 bis 215], [57] beherrschen, also durchaus musikalisch sein. Die Jagdmusik ist in England heute nicht mehr üblich.

Was die deutschen „Piqueurs" bei den fürstlichen Jagden des 18. Jahrhunderts zu können hatten, schildert Döbel [17, Seite 122]: *„In einer wohlbestellten Jagd sind noch drei bis vier Piqueurs nöthig; deren Geschäft will, daß sie hirschgerecht* [52, Seite 19] *sein müssen, vollkommen reiten, ihr Pferd wohl zu zwingen wissen, ein Parforce- oder Jagdhorn fertig und rein blasen, sich mit ihren Pferden durch Dickungen, im Stangen- und Baumholz hurtig und behend durchwickeln, die Hunde von der ganzen Meute beim Namen nennen können, und wohl in Acht zu nehmen und zu beurtheilen wissen, welche die besten Hunde sind, auf die man sich verlassen kann, die ungehorsamen in Ordnung, die jungen aber sowohl als die alten in gute Arbeit zu bringen verstehn. Es hat auch wöchentlich ein Piqueur um den andern die Fütterung und was sonst bei den Hunden nöthig, in Acht zu nehmen; endlich das, was an Futter, Stroh und dergleichen aufgegangen ist, in Rechnung zu bringen. Wenn seine Woche vorbei ist, übergibt er solche - die Rechnung - dem Commandanten. Eigentlich wird von den Piqueurs die meiste Arbeit bei der Jagd gefordert, wie hernach bei der Jagd selbst weiter gemeldet - an den Jagdherrn - werden soll".*

Unterhalb der Piköre dieser Zeit gab es in der Jagd-Hierarchie noch die „Besuchsknechte", gewissermaßen als Pikör-Anwärter. Ihre Aufgabe auf der Hirschjagd war auch das Auswirken (Aufbrechen) der Beute.

Vor hundert Jahren kannte man auch den „Rüdemann" [45, Band 14, Seite 992]. Der hatte die Meutehunde in den Kennels, die „alten" Deutschen sagten früher ganz einfach Zwinger dazu, zu betreuen. Er lebte deshalb auch in einer Kammer direkt neben den Hunden.

Kennel-Huntsman

Größere Meuten setzen für die Kennel-Leitung einen Kennel-Huntsman („KH") ein, vor allem wenn das Masteramt eher repräsentativ ist. Der KH ist zuständig für Zucht und Haltung der Meute und die Ordnung in den Kennels.

In Deutschland sind Master sehr häufig ihr eigener Kennel-Huntsman. Man schreibt dann „Master und KH", wenn man die Doppelfunktion erwähnen möchte.

Die Bezeichnungen der Schleppjagd (Master, Pikör) sollten in keinem anderen Zusammenhang gebraucht werden. Für mich ist es ein Unding, eigentlich schon eine Anmaßung, wenn sich Leute bei den ländlichen Fuchsjagden als „Master" oder auch als „Piköre" bezeichnen - und sich möglicherweise auch noch für eine solche Tätigkeit öffentlich loben lassen.

Halali, Curée

Zwei Begriffe der französischen Parforcejagd sind für Schleppjagden unverändert übernommen worden: „Halali" und „Curée".

Halali ist bei der Schleppjagd das Ende der Jagd. Der Master ruft „Halali, Halali", wenn er nach der letzten Schleppe bei den Hunden eintrifft, die Bläser blasen das „kleine Halali", alle Jagdteilnehmer antworten mit erhobener und entblößter rechter Hand beim Eintreffen ebenfalls „Halali, Halali".

Über den Ursprung dieses Wortes gibt es unterschiedliche Deutungen. Im Französischen [53] findet man auch die Schreibweisen „Hallali", „Hahali", „Ha la ly".

Man sollte sich bei der Erklärung am besten an das Dictionnaire [53, Seite 184] halten. Dort heißt es nach einer Übersetzung von R. Klinkhamer, Breda:

„Der erste Teil des Wortes Hallali wird gebildet durch das Wort 'halle', wobei das „e" nicht ausgesprochen wird, oder durch die kürzere Form 'hal'. Das zweite Element von Hallali ist der Ausdruck à li (à lui), was so viel bedeutet wie „in Bezug auf ihn".

„Hallali" kann man also deuten „geh auf ihn los", also als Ruf an die Meute, das gehetzte Tier, das am Ende seiner Kräfte ist, zu stellen. ... Unter dem Einfluß des, von verschiedenen Autoren immer wiederholten, ganz falschen Gedankens, „Hallali" wäre auf den arabischen Kriegsruf 'halla' zurückzuführen, ist der Irrtum entstanden, „Hallali" wäre ein Siegesruf".

Der zweite Begriff „Curée" betrifft auf der Schleppjagd die am Ende der Jagd traditionell übliche Belohnung der Meute mit einem Rinderpansen „*als Dank an unsere Hunde*", wie die dabei vom Master ausgesprochene Formel lautet. Alle Jagdteilnehmer sind dabei abgesessen und nehmen die Kopfbedeckung ab, was bei den heutigen Frisuren auch den Amazonen nicht schwer fallen sollte.

Mit Curée wird aber auch der Rinderpansen selbst bezeichnet.

Die zu dieser Zeremonie geblasenen Jagdsignale oder Fanfaren tragen denselben Namen.

In der deutschen Sprache pflegt man heute allgemein „das Curée" zu sagen; es müßte entsprechend des französischen Ursprungs aber eigentlich „die Curée" heißen [53, Seite 184].

Kapitel 29
Planung von Schleppjagden

Deutschland ist flächendeckend in Schießjagdreviere aufgeteilt. Eine den Meuten frei zugängliche Landschaft gibt es nicht. In England oder Frankreich sind die Besitzer von Wildjagd-Meuten meist auch die Landbesitzer und Jagdberechtigten. Die Planung von Schleppjagden muß also mit der Zustimmung der Förster, Jagdpächter und Landbesitzer beginnen. (In Großbritannien holen die Schleppjagd-Master die Erlaubnis der Foxhound-Master ein, wenn sie deren Jagdrevier nutzen wollen.)

Unsere Meutehunde sind - im Idealfall - schnell, spurlaut, sicher auf der Kunstfährte, nicht verleitbar durch Wildfährten und gehorsam. Jedoch ist, banal ausgedrückt, jeder Hund erst einmal Hund. Das bedeutet, daß auch die beste Meute Schwierigkeiten bereiten wird, wenn man sie direkt an Wild heranführt. Und auch die beste Equipage ist machtlos, wenn Schleppen direkt am Rand eines Maisfeldes oder einer Schonung enden. Die Spursicherheit der Hunde auf der Schleppe wiederum wird oft stark behindert durch frisch gedüngte Felder oder auch durch Zuschaueransammlungen in allernächster Nähe.

Länge der Jagdstrecken

In lang vergangenen Kavalleriezeiten sind Jagdstrecken oft übermäßig lang gewesen. Hunde und Pferde wurden dabei bis zur restlosen Erschöpfung beansprucht. Die moderne Schleppjagd berücksichtigt die Gedanken des Tierschutzes. Es wurden einschränkende Jagdbedingungen eingeführt:

- Keine Jagd bei zu warmem Wetter oder so früh am Morgen, daß die Jagd zu Ende ist, wenn die Temperaturen etwa 15°C im Schatten übersteigen.
- Im Sommer 8 km, Herbstjagden nicht über 15 km.
- Länge der Schleppen bis 1,5 km, zum Saisonende bis 3 km.
- An warmen Tagen Wasser für die Hunde an jedem Stop.

Noch immer sind Jagdstrecken gelegentlich zu lang. Verantwortungsbewußte Master werden die Jagd dann vorzeitig beenden.
Wildjagden auf frei lebende Hirsche waren oft 30 bis 40 Kilometer lang und dauerten viele Stunden. Beim Studium historischer Literatur wird aber leider oft übersehen: Die Meute wurde immer nach etwa 10 bis 15 km gewechselt; man jagte, wie es hieß, „im Relais". Auch die Pferde wurden gewechselt, wenn man bis zum Halali dabei sein wollte.

In alten Trainingsanweisungen, beispielsweise des Senne-Parforce-Vereins aus dem Jahre 1927, steht etwa:
„Wir beginnen mit 1500 m und reiten bis 18 km, dann allerdings mit einmaligem Hunde- und Pferdewechsel".
Dabei sollte immer auch bedacht werden, daß der Jagdreiter das Tempo seines Pferdes (hoffentlich) gut beeinflussen kann; den Meutehunden kann man ihr Tempo aber nicht vorschreiben. Die Hunde laufen im vollen Tempo so lange wie die Kondition reicht. Der Hund kann nicht wissen, wo und wann „Halali" ist.

Bodenbeschaffenheit

Für das Gelingen einer Schleppjagd muß es dem Meutehund möglich sein, den Geruch der Schleppe (englisch 'scent') wahrzunehmen. Die idealen Voraussetzungen sind:

○ Boden-Temperatur 5 bis 15°C
○ Grasboden (Weide), Waldboden
○ Herbst, Winter, Frühjahr
○ kein oder nur wenig seitlicher Wind
○ langsam reitender Schleppenleger und
○ bei Richtungsänderungen Schrittempo

Unbedingt sind Schleppen auf staubigem Boden zu vermeiden. Es ist nicht nur keine Duftnote wahrnehmbar, sondern der Staub verstopft auch die Nasenschleimhäute der Hunde.

Bei zu niedrigen Temperaturen kann sich der Duftstoff nicht oder nicht schnell genug entwickeln. Der Duftstoff ist ein Gas, das aus der Trägerflüssigkeit - z.B. aus ätherischen Ölen - nur durch Wärme schnell genug austreten kann. Bei niedrigen Teperaturen muß dem Schleppenleger mehr Zeit als Vorsprung zur Verfügung stehen; die Stopps zwischen den einzelnen Schleppen dauern dann entsprechend länger.

Starker Wind treibt den Duftstoff ab. Die Hunde laufen nicht mehr exakt auf der geplanten Spur, sie läuft „unter Wind". Dies muß bei der Streckenführung beachtet werden.

Der Geruch frischer Jauche ist stärker als jede Schleppe.

Im Wasser ist - natürlich - kein Duftstoff wahrnehmbar. Vor Teichen oder breiten Bächen muß die Schleppe enden. Die Meute wird durch Wasser im Schritt geführt, wenn das Ufer weiter als etwa 15 bis 20 Meter entfernt ist.

Schwierigkeitsgrad von Jagdstrecken

Schleppjagden kann man in einem weiten Rahmen frei gestalten. Von der Jagdstrecke ohne künstliche Hindernisse bis zur Expertenjagd über olympiaverdächtige Militarystrecken ist alles möglich und üblich. Nur muß man es den Gästen und der Equipage vorher mitteilen. Es ist kein Kunststück, auf gutem Geläuf über ein Koppelrick von 120 cm Höhe zu hüpfen, allein oder hinter einem sicheren Geländepferd. Im Jagdfeld ist alles problematischer. Auch werden sich in Deutschland nicht viele Master und Piköre finden, die zum Beispiel über die schweren Hindernisse einer Rennbahn springen wollen.

Bei normalen Jagden dürfen die Hindernisse bis etwa 1 m hoch sein, bei „schweren" Jagden bis 1,30 m.

Hoch-Weit-Sprünge wie Oxer und überbaute Gräben sind wegen der großen Unfallgefahr unerwünscht. Muß man Gräben gegen ein Durchreiten sichern, weil sie zu steile Ufer haben oder morastig sind, gehört ein Rick, wie bei den Trakehner Jagden, in das Grabentiefste. Es müssen an solchen Stellen aber wenigstens 10 Pferde nebeneinander springen können.

Und was noch dazu gehört

Zur Meutejagd gehört auch der passende Rahmen. Man kann mit nur wenigen Gästen reiten wollen oder auch eine glanzvolle Hubertusjagd veranstalten.

Jagdbeginn und -ende sollten in einer jagdlichen Umgebung stattfinden und nicht - um einmal zu übertreiben - auf dem Parkplatz eines Einkaufszentrums. Dort stünden Pferdetransporter allerdings günstiger als auf einer morastigen Wiese.

Zur deutschen Schleppjagd gehört traditionell die Jagdmusik [55]. Bei Übungsjagden begnügt man sich wie die Engländer mit dem Rufhorn des Masters. Die offiziellen Jagden aber werden erst durch den Klang der Jagdhörner stilgerecht.

Heute gibt es keine Schwierigkeiten mehr, Bläser zu finden, die schleppjagdgerechte Signale und Fanfaren kennen. Oft genug sind sie bei der Equipage oder den Jagdgästen zu finden.

Keinesfalls geeignet sind die Tot-Signale der grünen Jagd, deren Zweck im genauen Widerspruch zur „unblutigen" Schleppjagd steht.

Meuten mit französischen Hunden pflegen natürlich die französische Jagdmusik mit der Trompe (trompe de chasse) im traditionellen „ton de vénerie".

Allerdings meine ich, ein bescheidener Rahmen und eine vorzügliche Jagdstrecke sind besser als umgekehrt.

Nur zu einer „Hubertusjagd" muß es feierlicher zugehen. Hierzu gehört auch die Hubertusmesse [55, Seite 165] mit einem Geistlichen, dem etwas Sinnvolles zu Tieren, Jagd und Umwelt einfällt.

Für alle übrigen Jagden könnte zum Schrecken der Kassenverwalter gelten: „Je kleiner, je feiner".

Von einer Jagd mit einer Meute, also mit dem erstrebenswerten Ziel „zu den Hunden zu reiten", hat niemand etwas, wenn sich im Jagdfeld 80, 100 oder manchesmal noch weit mehr Pferde tummeln. Bei solchen Ereignissen reitet der Letzte oft erst los, wenn die Meute fast schon am Halali angekommen ist. Kleine Jagdfelder findet man in der Vorsaison, im Frühjahr und bei schlechtem Wetter. Da kommen allerdings nur die Wetterfesten in den Genuß elitärer Jagdfreuden.

Abb. 42: Aufbruch zur Jagd
Cappenberger Meute 1971 auf Schloß Gesmold

Abb. 43: Wasserdurchgang mit der Lipperland-Meute

Abb. 44: Flußdurchgang bei Münster-Handorf

Kapitel 30
Mein erster roter Rock

Rote Jagdröcke sind gewissermaßen die zweite Haut, dick genug als Schutz und rot genug zum Gesehenwerden.

Fast 30 Jahre hat mich der erste rote Rock auf den Jagden begleitet, zuletzt nur noch bei nostalgischen Einsätzen, denn unübersehbare Schäden hatten nach einem zweiten verlangt. Meine beiden Röcke gehören zu den vielen, die Schneidermeister Heckenkamp in Cappenberg im Laufe der Jahre anfertigte. Sie waren aber besondere Exemplare. Rock 1 war zwar der zweite, der die Werkstatt verließ. Den ersten hatte Jandrey bekommen, aber meiner war der erste im klassischen Jagdrot und im dann traditionell gewordenen Schnitt. Jandreys erster Rock war dagegen himbeerfarben, so als wäre das Rot schon 20 Jahre in der Sonne gebleicht worden. Rock 2 wurde der letzte rote Rock, der dort noch gefertigt wurde.

Das erste Exemplar schützte mich schon in den wilden Cappenberger Jahren und hatte schon früh seine Narben erhalten, die dann sein besonderes Gepräge abgaben. Fast noch wie neu, wenn auch schon acht Jahre alt, trug ich ihn zur Eröffnungsjagd der Sauerlandmeute. Ich führte damals einen Teil der Cappenberger Hunde und die Sauerlandmeute, deren erste Hunde aus Cappenberg gekommen waren. An einem Stop im Wald wurde es mit den vielen Hunden ein wenig eng und ich wollte mein Pferd rückwärts richten. Im nächsten Moment lag ich am Waldrand im Gras. Mein Pferd war in alten, rostigen Stacheldraht geraten, der vorher nicht zu erkennen gewesen war. Es hatte sich dabei glücklicherweise nicht ernsthaft verletzt, aber es war mit einem vehementen Satz wieder nach vorn geschossen. Ich hing mit meinem Rock im Stacheldraht und entging nur um Haaresbreite der auskeilenden Hinterhand. Kappe und roten Rock zierten von da an deutliche, nur mäßig kunstvoll reparierte Risse. Später wurde das Rot blasser, der Rock unten herum etwas kürzer, wie es bei altgedienten Jagdröcken üblich ist. Kundige Jagdreiter betrachten solche, seltenen Exemplare mit einer gewissen Ehrfurcht. Verschleiß und Kürze bedeuten viele, viele Jagden durch dick und dünn, durch Wälder, Büsche, Dornenhecken, in Regen und Sonnenschein und gelegentlich auch im Wasser.

Ich trug den Rock bei meinen Jagden mit der Cappenberger Meute, der Lipperlandmeute und mit meinen Beagles bis zum Abschied vom Masteramt. An ein „gewaltsames" Ende meiner Jagdreiterei habe ich zwar gelegentlich gedacht, aber gerechnet habe ich damit nicht. Es ist dann doch geschehen.

Die Herbstjagden 1991 hatten gerade begonnen. Bei einem Ausritt trat ein Pferd aus und traf mein linkes Knie. Ich hatte zwar das berühmte Glück im Unglück, doch an Jagdreiten war zum erstenmal monatelang nicht zu denken. Es war schon wieder Frühjahr geworden, als ich meinen roten Rock aus dem Schrank holte, um wieder eine Jagd zu reiten. Doch es machte keinen rechten Spaß mehr, die Pause war wohl zu lang gewesen. Für die Strapazen und auch Entbehrungen als Master einer Meute, die man selbst auch als Kennel-Huntsman betreut - natürlich neben den beruflichen und familiären Verpflichtungen - braucht es eines gewaltigen „inneren Feuers". Daraus war nun ein eher müdes Kerzenlicht geworden. Ich gab mir selbst noch etwas Zeit und „hörte so in mich hinein". Dann war ich mir sicher. Die Zeit zum Aufhören war gekommen.

Meine damalige Equipage war gut und auch ambitioniert genug. Sie war schon im Herbst davor ohne mich zurechtgekommen. Es kam jetzt nur auf den richtigen Augenblick an. Eine Jugendjagd zum Auftakt der Herbstsaison 1992 in meinem gern genutzten Jagdgebiet Senden schien passend zu sein. Ich übergab, zur Überraschung aller, beim Stop auf Schloß Senden die Master-Armbinde meinem bisherigen Co-Master Josef Voß und wünschte ihm „Hals- und Beinbruch". Im Stillen verdrückte ich ein paar Tränen und zog mich aus der aktiven Jagdreiterei zurück.

In diesen Tagen gewann ich eher zufällig Kontakt zu Rob Klinkhamer aus Breda in Holland. Er zeigte mir sein privates und sehenswertes Museum mit vielen Stücken aus dem ganzen Bereich der Jagd. Ich übergab ihm einige Zeit später meinen ersten roten Rock und die Hetzpeitsche meiner Frau.

Kapitel 31
Ausklang

Frei sein von den Pflichten eines Masters heißt, wieder Zeit für sich und seine Familie zu haben, zu Pferde auch ganz anderes zu erleben, Reiten in Ruhe und Beschaulichkeit, wie es einem Senioren auch *„besser gut tut"* (so pflegt man hier im Münsterland zu sagen).

Nach längerer Zeit ohne weite Hängerfahrten wurden Caesar und Ramzes, die beiden alten Masterpferde, gut eingedeckt verladen. Ziel war der Landkreis Hagenow in West-Mecklenburg.
Durch einen Zufall hatten wir Kontakte dahin bekommen. Im Herbst 1992 waren wir erstmals, noch ohne Pferde, dort zu Besuch. Wir lernten eine uns noch fremde Gegend kennen, die reizvoll genug erschien, die von Waltrop aus gerechnet 440 km in Kauf zu nehmen. Über Bremen und Hamburg ging es bis Abfahrt Wittenburg/Hagenow auf der Autobahn Hamburg - Berlin. Von da waren es noch gut zu fahrende 40 km an der Kreisstadt Hagenow vorbei, über Warlitz bei Neuenrode auf die B 5. Wir hatten uns angemeldet in dem Dorf Belsch, in der Nähe des mecklenburgischen Landgestüts Redefin. Frau Ilona Conradt hatte unseren Pferden in der Scheune zwei neue Boxen eingerichtet. Hafer und herrlich duftendes Heu warteten schon auf sie. Schon zu DDR-Zeiten war Frau Conradt Pferdebesitzerin und bis zur „Wende" im Gestüt Redefin tätig gewesen. Natürlich war alles noch im Aufbau, auch dem Stall war das Provisorium deutlich anzumerken. Aber liebevolle Aufnahme und ganz und gar hingebungsvolle Pflege unserer Tiere ersetzten manches luxuriösere Detail, auf das man hier im Westen meint, nicht mehr verzichten zu können. Wasser etwa floß reichlich, aber nur in der Küche. Also mußte es mit Eimer zum Stall gebracht werden. Das war kein Problem, Ramzes säuft ohnehin lieber aus dem Eimer und die Wasseraufnahme von Caesar konnten wir so gut kontrollieren. Das war wichtig, weil er auf Reisen schon mal etwas wählerisch war. Der Zufall wollte es, daß am ersten Abend auch schon der örtliche Tierarzt nach seinem Junghund, einem Berner Sennenhund aus der Zucht von Frau Conradt, schauen wollte. Wir konnten ihn so gleich vorwarnen für den Fall, daß Caesar zu viel Heu und Stroh, zu wenig aber vom Wasser nehmen sollte. Doch es gab keine Probleme.
Unser eigenes Quartier bezogen wir in einiger Entfernung in Probst Jesar. Ein ehemaliges LPG-Erholungsheim war zu einem kleinen, schlichten Hotel umfunktioniert worden und bot passable Unterkunft. Allerdings wird es

dort in Zukunft kaum noch so ruhig zugehen wie damals. Die benachbarte Panzerschießbahn der alten NVA wurde wieder benutzt. Das bedeutet auch mindestens einmal wöchentliches Nachtschießen. Schon tagsüber bei den Probeschüssen „wackelten die Wände". Es ist schade für die Gegend, daß aus dem geplanten „sanften Tourismus" so nichts wurde. Der auch im Westen übliche Hinweis auf zu erhaltende Arbeitsplätze und die militärischen Interessen waren stärker als die Proteste der Anrainer und Naturschützer. Reiten in der „Griesen Gegend", wie dieses Gebiet von alters her heißt, bedeutet Reiten auf Sand- und Waldwegen, über geerntete Felder und gelegentliche Wiesen - oft aber auch im Angesicht ganzer Batterien neuer Hochsitze. Diese sind teilweise massiv aus Stahl gebaut, so daß man fast an die Wachttürme der alten Zonengrenze erinnert wird. Die Jagdpächter kommen natürlich aus dem Westen und pflegen sich wenig reiterfreundlich zu verhalten. Wir fanden immer wieder grünweiße, rechteckige Schilder mit der Aufschrift „Waldweg - Für Reiter und Motorfahrzeuge verboten - Das Forstamt". Nach Auskunft der Kreis-Behörde war Reiten in der Landschaft erlaubt. Das zuständige Forstamt wußte von nichts. Keiner wollte die - nichtamtlichen - Schilder angebracht haben.

Die Gegend faszinierte uns durch ihre Möglichkeiten zum Reiten, aber auch durch ihre Nähe zu uns noch unbekannten Städten und Bauwerken. Die wenigen Tage, die wir da waren, reichten gerade einmal zum Beschnuppern. Wir waren in Schwerin, sahen das Schloß und befuhren einen winzigen Teil des etwa 35 km langen Schweriner Sees mit dem Ausflugsboot. Wir waren am Schaalsee im nödlichen Teil des Kreises Hagenow, mit über 50 m der tiefste der Mecklenburger Seen. Wir waren natürlich in Ludwigslust, einstmals Residenz im Großherzogtum Mecklenburg und auch Standort der im vorigen Jahrhundert berühmten Beagle-Meute des Ludwigslust-Parchimer Parforcevereins.

Wir suchten, mangels Zeit leider vergebens, nach dem Grab des dort auf der Jagd verunglückten Jagdpferdes des mecklenburgischen Erbgroßherzogs Friedrich-Franz. Er widmete seinem Pferd die Worte:

Hier liegt das beste Pferd begraben,
das alle Tugenden in sich vereint.
Könnt man ein Pferd zum Freunde haben,
so läge hier mein Freund.

Es war möglicherweise sogar ein „Mecklenburger", wie sie bis heute im Gestüt Redefin gezüchtet werden. Dort waren wir schon beim ersten Besuch und hatten selbstverständlich die Möglichkeit, uns gründlich umzusehen. Natürlich ist Redefin (noch) nicht mit Warendorf zu verleichen. Doch man hat versucht, die Anlagen zu erhalten und vor allem dem Mecklenburger Pferd die Zuchtbasis. Unübersehbar aber sind 40 Jahre Vernachlässigung der Bauten. Die zum Gestüt gehörende Reithalle etwa wurde abgerissen, angeblich weil die Steine von irgendwelchen Funktionären woanders gebraucht wurden. Wenigstens ließ man das berühmte Portal stehen. Es ist das Wahrzeichen des Gestüts.

Wir waren auch in Dömitz und sahen auf die Elbe. Unweit davon standen wir sieben Jahre davor. Mit Freunden aus Niedersachsen hielten wir Jagdtage mit unseren Beagles ab. Damals standen auf dem westlichen Rest der zerstörten Straßenbrücke.

Uns kam wieder die erstaunte Frage zweier Engländer in den Sinn, als sie die DDR-Grenzbefestigungen am Ost-Ufer sahen: *„Was ist das denn dort drüben?"*. Daß an der Elbe Germany-West zu Ende war, hatten sie bis dahin noch nicht gewußt.

Die Brücke ist neu gebaut worden, die Grenzbefestigungen sind entfernt, und man fragt sich erstaunt: War hier für uns wirklich einmal die Welt zu Ende?

Wie die Menschen „drüben" lebten, ob es Pferde und Reiter gab, wußten wir damals nicht. Für uns Westler war der Besitz eines eigenen Pferdes nur eine Frage des Geldbeutels, im Osten war es meist ein ideologisches Problem. Der offizielle Reitsport war ein ungeliebter Zweig sportlicher Betätigung, nur kurzzeitig gefördert als ein Mittel zur Beschaffung von Devisen durch den Verkauf von Sportpferden. Private Pferdehalter, so sie nicht zum „Kader" gehörten, waren suspekt. Es gehörte Mut dazu, privater Pferdehalter zu sein, viel Hartnäckigkeit und Erfindungsgabe. Hafer aus der DDR konnte man im Westen gut kaufen, in bester Qualität sogar. „Drüben" war es billiger, altes Brot zu füttern. Baumaterial für einen Reitstall beschaffen? Das ging nur auf krummen Pfaden. Reithallen fand man 1993 nur selten.

Als ich diesen Bericht schrieb, war ich noch sicher, bald wieder dort zu reiten. Nun sind die Jahre verstrichen, unsere Pferde leben zwar immer noch, doch weite Reisen muten wir ihnen nicht mehr zu. Caesar und Ramzes haben sich ihr Gnadenbrot verdient.

Mir fällt dann manchesmal das Gedicht meines alten Cappenberger Freundes Manfred Schäfer† ein:

Abend in der Jagdwoche
Im blauen Tabaksqualm verschwindet fast die Decke,
die Jagdgesellschaft sitzt gedrängt im alten Haus,
Pferde- und Lederduft hängt dick in jeder Ecke,
mit Lärm und Gläserklirren klingt der Jagdtag aus.
Und einer nach dem anderen zieht nach Hause,
und jeder nimmt ein Stückchen Jagdtag mit.
Tür auf, Tür zu, dann wieder Pause,
der Nächste geht: 'Tschüß, bis zu neuem Ritt!'
Dann kommt die Stunde, die ich wirklich liebe:
der Lärm hat dem Gespräch nun Platz gemacht.
Wer weiß, ob die Erinnerung so bliebe,
wär' nicht die blaue Stunde zwischen Tag und Nacht.
Noch einmal schäumt das Bier in frische Gläser,
Gedanken fließen, werden träg und faul,
verträumt summt jemand ein Signal der Jagdhornbläser,
der Tag geht in den Stall wie'n abgetrieb'ner Gaul.
Die Nebel wischen schon die blinden Scheiben,
in Hof und Weide lagert längst die Nacht -
wir möchten stundenlang noch hocken bleiben,
doch wird es Zeit:
Morgen ist wieder Jagd.

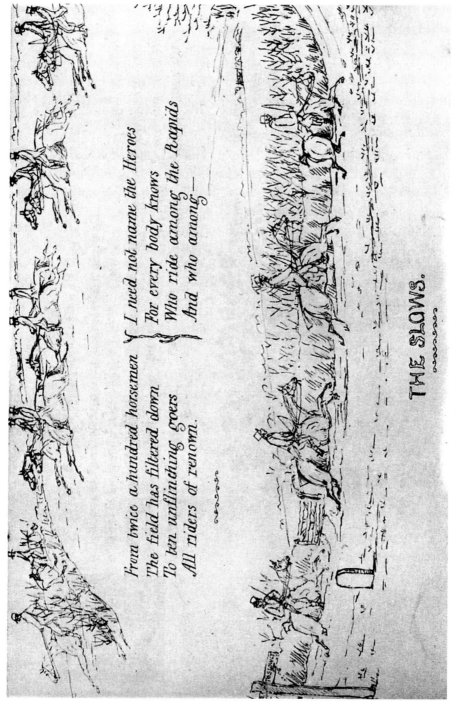

Abb. 45: „The Slows", P. Burges, um 1870

Kapitel 32
Anmerkungen, Besinnliches, Bosheiten

Manfred Schäfer †war Pikör und Field Master der Cappenberger Meute. An der Herausgabe der Cappenberger Jagdzeitschriften war er mit eigenen Beiträgen wesentlich beteiligt:

„*Erste Ketzerei*

Haben Sie einmal versucht, ein Jagdpferd nach Verkaufsanzeigen in einer Reiterzeitschrift zu kaufen? Ich habe! Um es gleich vorweg zu nehmen, ein Jagdpferd habe ich nicht gefunden, aber Erfahrung jede Menge. Am Angebot lag es nicht, Pferde waren genügend da: große, kleine, mittlere, teure, teure, teure, zum Reiten, zum Fahren, zum Anschauen, zum Füttern, zum was weiß ich! Und alle waren preiswert und reell zugeritten. Bloß ein Jagdpferd war nicht dabei. Seitdem lese ich Verkaufsanzeigen mit ganz anderen Augen. Ich sitze in der Sofaecke und ketzere so still vor mich hin:

'Sieger in mehreren Fuchsjagden': *den Schinder kann kein Aas halten!*
'Viel Nerv': *buckelt, steigt, keilt!*
'M gegangen': *ja, nach dem dritten Verweigern raus!*
'Ideales Jagdpferd': *geht weder Dressur noch Springen!*
'Schwergewichtshunter': *fett, faul, gefräßig und kurz von Atem!*
'Im Vollbluttyp': *abgetriebene Ziege!*
'Leicht angeritten': *hat vielleicht mal'n Halfter aufgehabt!*
'Straßensicher': *stimmt, ganz hinten in Ostfriesland!*
'Sehr springfreudig': *geht regelmäßig durch und in die Hunde!*
'Äußerst günstige Gelegenheit': *sucht der Inserent, um den Bock loszuwerden!*
'Erfahrenes, hartes Jagdpferd': *ist drei Jagden gegangen - und hat dabei drei Reiter ins Krankenhaus gebracht!*
'Leicht zu halten': *kommt gerade beim ersten Stop an, wenn die anderen wieder verladen!*
'Unkompliziert': *ausgesprochen dämlich.*
'Mittelpunkt jedes Jagdfeldes': *steht schon am ersten Sprung und die anderen drum herum.*"

Hier fiel mir meine eigene Erfahrung wieder ein: ... *und Vicemaster Willi König ritt ein „Masterpferd".* Was war geschehen?
Mein eigenes Pferd war, da vernagelt, lahm im Stall geblieben. – Das „Vernageln" durch den Hufschmied geschieht, wenn auch sehr selten, vor allem bei dünnen Hufwänden. – Mir wurde von einem bekannten Gespannfahrer und Pferdehändler freundlicherweise und kostenlos ein „erstklassiges und erfahrenes Jagdpferd" für die Jagdtage zur Verfügung gestellt. Ich überstand auch alles, wenn auch mit Mühen. Das Pferd war ein Puller, der nicht springen konnte. Fotoberichte in der Zeitung zeigten mich und den Schinder. Zwei Tage später wurde dieses kostbare Stück als „erfahrenes Masterpferd" von einem Ahnungslosen gekauft.

In dieser Jagdwoche gab es noch einen schönen Master-Jandrey-Spruch, zitiert von Wolfgang Gorontzi (später Gründungsmitglied der Lipperland-Meute):

„und dann nahm ich mir ein M-Pferd und sagte: Einmal muß ich es ja lernen."

Manfred Schäfers „Zweite Ketzerei":

„Haben Sie schon einmal ein Turnierprogramm zur Hand genommen und so richtig in Muße durchgeblättert? Wissen Sie, nur so die ersten Seiten, wo alle die stehen, die das Reiten erst ermöglichen. Nein, ich meine nicht die Pferde - die stehen ganz hinten -, sondern die Funktionäre. Ich habe! Erst einmal bin ich aufgestanden und habe eingedenk meiner kurzen, aber ruhmreichen militärischen Laufbahn ('drei Tage Soldat mit Bahnfahrt' sagte mein Spieß immer) „die Knochen zusammengenommen". Dann setzte ich mich in meine Sofaecke und ketzerte so vor mich hin:

Mein Gott, gibt es viele Offiziersoldaten! Richter, Oberschiedsrichter, Kommandogeber, Ehrenausschuß, Parcoursgestaltung, Preisschleifenverteilung ... alles vom Rittmeister a.D. aufwärts. Einen mittleren Feldzug könnte man da schon führen, wenn bloß genügend Mannschaften, Unteroffiziere und Subalternoffiziere da wären. Aber da mangelt es. Kein Obergefreiter, kein Stabsgefreiter, kein Wachtmeister, nicht mal ein Leutnant oder Fahnenjunker-Uffz. Die Reiter scheinen überhaupt jeder militärischen Vergangenheit bar zu sein, sogar beim Winkler haben sie nur Hans-Günter hingeschrieben, nichts vom Luftwaffenoberhelfer a.D. Aber dem glauben die Leute auch so, daß er reiten kann. Das ist ungerecht! Das sieht so aus, als ob die Offiziere (ab Rittmeister aufwärts) den letzten Krieg ganz alleine und ohne jede fremde Hilfe verloren hätten. In einem Programm bin ich sogar

einem Korvettenkapitän a.D. begegnet. Was der wohl mit der Reiterei zu tun hatte? Hat er als Blokadebrecher Pferdefleisch gefahren?
Zivilisten haben im Funktionärsverzeichnis mit Ausnahme von Ministern, Landwirtschaftsräten und natürlich Direktoren (wegen der Ehrenpreise) grundsätzlich keinen Beruf. Eigentlich schade! Wie schön würde sich etwa das anhören:
'Richterbetreuung Pauline-Kunigunde Tugendreich, Staatl. geprüfte Kindergärtnerin a.D.'
Für die Teilnehmer entstehen durch die militärische Gliederung zusätzliche Probleme („Mensch, red' den bloß mit 'Herr Oberst' an, sonst biste gleich draußen.")
Mein Alptraum ist, einmal zum Richterturm gerufen zu werden und da sitzt dann einer jener Halbgötter, der vor dreißig Jahren Major, vor zehn Jahren Minister war, heute Oberlandwirtschaftsrat und Direktor von irgendwas ist und außerdem noch den Doktortitel hat.
Da beschloß mein Pferd, Jagdpferd zu werden".

„Ein Reiter - und das ist erklärlich -,
der sich tagein, tagaus und jährlich
auf seinem Zossen redlich schindet,
doch selten nur Placierung findet,
während die dicksten von den Preisen
nur immer zu den „Gleichen" reisen,
dieweil sie 1. talentierter
und 2. geldlich wohl dotierter,
entdeckt - begrabend seinen Ehrgeiz -,
daß Reiten ohne Schleifenreiz
ein Sport ist recht nach seiner Art;
sehr lustig, durstig und auch hart.

Er stößt zur Schleppjagdreiterei
und reitet bald erheblich schnell
Geländeritte Klasse „L".
Und Freude hat er nebenbei
durch seines Masters „Wutgeschrei".
Und schneller als er je gedacht
wird er dann zum Pikör gemacht.
Und denkt: „Ach, leckt mich doch am ...,
ab nun gehör ich zu der Equipage" (Manfred Schäfer)

Definition für 'Equipage' nach Franz Jandrey MH:
„Der letzte Haufen."

Jandrey's Solo
„Jagd am Illerfeld, 26. Oktober: Der „Alte" (MFH Jandrey) kam fast 1000 km angefahren, um mit seinen zwanzig Foxhounds diese Jagd zu reiten. Er sprach nicht viel, ließ die Hunde raus und wünschte „Gute Jagd". Es ging los ohne Piköre oder sonstige Hilfspersonen durch schönes an der Iller gelegenes Gelände bis zum Stop. Dort hat Jandrey die Hunde auch nicht etwa „abgelegt", sondern ließ sie seinem und dem Pferd des Schleppenlegers, die von zwei Helfern während der Pause geführt wurden, nachtrotten. Wem fiel's wohl auf und wer macht's wohl nach?
Es gab bei dieser Meutejagd kein Geknalle mit der Hetzpeitsche und keine Schreie von Pikören. Die zweite Hälfte der Jagd wurde sehr schnell geritten und führte - wie das Wild flüchtet - durch Sträucher und Gebüsch im scharfen Galopp über Hindernisse hinweg zum Halali. So schnell wie die Hunde kamen, waren sie wieder weg. Eine großartige Einzelleistung von MFH Jandrey."

Entwurf einer „Patentanmeldung"
... ist es bekannt, daß bei Pferden mit Atembeschwerden durch teilweise Lähmung im Kehlkopfbereich durch Nylonfäden die gelähmten Partien so abgebunden werden, daß die Atemwege wieder voll zur Verfügung stehen ...
Nach der Erfindung werden bei Pullern in ähnlicher Form Fäden eingesetzt und nach außen beidseitig dergestalt herausgeführt, daß sie je nach Ziehen in der einen oder anderen Richtung die Atemwege mehr oder weniger öffnen oder verschließen. Mit dieser besonders einfachen und dadurch wirtschaftlichen Bauform ist erstmalig eine Geschwindigkeitsregulierung des Pferdes

in einem weiten Bereich erreicht, ist es doch jetzt endlich möglich, ohne andere Hilfsmittel, wie z.B. Einwirkung der auf dem Pferde sich befindenden Person, Prellböcke, Bäume, Lederriemen usw. den Lauf des Pferdes durch langsames oder schnelles Drosseln der Atemluft, was durch entsprechendes Ziehen an dem betreffenden Faden bewirkt wird, bis zum absoluten Stillstand zu verringern, wobei in bevorzugter Bauform ein Zeitschalter vorgesehen wird, der die Atemluftdrosselung spätestens kurz vor Erreichen eines kritischen Zustandes selbsttätig wieder aufhebt oder durch ein zusätzliches Geschwindigkeitsmeßgerät, vorzugsweise ausgebildet als Auffußzählung mit vergleichender Zeitmessung und einstellbarer Schrittlänge, sogar selbsttätig reguliert ... (W. König)

Leserbrief zum Bericht über die Schleppjagd hinter der Cappenberger Meute am 28. Mai 1981 in Böhme von R. Boldhaus, Staatl. Revierförster:

„Nur zufällig bekam ich die farbenfrohe Einladung des Jagdherrn Kuck zur Schleppjagd, und so ging es mit Frau und Kind am Himmelfahrtstag los in die Böhmer Gegend. Bewaffnet mit Fernglas und Kamera stellte sich bald heraus, daß auch die Teilnahme als Zuschauer schweißtreibend sein kann. Aber dafür wurden wir auch nicht enttäuscht.
Nicht nur das gute Wetter und die bunte Jagdkleidung sorgten für ein schönes Erlebnis. Besonders die einwandfreie Disziplin der Reiter und Hunde war beeindruckend und strafte alle Schauermärchen Lügen, die ich vorher über die „rücksichtslose Meute" habe mitanhören müssen. Um so erstaunter und ein wenig ärgerlich war ich über spätere Leserbriefe in der örtlichen Presse, die vom Wildhetzen bis zur Zerstörung von Hecken wirklich alles auftischten, was man der Meute nur andichten kann. Offenbar haben sich jene Eiferer an den Schreibtisch gesetzt, ohne dabeigewesen zu sein, denn sonst hätten sie wie ich Gelegenheit gehabt, sich vom Gegenteil zu überzeugen.

So ist ihnen wahrscheinlich auch der Augenblick entgangen, als im Felde unmittelbar neben der Meute ein Hase hochging. Spätestens hier hätten wildhetzende Hunde dem sichtigen Hasen lieber nachgejagt als der abgestandenen Fischlake. Aber nichts dergleichen! Auch Reiter und Pferde haben sich gut benommen, so daß man wirklich von einer umwelt- und naturfreundlichen Jagd sprechen kann. Als Forstbeamter und Jäger meine ich dies beurteilen zu können. Ich habe viele Fotos mit nach Hause genommen, die Erinnerung an einen schönen Jagdtag und die Erfahrung, daß man auch als eingefleischter Förster zum Pferdefreund werden kann."

Der Kopfhund sprach's:

Es ist wie früher heut noch da,
das herrlich schöne Münsterland
mit Bäumen, Hecken, Wiesen, Sand
mit Heide - und gerade so,
wie auch uns Hunden es gefällt.

Ein strahlend schöner Himmel
mit Menschen, zahllos, gleichend einer Herde,
stehend, laufend und auch schon zu Pferde.
Warm ist der Tag, so gar nicht Winter,
den wir in diesem Monat doch schon haben.
Das wird uns Hunde aber durstig machen.
Stellt man uns frisches Wasser dann zum Trinken hin
oder gibt es nur die Brühe aus dem alten Graben?
Die reicht zwar notfalls noch zum Baden,
doch einen edlen Beagle wird es nicht erlaben.
Die Reiter werden wieder saufen aus den Flaschen,
das Bier, den Schnaps und auch den Wein.
Doch wo sind die Wannen mit dem klaren Wasser?
Muß unser Master sie noch lange suchen,
er, der selbst den Durst genau so wenig mag,
wie wir, des Masters Hunde?

Wenn er auch immer sich um uns so sorgt,
was meint ihr, sollen wir ihn heute necken?
Ganz günstig wär's hier schon. Die dichten Büsche
rund herum und hinten dieser Wall -
voll Abfall und voll Müll.
Wenn nachher er das Zeichen gibt nach rechts
zur neuen Schleppe hin, wir einfach links zum
Abfallhaufen rennen, der recht verlockend riecht?
Wenn dann die Kerle mit den langen Peitschen kommen,
dann laufen wir schnell weg mit einem kleinen Bogen
zur richt'gen Spur, die später zu dem Pansen führt.
Doch, Freunde, paßt mir auf, daß ihr die Hasen überseht,
und auch das Böckchen in den Büschen dort,
und später dann die Suhle von den schwarzen Sauen.
Wer hier nicht spurt und unseren Master ärgert
und ihn vielleicht sogar blamieren will,
kriegt meine Zähne in den Nacken. (W. König)

„Randa der Schränker" hat eine Vorgeschichte. Auf der Jagd in Remscheid wurde der bis dahin gut laufende „Nordpol" von einem Pferd des Feldes geschlagen. Er wurde pferdescheu und drückte sich oft bei passender Gelegenheit. In Rulle bei Osnabrück verlor er dann den Anschluß. Er versuchte, längs der Autobahntrasse in Richtung Ruhrgebiet nach Hause zu den Kennels in Cappenberg zu gelangen (siehe auch Kapitel 22). Tage später konnte Traute Fründt ihn mit viel Mühe einfangen. Sie überreichte ihn uns in Handorf mit diesen Zeilen:

Hinkend, elend, mager, arm,
ängstlich - scheu, daß Gott erbarm,
kriecht er durch das Unterholz,
und es ist mein ganzer Stolz,
ihn zu fangen, mitzuziehen
erstmal bis zum Auto hin.
Dackel und zwei Schäferhunde
sehen fragend in die Runde,
doch nach frohem Abendschmaus
sieht die Welt schon anders aus,

auf dem Teppich, auf der Couch
breiten sie sich fröhlich aus.
Auch des Abends dann im Stalle
freuen sich die Reiter alle,
und aus lauter Hochgefühl
verläßt stolz er das Gewühl,
geht zum alten Bauernschrank
und er löst sich fröhlich, nicht mehr krank.
Stimme aus dem Hintergrund:
„Ach, ist das ein braver Hund".
Bin ich später dann zu Haus,
führ ich ihn noch einmal aus,
doch er sucht sich dann, oh Graus,
die Buchara-Brücke aus.
Samstag wird er richtig frisch,
wandert übern Frühstückstisch
und stellt fest zu seinem Glück,
in der Wohnung Osnabrück
steht in der Ecke - Gott, sei Dank -
auch ein alter Eichenschrank!
Nun ist er die Sorge los,
wie man drinnen wird was los.
Da hat er seinen Namen weg:
„Ran da, der Schränke- und der Teppichschreck".

„Ran da" war schon zu Jandreys Zeiten der Anruf der Hunde durch diejenigen Piköre, die die Hundenamen nicht kannten.

Kapitel 33
Jagdhunde in Sagen, Geschichten, Sprichwörtern

Hunde werden, wenigstens im deutschen, britischen und skandinavischen Kulturraum, als besondere Freunde des Menschen geachtet.

In einem Heft von Kelling [54] werden viele Beispiele erwähnt, die die besondere Verbundenheit des Menschen vor allem zu Jagd- und Meutehunden belegen. Es wird auch ganz besonders auf die sehr harten Strafen hingewiesen, die die alten germanischen Gesetze für Diebstahl oder Tötung vorsahen.

In der Sagenwelt erscheint der Hund als Begleiter des wilden Jägers, in dem man die Überreste des alten heidnischen Götterglaubens wiederzufinden habe. Der „wilde Jäger" (Wodan) zieht, der Sage nach, in den „Zwölf Nächten" – 24. Dezember bis 6. Januar, den „Lostagen" – mit Peitschenknall, Pferdegewieher, Hundegebell und mit Hallo und Hussa durch die Luft. Es werden immer 24 Hunde (12 Koppeln) erwähnt. Er selbst, der wilde Jäger, reitet ein großes, weißes Roß (Masterpferd, Kommandeurpferd). Diese sagenhaften Berichte weisen wohl eindeutig auf Meutejagden der Germanen hin. *„In der Sage steht die wilde Jagd für das Toben der Stürme, die feurigen Hunde seien der Blitz, die Pferde die Wolken, das Bellen* (Geläut der Hunde) *das Heulen des Sturms"*.

In böhmischen Sagen legt sich ein großer, schwarzer Hund vor das Haus eines Sterbenden. Ein *„großer, schwarzer Hund"* könnte das Urbild der heutigen Meutehunde darstellen, den „St.-Hubertus-Hund".

„Hunde nach Bautzen führen": In der Gegend um Bautzen wurde früher von den sächsischen Herzögen mit einer großen Meute auf Bären und Sauen gejagt. Die große Zahl Meutehunde konnte nicht geschlossen auf dem Schloß Bautzen gehalten werden. Ein Teil der Hunde mußte von abhängigen Bauern betreut werden. Diese Hunde wurden regelmäßig auf das Schloß gebracht, damit man sich dort von dem guten Zustand der Hunde überzeugen konnte. Das Sprichwort hatte die Bedeutung, „etwas Überflüssiges tun". Man könnte vermuten, daß eigentlich genügend Hunde auf dem Schloß waren. Oder auch, daß der gute Zustand der Hunde eigentlich selbstverständlich war, denn eine mangelhafte Pflege war ein hoch bestraftes Vergehen.

"Er ist mit allen Hunden gehetzt" bedeutet einen schlauen und gewitzten Menschen, der sich allen Widerwärtigkeiten entziehen kann - wie ein altes, erfahrenes Stück Wild, das der Meute immer wieder entkommen konnte.

"Er geht vor die Hunde" läßt sich am einfachsten aus der Meutejagd deuten. Wild, das direkt vor eine jagende Meute gerät, wird gehetzt und schließlich gerissen.

"Bekannt wie ein bunter Hund" deutet auf den meist dreifarbigen, weiß-braun-schwarzen, Meutehund hin. Haus- und Wachhunde sind selten bunt, sondern mehr oder weniger einfarbig.

Sehr alte Sprüche sind:

"Eigene Hunde - teure Jagd.
Oft fressen die Hunde den Jäger auf.
Ein Hund, der in der Küche aufgewachsen ist, taugt zu keiner Jagd.
Gute Hunde finden die Spur auch ohne Dressur.
Guter Hund, der die Fährte nicht verliert.
Ein guter Hund jagt nicht allem Wilde nach.
Alter Hund macht gute Jagd.
Mit unwilligem Hund jagt man nichts.
Wenn die Hunde gähnen, ist die beste Jagd vorbei.
Wenn die Junker jagen, müssen die Pfaffen die Hunde tragen.
Wenn die Bischöfe Jäger werden, müssen die Hunde Messe singen.
Hunde, die jedermanns Gesellen sind, hat man nicht gern.
Wer dem Hunde schmeichelt, will den Herrn gewinnen."

Das wohl berühmteste Dichterwort über Meutehunde findet man bei Shakespeare (Ein Sommernachtstraum):
"Auch meine Hunde sind aus Spartas Zucht ..."
(siehe Einleitung zu Kapitel 3).

Ein Dankeschön

Den letzten Anstoß, schon vorliegende Texte durch Betrachtung der historischen Zusammenhänge zu erweitern, gab Rob Klinkhamer † (Breda, NL). Er unterstützte mich mit Angaben aus seinen Unterlagen und zahlreichen Abbildungen.
Von den vielen Helfern seien besonders hervorgehoben der Gründer der Bavarian Beagles, S.Uttlinger MH ret., der mir mit vielen Details, vor allem über die Jagden in Bayern, helfen konnte und der erste Master der Niedersachsenmeute Christian von Loesch †.
Zahlreiche Unterlagen konnte ich erhalten von der bekannten Pferdemalerin Inge Ungewitter † (München).

Wichtige Informationen schickten:

Verdener Schleppjagdverein [41]
Reit- und Springschule Tattersall Noris, Frau Ria Schmieder-Tresper
Senne-Reit- u. Fahrverein, Herr Wilfried Ruhe [4]
Herr Dieter Quaas, Leipzig [29]
Herr Dr. H. Schrötter [47]

Von den deutschen Meutehaltern halfen bei den Recherchen:
Badischer Schleppjagdverein Hardt-Meute
Beagle-Meute Lübeck
Cappenberger Schleppjagdverein [34, 35]
Franken-Meute
Hamburger Schleppjagdverein
Niedersachsenmeute [36]
Norddeutsche Francais Tricolores
Rhein-Westfälischer Schleppjagdverein [42]
Schleppjagdverein Sauerland
Schleppjagdverein von Bayern
Schleppjagdverein Warendorfer Meute
Taunusmeute
The Bavarian Bloodhounds
Vogelsbergmeute
Weser Vale Hunt

Und es halfen mir noch:
Deutsches Pferdemuseum Verden, Frau von Mackensen
Westfälische Wilhelms-Universität, Bibliothek, Frau M. Schuchmann
Verlag St. Georg, Archiv Hamburg
Niedersächsisches Staatsarchiv Bückeburg/ SHD Philipp Ernst Fürst zu Schaumburg-Lippe
Trakehner Förderverein, Herr von Lenski-Kettenau
Mecklenburgisches Landeshauptarchiv Schwerin
Kreisheimatmuseum Demmin
Dortmunder Reiterverein, Herr Gerd von Spiess
Stadtarchiv Potsdam, Frau Lampe
Herr Arnt von Levetzow, Torgau
Herzog von Croÿ'sche Verwaltung, Dülmen
Museum der Stadt Fürstenwalde, Herr Wilke
Stadtarchiv Chemnitz, Frau Dudek
Stadtarchiv Magdeburg
Archiv der Hansestadt Rostock, Herr Dr. K. Schröder
Stadt- und Verwaltungsarchiv Erfurt, Frau Rose
Neubrandenburg, Hauptamt, Frau Richardt
Thüringisches Staatsarchiv, Altenberg, Frau Lorenz
Archiv der Bundeswehr

Herr Jäckel von der Stadtbücherei Waltrop war mir bei der Fernausleihe behilflich.

Ich bedanke mich für die freundliche Hilfe, ohne die die meisten historischen Daten nicht zu ermitteln gewesen wären. Auch gilt mein Dank denen, die für mich in Archiven suchten, aber deren Mühen leider vergeblich waren.

Für das Lesen der Korrekturen danke ich Herrn Dr. phil. Gerhard Weiß und Frau Iris König (geb. Schmitt), für die Hilfe bei den PC-Arbeiten Herrn Michael Nußhardt.

In eigener Sache

„Das Letzte, was man findet, wenn man ein Werk schreibt, ist, zu wissen, was man an den Anfang stellen soll" (Pascal).

In einer Sammlung Zitate fand ich diesen Spruch, der sich vorzüglich auch für meine Arbeit eignete. Fast alles war geschrieben, doch es fehlte noch ein Kapitel über die geschichtliche Zuordnung der Parforce- und der Schleppjagd.

Die heutige Schleppjagd sah ich lange lediglich als eine durch die Zeitläufte erzwungene Abart der Parforce-Jagd. Nachdem Wildjagden mit Hunde-Meuten 1934 durch Jagdgesetze verboten wurden, blieb es endgültig bei der „Schleppjagd". Damalige Zeitgenossen müssen sie eher zähneknirschend als mit Freude hingenommen haben. Die Schleppjagd ist aber natürlich eine logische und in Deutschland eben die einzig mögliche Fortführung historischer Bräuche und Traditionen. Darüber denkt heute kaum noch jemand nach. Und doch erscheint es nützlich zu fragen, woher dies alles stammt, wie das früher war und was heute anders ist; auch, warum sich bei uns die Parforce-Jagd fast zwangsläufig zur Schleppjagd wandeln mußte, viele überlieferte Bräuche aber erhalten blieben.

Über die Jagdmusik habe ich nichts geschrieben. Es gibt hierüber eine gründliche Darstellung von Josef Pöschl aus dem Jahre 1997, *„Eine Publikation der internationalen Gesellschaft zur Erforschung und Förderung der Blasmusik (Alta Musica, Band 19)"* [57] und weitere ausführliche Literatur [58], [59], [60].

Ich bin mir natürlich klar darüber, daß ich für meinen Versuch, die „Mücke" Schleppjagd dem „Elefanten" Historie oder gesellschaftliche Entwicklung gegenüberzustellen, denkbar schlecht gerüstet war. Von Beruf Ingenieur fehlte mir so ziemlich alles für dieses Unterfangen. Die längere Zeit meines Lebens mangelte es mir sogar an der Lust, sich mit geschichtlichen Zusammenhängen auseinanderzusetzen. Erst die Muße im Alter weckte endlich, wenn auch spät, die Neugier auf geschichtliche Zusammenhänge.

Doch allein schon die Auslegung, was ich nun noch oder schon als „geschichtlich" betrachten sollte, bereitete Schwierigkeiten. Den Anfang habe ich, erst sehr willkürlich und dann doch mit gutem Grund, auf die Zeit nach den Napoleonischen Kriegen gelegt. Hier fand ich einen mir ausreichend logisch erscheinenden Zusammenhang mit unserem heutigen, modernen Jagdgeschehen. Wo aber war das „Ende" dieser Geschichte zu suchen? Hier wurde es schwierig, gehört doch eigentlich alles, was nicht mehr ist, zur Geschichte. Und da fällt plötzlich auf, daß schon sehr viele nicht mehr sind, mit denen man gemeinsame Erinnerungen hatte und die mir in der relativ langen Zeit, die ich für die Niederschrift dieses Buches brauchte, mit ihren Informationen halfen. Wenige sind noch am Leben von denen, die man hätte befragen sollen, weil sie die alten Zeiten noch erlebten. So suchte ich mühsam nach den letzten noch verbliebenen „Fossilien" der Jagdreiterei, die zudem noch in der Gnade des Sich-erinnern-könnens waren. Und genau das, mein eigenes Erinnern, soll dann auch die Historie beenden.

Literaturnachweis

Moderne

01 JANKOVICH, MIKLÓS, Pferde, Reiter, Völkerstürme, (aus dem Ungarischen übersetzt von G. v. Kégl), Bayrischer Landwirtschaftsverlag, München

02 MAYER, ANTON, Das Reiterbuch, 1962, Rheinische Verlagsanstalt, Wiesbaden

03 MOORE, DAPHNE, The Book of the Foxhound, 1964, J. A. Allen & Co, London

04 SCHILLING VON CANSTATT, WILLIBIRG FREIIN, Parforcejagden in der Senne, 1965, Die Warte, Heft 12, Paderborn

05 LOESCH, CHRISTIAN VON, Die Jagd in Rot, 1968, Hans Christian Verlag, Hamburg

06 BRÜTT, KARL-HEINZ, Kleines Jagdbrevier in Rot, 1969, Hans Christian Verlag, Hamburg

07 BENNINDE, R. M., Jagen und Reiten - Passion meines Lebens, 1969, Verlag Parey, Hamburg, Berlin

08 HÖLZEL, W., Jagdreiten, 1969, Franckh'sche Verlagsbuchhandlung, Stuttgart

09 UTTLINGER, SIEGFRIED, Von der Parforcejagd bis zu den Schleppmeuten in Bayern, 1969, Bayerns Pferdezucht und Pferdesport

10 WILLIAMS, A. COURTNEY, Beagles, 1974, The Scolar Press, Yorkshire

11 LOESCH, CHRISTIAN VON, Jagdreiten, 1975, Nymphenburger Verlagsbuchhandlung, München

12 WELCOME, J., Die Kaiserin hinter der Meute, 1975, Paul Neff Verlag, Wien, Berlin

13 KIDD, JANE, Drag Hunting, 1978, J. A. Allen & Co, London

14 THUN-HOHENSTEIN, ROMEDIO GRAF V., Das Jagdreiten, 1984,
(Handbuch Pferd), BLV Verlagsgesellschaft, München-Wien-Zürich

15 STEGEMANN, PROF. DR.MED H. / DRV, Jagdreiten, 1987,
FN-Verlag Warendorf

16 KÖNIG, WILHELM, Jagdreiten - Zu den Hunden, 1990,
Eugen Ulmer Verlag

Historie

17 HEINRICH WILHELM DÖBEL's neueröffnete Jäger-Praktika, 1754,
4. bearb. Auflage 1828, Verlag Johann Friedrich Gleditsch, Leipzig

18 DIETRICHS AUS DEM WINCKELL, G. FRANZ, Handbuch für Jäger,
Jagdberechtigte und Jagdliebhaber, vor 1802,
Verlag J. Neumann, Neudamm

19 HEYDEBRAND, L. V., Die Schleppjagd und ihre Bedeutung für die
Armee, 1877, Verlag J. Werner, Berlin

20 CORNELI, R., Die Jagd und ihre Wandlungen, 1884, Verlag Ellermann, Harms & Cie, Amsterdam

21 PETERSEN, J.A., Windhunde, lautjagende Hunde, Schweißhunde,
1897, Hofer & Co, Zürich, (Univ.Bibliothek Münster)

22 DINCKLAGE, F. FREIHERR VON, Auf Reitschule, 1899,
Verlag M. & H. Schaper, Hannover

23 ESEBECK, H. A. V., SPOHR, P., Über Jagd- und Distanzreiten,
1904-1912, Hildesheim 1981, Nachdr. d. Ausg. Stuttgart 1904 - 1912,
Olms Presse (Documenta Hippologica)

24 LASKA, FR. B., Die Bracken des Ostens, 1907,
Verlag J. Neumann, Neudamm, (Stadtbibliothek Köln)

25 HAMILTON, G. CR., Hinter den Hunden - Jagd- und Reitskizzen aus
England, 1913, Verlag Schickhardt u. Ebner, Stuttgart

26 WHYTE-MELVILLE, KEUDELL, V., ESEBECK, H. A. V., Reiterinnerungen, Ausg. 1922, (Die Reiterinnerungen von Whyte-Melville wurden durch v. Keudell und v. Braun 1881/82 übersetzt und durch v. Keudell ergänzt; 1912 bearbeitet und ergänzt durch v. Esebeck † 2.9.1918), Hildesheim 1983, Nachr. d. Ausg. Berlin, Leipzig, Wien und Zürich 1922, Olms Presse (Documenta Hippologica)

27 EBEN, R. V., Das Jagdreiten, Hildesheim 1925, Nachr. d. Ausg. Leipzig 1925, Olms Presse (Documenta Hippologica)

28 ENGELHARDT, ALFONS FREIHERR VON, Die Bracken des Westens, 1925, Verlag J. Neumann, Neudamm, (Universitätsbibliothek Oldenburg, JB 3251, Sammlung Ziegelmeier, Nr. 421)

29 LANGE, WALTER, Hoch zu Roß durchs Osterland, 1935, (Herausgeber: Leipziger Reiterverein zum 40. Vereinsjubiläum), Buchdruckerei Philipp Reclam jun., Leipzig

30 NORMANN SEN., V., Jagdreiten, 1940, Verlag J. Neumann, Neudamm

Zeitschriften, Kalender

31 Der Sporn, (Jahrgänge 1863 - 1867)

32 St.Georg, (Jahrgänge 1915 - 1942)

33 Reiter und Pferde in Westfalen

34 Die Meute, Hrsg. Cappenberger Schleppjagdverein

35 Jagdkalender der Cappenberger Meute 1963 - 1970

36 Jagdkalender, diverse Jahrgänge, Niedersachsenmeute

37 Jagdkalender 1993 Taunusmeute

38 Jagdkalender 1980 Warendorfer Meute

39 Jagdkalender 1994/95 Wiesenhof-Meute

40 Baily's Hunting Directory, J. A. Allen & Co, London

41 Festschrift 1925-1975 Verdener Schleppjagdverein

42 Festschrift 25 Jahre Rheinisch-Westfälischer Schleppjagdverein, SCHÄFER, DR. HANS-ULRICH

43 10 Jahre Beagle-Meute Münsterland 1976 - 1986

44 Persönliche Berichte/Zeitungsartikel, UNGEWITTER, INGE

Sonstige

45 MEYERs Konversationslexikon, Ausgabe 1897

46 ENGELMANN, BERND, Preußen, 1979, Verlag C. Bertelsmann, Gütersloh

47 SCHRÖTTER, DR. HELMUTH, Über das Jagdrecht und Wildschäden in Mecklenburg-Strelitz während und nach der Revolution von 1848, 1986, Brandenburger Mosaik

48 BOOCKMANN, HARTMUT, Mitten in Europa; deutsche Geschichte, 1992, Sammlung Siedler, Berlin

49 SPONECK, GRÄFIN MARINA, Trakehner Jagden 1921, 1971, Liebhaber-Bibliothek, Band 2, Deutsches Pferdemuseum e.V., Verden

50 BECKER, ROBERT O., Der Funke des Lebens, 1991, (Übersetzung von Roland Irmer), Scherz-Verlag, Bern, München, Berlin

51 MÜSELER, WILHELM, Reitlehre, 1960, 35. Auflage, Verlag Paul Parey, Hamburg, Berlin

52 FREVERT, WALTER, Das jagdliche Brauchtum, 1969, Verlag Paul Parey, Hamburg, Berlin

53 Dictionaire de la Chasse, 1973, Chêne, Paris

54 VELLING, K., Der Hund im deutschen Volkstum, 1914, Verlag J. Neumann, Neudamm (Stadtbücherei Wuppertal-Elberfeld)

55 SCHWERDT, CH. F. G. R., Hunting, Hawking, Shooting, 4 Bände Hildesheim 1985, Nachdr. d. Ausg. London 1928 - 1937, Georg Olms Verlag

56 KLIMKE, RAINER, Military, 1967, Franckh'sche Verlagsbuchhandlung, Stuttgart

57 PÖSCHL, JOSEF, Jagdmusik, 1997, Verlag Hans Schneider, Tutzing, (Alta Musica, Band 19),

58 CAMERON, L. C. R., The Hunting Horn (What to blow and how to blow it),o.J., Köhler & Son (Swaine Adeney Brigg & Sons LTD., 185 Piccadilly, London W.1.)

59 FLACHS, WERNER, Das Jagdhorn (seine Geschichte von der Steinzeit bis zur Gegenwart), 1994 Verlag Kalt-Zehnder, CH-Zug

60 HINRICHS, JOHANN CHRISTIAN, Entstehung, Fortgang und jetzige Beschaffenheit der russischen Jagdmusik, 1796, Fotomechanischer Nachdruck der Originalausgabe, Zentralantiquariat der DDR Leipzig 1974, Ausgabe für den Bärenreiter-Verlag Kassel

Abkürzungen

BMM	Beagle Meute Münsterland
CM	Cappenberger Meute
DRFV	Deutscher Reiter- und Fahrerverband
Feldart.	Feldartillerie
Frh.	Freiherr
gegr.	gegründet
Hptm.	Hauptmann
Inf.Reg.	Infanterieregiment
Jt.Master	Joint Master
Kgl., kgl.	Königlich, königlich
Lt.	Leutnant
KH	Kennel Huntsman
Kür.Reg.	Kürassierregiment
MH	Master of Hounds
MFH	Master of Foxhounds
MH ret.	retired Master („nicht mehr im Amt")
Obgfr.	Obergefreiter
Oblt.	Oberleutnant
Oberstlt.	Oberstleutnant
Reit.Reg.	Reiterregiment
Rittm.	Rittmeister
SKH	Seine Königliche Hoheit
Stgfr.	Stabsgefreiter
Wachtm.	Wachtmeister

Abbildungsverzeichnis

Abb.01: Hirschjagd. La Chasse par Force, J. L. Rugenda, 1810
(aus: Schwerdt: Hunting, Hawking, Shooting, Band 3, S. 152, Plate 222)

Abb. 02: Fuchsjagd. The Death, C. Bentley, 1828
(aus: Schwerdt: Hunting, Hawking, Shooting, Band 3, S. 36, Plate 177)

Abb. 03: Hasen-Hetzjagd mit Windhunden. Coursing, R. G. Reeve, 1809
(aus: Schwerdt: Hunting, Hawking, Shooting, Band 3, S. 126, Plate 207)

Abb. 04: Schleppenleger mit Schleppkugel
(aus: Eben, Das Jagdreiten, S. 27)

Abb. 05: Schleppenleger mit Schleppkannister. (Foto Beagle Meute Lübeck)
mit freundlicher Genehmigung der Beagle Meute Lübeck

Abb. 06: Doggenartige Meutehunde, G. Turberville, 1575
(aus Schwerdt: Hunting, Hawking, Shooting, Band 2, S. 270, Plate 142)

Abb. 07: The Southern Hound, 1813
(aus Schwerdt: Hunting, Hawking, Shooting, Band 2, S. 168, Plate 123)

Abb. 08: Englischer Greyhound
(aus: Windhunde, lautjagende Hunde, Schweißhunde, Tafel 4, 1897
J. A. Petersen, Hofer & Co, Zürich)

Abb. 09: Barsoi
(aus: Windhunde, lautjagende Hunde, Schweißhunde, Tafel 12, 1897
J. A. Petersen, Hofer & Co, Zürich)

Abb. 10: Bloodhound - Rüde
(aus: Windhunde, lautjagende Hunde, Schweißhunde, Tafel 22, 1897
J. A. Petersen, Hofer & Co, Zürich)

Abb. 11: Harrier (historisch)
(aus: Windhunde, lautjagende Hunde, Schweißhunde, Tafel 28, 1897
J. A. Petersen, Hofer & Co, Zürich)

Abb. 12: Staghound (historisch)
(aus: Windhunde, lautjagende Hunde, Schweißhunde, Tafel 20, 1897
J. A. Petersen, Hofer & Co, Zürich)

Abb. 13: Stelldichein (Le Point du Jour)
(Karte 18; mit freundlicher Genehmigung von R. Klinkhamer †, Breda)

Abb. 14: Bestimmen der Wildfährte (Le Foulées)
(Karte 15; mit freundlicher Genehmigung von R. Klinkhamer †, Breda)

Abb. 15: Aufbruch zur französischen Parforce-Jagd (Le Départ)
(Karte 21; mit freundlicher Genehmigung von R. Klinkhamer †, Breda)

Abb. 16: Der flüchtige Hirsch (Le Débucher)
(Karte 13; mit freundlicher Genehmigung von R. Klinkhamer †, Breda)

Abb. 17: Die Meute nimmt die Witterung auf (Ton de Quête)
(Karte 19; mit freundlicher Genehmigung von R. Klinkhamer †, Breda)

Abb. 18: Fuchsjagd (Le Renard)
(Karte 2; mit freundlicher Genehmigung von R. Klinkhamer †, Breda)

Abb. 19: The Beaufort Hunt, W. P. Hodges, 1833
(aus: Schwerdt: Hunting, Hawking, Shooting, Band 1, S. 344, Plate 77)

Abb. 20: Parforcejagd Döberitz am 22,12.1913 (Der Kaiser und seine Meute)
(Postkarte; mit freundlicher Genehmigung von R. Klinkhamer †, Breda)

Abb. 21: Meuteknöpfe (Handskizzen)
(mit freundlicher Genehmigung von R. Klinkhamer †, Breda)

Abb. 22: Die Meute im Schlitten beim Ausritt zur Jagd (um 1900)
(aus: Eben, Das Jagdreiten, S. 198)

Abb. 23: Überwindung der kleinen Auter (um 1890)
(aus: Eben, Das Jagdreiten, S. 17)

Abb. 24: Cappenberger Meute 1964 vor Schloß Cappenberg
(Foto aus Privatbesitz des Autors)

Abb. 25: Borkum, Lipperland-Meute mit drei Mastern
(Foto aus Privatbesitz des Autors)

Abb. 26: Lipperland-Meute (Foxhounds) am Strand auf Borkum
(Foto aus Privatbesitz des Autors)

Abb. 27: Cappenberger Meute (um 1970). Master Franz Jandrey †
(Foto aus Privatbesitz des Autors)

Abb. 28: Curée der Beagles
(Foto aus Privatbesitz des Autors)

Abb. 29: Schauschleppe der Beagle-Meute Münsterland
(Foto aus Privatbesitz des Autors)

Abb. 30: Sauerland-Meute (Foxhounds). Ausladen am Stelldichein
(mit freundlicher Genehmigung der Sauerlandmeute)

Abb. 31: Jagdbild aus England
(Reproduktion eines Bildes im Besitz des Autors)

Abb. 32: (alt-) englischer Springstil
(Reproduktion eines Bildes im Besitz des Autors)

Abb. 33: Beagle-Meute Lübeck. Master Joachim Martens
(mit freundlicher Genehmigung der Beagle-Meute Lübeck)

Abb. 34: Foxhounds (HWS-Meute 1896)
(mit freundlicher Genehmigung der HWS-Meute)

Abb. 35: Black and Tans (HWS-Meute um 1990)
(mit freundlicher Genehmigung der HWS-Meute)

Abb. 36: Spaziergang mit Beagle-Welpen
(Foto Helmut Luchetta, Marl)

Abb. 37: Meutetraining der Beagle-Meute Münsterland
(Foto aus Privatbesitz des Autors)

Abb. 38: Bavarian Beagles jagen 1975 in Österreich
(mit freundlicher Genehmigung von S. Uttlinger, MFH ret)

Abb. 39: Fridericus Rex (genannt Freddy) in Bad Salzuflen
(Foto aus Privatbesitz des Autors)

Abb. 40: Caesar auf der Trabrennbahn Recklinghausen
(Foto Helmut Luchetta, Marl)

Abb. 41: „Im Gleichgewicht": Schleppenleger Charly Brütt †
Cappenberger Meute 1972 Norderney
(Foto aus Privatbesitz des Autors)

Abb. 42: Aufbruch zur Jagd. Cappenberger Meute 1971 auf Schoß Gesmold
(Foto aus Privatbesitz des Autors)

Abb. 43: Wasserdurchgang mit der Lipperland-Meute
(Foto aus Privatbesitz des Autors)

Abb. 44: Flußdurchgang bei Münster-Handorf
(Foto aus Privatbesitz des Autors)

Abb. 45: The Slows. P. Burges, um 1870 (aus: Schwerdt: Hunting, Hawking
Band 4, S. 190, Plate 116, unten)